《国学经典藏书》丛书编委会

国学经典藏书

笠翁对韵

张　安　译注

中国出版集团有限公司
研究出版社

图书在版编目（CIP）数据

笠翁对韵 / 张安译注. -- 北京: 研究出版社,
2023.5

（国学经典藏书）

ISBN 978-7-5199-1481-3

Ⅰ. ①笠… Ⅱ. ①张… Ⅲ. ①诗词格律—中国—启蒙
读物 Ⅳ. ①I207.21

中国国家版本馆 CIP 数据核字（2023）第 087090 号

出 品 人：赵卜慧
出版统筹：丁 波
责任编辑：谭晓龙

国学经典藏书：笠翁对韵
GUOXUE JINGDIAN CANGSHU：LIWENG DUIYUN
张 安 译注
研究出版社 出版发行
（100006 北京市东城区灯市口大街 100 号华腾商务楼）
河北松源印刷有限公司 新华书店经销
2023 年 5 月第 1 版 2023 年 5 月第 1 次印刷
开本：880毫米 × 1230毫米 1/32 印张：8.75
字数：181 千字
ISBN 978-7-5199-1481-3 定价：32.00 元
电话：（010）64217619 64217652（发行部）

编者的话

经典是人类知识体系的根基,是人类的精神家园,是我们走向未来的起点。莎士比亚说过:“生活里没有书籍,就好像没有阳光;智慧里没有书籍,就好像鸟儿没有翅膀。”21 世纪中国国民的阅读生活中最迫切的事情是什么?我们的回答是阅读经典!

中国有数千年一脉相传、光辉灿烂的文化,并长期处于世界文化发展的前列,尤其是在近代以前,曾长期引领亚洲乃至世界文化的发展方向。长期超稳定的社会发展形态和以小农生产为基础的、悠闲的宗法农业社会,塑造了中华民族注重实际、过分地偏重经验、重视历史的文化心理特征。从殷商时代的“古训是式”(《诗经·大雅·烝民》),到孔子的“述而不作,信而好古”(《论语·述而》),可以清楚地看出这种文化心理不断强化的轨迹。于是,历史就被赋予了神圣的光环,它既是人们获得知识的源泉,也是人们价值标准的出处。它不再是僵死的、过去的东西,而是生动活泼、富有生命力,并对现世仍有巨大指导作用的事实。因而就形成了这样一种固定的文化思维方式,也就是“以铜为鉴,可正衣冠;以古为鉴,可知兴替;以人为鉴,可明得失”(《新唐书·魏徵传》)。中国的文化人世代相承,均从历史中寻求真理,寻求“修身、齐家、治国、平天下”的崇高理想模式。

这种对于历史所怀有的深沉强烈的认同感，正是历史典籍赖以发展、繁荣的文化心理基础。历史上最初给历史典籍的研究和整理工作涂上政治、道德和伦理色彩的是春秋时期的孔子。当时的孔子因感"周室微而礼乐废、《诗》《书》缺"，于是删订了《诗》《书》《礼》《乐》《易》《春秋》等"六经"(见《史记·孔子世家》)，寄托了自己在政治上"复礼"和道德上"归仁"的最高理想。孔子以后，历史典籍的编撰无不遵循着这一最高原则。所以《隋书·经籍志》总序中就说："夫经籍也者，机神之妙旨，圣哲之能事。所以经天地，纬阴阳，正纲纪，弘道德，显仁足以利物，藏用足以独善……其王者之所以树风声，流显号，美教化，移风俗，何莫由乎斯道？……其教有适，其用无穷，实仁义之陶钧，诚道德之橐籥也。……夫仁义礼智，所以治国也；方技数术，所以治身也。诸子为经籍之鼓吹，文章乃政化之黼黻，皆为治国之具也。"(《隋书·经籍志一》)由此可见，历史典籍的编撰整理工作，已不仅仅是文化技术问题，更重要的是它还负有"正纲纪，弘道德"的政治和道德使命。于是，在两千多年的历史发展过程中，先人们为我们留下了汗牛充栋的文化典籍。这些宝贵的精神财富，不仅是我们中华民族的骄傲，也是全人类的骄傲，并已成为世界文化宝藏的重要组成部分。

中国的先哲们一向对古代典籍充满崇敬之情，他们认为，先王之道、历史经验、人伦道德以及治国安邦之术、读书治学之法等等，都蕴藏于典籍之中。文献典籍是先王之道、历史经验、人伦道德等赖以传递后世的重要手段。离开书籍，后人将无法从前朝吸取历史经验，无法传承先王之道。在日新月异的当代，如何对待这份优秀的文化遗产？毛泽东同志早就指出："中国的长期封建社会中，创造了灿烂的古代文化。清理古代文化的发展过程,剔除其封建性的糟粕,吸取其民主性的精华,是发展民族新文化、提高民族自信心的必要条件。……中国现时的新文化也是从古代的旧文化发展而来,因此,我们必须尊重自己的历史,决不能割断历史。但是,这种尊重是给历史以一定的科学地位,是尊重历史的辩证法的发展,而不是颂古非今。”(毛泽东《新民主主义论》)古代典籍,不仅对中华民族的形成与发展历史地发挥了巨大的凝聚力作用,而且在当今中华民族伟大复兴中,依然会发挥无可替代的重要作用。

在科学技术迅猛发展的当代社会,人们的生活、观念正在发生着巨大而深刻的变革,面对蓬勃发展的现代科技和汹涌而至的各种思潮,人们依然能深切地感受到中国传统文化无所不在的巨大力量。人们渴望了解这种无形的力量源泉,于是绚丽多姿的中华典籍就成了人们首要的选择。它能够使我们在精神上成为坚强、忠诚和有理智的人,成为能够真正爱人类、尊重人类劳动、衷心地欣赏人类的伟大劳动所产生的美好果实的人。所以,在今天,我们要阅读经典;当数字化、网络化带来的“信息爆炸”占领人们的头脑、占用人们的时间时,我们要阅读经典;当中华民族迈向和平崛起和民族复兴的伟大征程时,我们更要阅读经典。因此,读经典,这个我们习以为常的平凡过程,实际上就成了人的心灵和上下古今一切民族的伟大智慧相结合的过程。但由于时代的变迁,这些经典对现代人来说已仿佛谜一样的存在。为继承这份优秀的文化遗产,帮助人们更好地利用这些经典,在全国学术界诸多专家学者的支持下,我们策划了这套“国学经典藏书”丛书。

丛书以弘扬传统、推陈出新、汇聚英华为宗旨,以具有中等以上文化程度的广大读者为对象,从我国古代经、史、子、集四个部类的典籍中精选 50 种,以全注全译或节选的形式结集出版。在书目的选择上,重点选取我国古代哲学、历史、地理、文学、科技、教育、生活等领域历经岁月洗礼、汇聚人类最重要的精神创造和知识积累的不朽之作。既注重选取历史上脍炙人口、深入人心的经典名著,又注重其适应现代社会的人文价值趋向。丛书不仅精校原文,而且从前言、题解,到注释、译文,均在吸收历代学者研究成果的基础上精心编撰。在注重学术性标准的基础上,尽量做到通俗易懂。我们相信,本丛书的出版,对提高人们的古代典籍认知水平,阅读和利用中华传统经典,传播中华优秀文化,提高人们的民族自信心和文化自豪感,进而为中华民族伟大复兴做贡献,均将起到应有的作用。高尔基说:“书籍是人类进步的阶梯。”“要热爱读书,它会使你的生活轻松,它会友爱地帮助你了解纷繁复杂的思想、感情和事件;它会教导你尊重别人和你自己;它以热爱世界、热爱人类的情感,来鼓舞智慧和心灵。”“当书本给我讲到闻所未闻、见所未见的人物、感情、思想和态度时,似乎是每一本书都在我面前打开一扇窗户,并让我看到一个不可思议的新世界。”(《高尔基论青年》,中国青年出版社 1956 年版)。流传千年的文化经典,让我们受益匪浅,使我们懂得更多。正如德国著名作家歌德所说:“读一本好书,就是和一位品德高尚的人谈话。”的确,读一本好书,就像是结交了一位良师益友。我们真诚希望,这套经典丛书能够真正进入您的生活,成为人人应读、必读和常读的名著。

陈　虎

庚子岁孟秋

前言

《笠翁对韵》是清人李渔撰写的有关作诗如何对仗、如何用韵的一本书。“笠翁”是李渔的字，“对韵”即对仗、用韵之意。

李渔，原名仙侣，字谪凡，又字笠鸿，号天徒，又号笠翁，别署觉世稗官、随庵主人、新亭樵客、湖上笠翁等，出生于明神宗万历三十九年(1611)，卒于清圣祖康熙十九年(1680)，浙江兰溪人。年少时便聪慧过人，“能撰歌词小说”，擅长写作诗文，以才子著称。在十九岁之前，他一直跟随父亲李如松、伯父李如椿，居住在江苏如皋。父亲逝世后，十九岁的李渔回到兰溪，娶妻生子，准备科举考试。二十五岁那年(明思宗崇祯八年，1635年)，他考中了秀才，但在后来的乡试中却名落孙山。崇祯十五年，李渔去杭州参加明王朝最后一场乡试，终因局势动荡不安，道路不通而中道折返。此后，他再未参加过科考。入清后，李渔无意仕进，在伊山过了一段隐居田园的生活。清顺治八年(1651)前后，李渔举家迁离兰溪，移居杭州。居杭期间，他以卖文和刻字为生，过着“卖赋以糊其口”的生活。这一时期是李渔作品的高产期，《无声戏》(又名《连城璧》)《十二楼》等拟话本小说，《怜香伴》《风筝误》《意中缘》《玉搔头》等多种传奇都完成于此时。

后来，李渔举家迁至金陵。在金陵时，他除了卖文养家外，还组建了一个家庭戏班，去各地演出，这一活动的收入也是他寓居金陵时主要的生活来源。在金陵住了约二十年后，心怀乡土之思的李渔又搬回杭州。此时，他已经年近七十，体弱多病，垂垂老矣。回杭之后，李渔的资产已无法满足全家日常的花销，他陷入了贫病交困的窘境。康熙十九年，困厄中的李渔在杭州离世，葬于西湖旁的方家峪九曜山之阳，享年七十岁。

李渔是一位才华横溢的文人，他在诗词创作中总结出许多在对仗、用韵方面的宝贵经验，《笠翁对韵》便是汇集这些经验的一座宝库。

古人作诗讲求对仗、押韵。对仗，既指出句与对句（对仗的上下句称为出句与对句）在字音上要平仄相对，也指出句与对句在词性、字数、结构上相对。诗句对仗，首先要求其出句与对句在平仄上相对。平、仄包括古汉语中的平、上、去、入四声。平，即平声，包括现在普通话中的阴平（一声）和阳平（二声）；仄，即仄声，指古汉语中的上、去、入三声，但不可以粗浅理解为普通话中的上声、去声。古汉语中的入声字现在已经分化到了阴平、阳平、上声、去声四个声调当中，所以普通话中没有入声声调①。仄声就包括现代汉语中的上声和去声，以及现代汉语中

① 《笠翁对韵》中所遇到的古入声字有白、十、伯、屐、拾、蝶、笛、及、一、薄、石、菊、峡、叠、灼、竹、杰、殛、食、只、烛、漆、国、伏、敌、阁、颊、竹、积、泼、夺、舌、橘、湿、屋、德、博、葛、觉、捷、菊、达、服、别、实、谪、芍、宅、阀、七、橐、曲、桀、婕、阙、蝶、听、译、鸭、合、独、八、出、剥、穴、织、迹、蠡、得、缩、集、觉、泊、读、淑、度、浊、折、郭、戚、佛、接、直、绩、说、黑、习、察、榼、夕、匝、钵、伯、漫、叔、踘、接、着、凿、即、叠、席、识、蟋、结、唧、荻、足、峡、牍、朴、泽、拙、号、击、辙、捉、积、鵬、屈、薄、杂、角、实、绝、缺、百、碛、极、鹘、劫、匣、箔、鹡、昔、隔、逐、杰、膝、鸽、惜、急、昨、植、职、脱、俗、嫉、羯、匹、琢、咄等。

的一些阴平、阳平字的读音。在发音时，平声调值高且平，仄声调值则或为先降后升，或由高至低，再或者为短促声调（入声）。正因为平仄声调的不同，近体诗才可以在吟诵时抑扬顿挫，朗朗上口。近体诗的出句与对句中，平仄在本句（本句既可指出句，也指对句）中是交错出现的。如《笠翁对韵》上卷《四豪》中“孤山看鹤盘云下”句，其平仄为“平平仄仄平平仄”；上卷《九佳》中“万里风云入壮怀”，其平仄为“仄仄平平仄仄平”。而出句与对句中的平仄则是互相对立的。如《笠翁对韵》上卷《六鱼》中“穿云采药闻仙女，踏雪寻梅策蹇驴”一句，其平仄即为“平平仄仄平平仄，仄仄平平仄仄平”；下卷《五歌》中“丽水良金皆待冶，昆山美玉总须磨”，其平仄即为“仄仄平平平仄仄，平平仄仄仄平平”。同时，上下联中的平仄还要遵循“粘对”原则，即指在相邻的两联中，既要本句中平仄相对，也要下一联出句中的第二个字与上一联对句中的第二个字平仄相同。如唐人杜甫的《春夜喜雨》一诗：

好雨知时节，当春乃发生。
随风潜入夜，润物细无声。
野径云俱黑，江船火独明。
晓看红湿处，花重锦官城。

全诗平仄为：

仄仄平平仄，平平仄仄平。
平平平仄仄，仄仄仄平平。
仄仄平平仄，平平仄仄平。

平平平仄仄，仄仄仄平平。

可以看出，其中的“春”“风”皆为平声，“物”“径”皆为仄声，“船”“看(此处读 kān)”皆为平声，符合“粘”的原则。一般来说，近体诗都要遵循“粘对”的原则，但也会有“拗句”出现。

诗句中的对仗，还要求出句与对句在词性、字数、结构上相对。词性上的相对，即要求把同属一类的概念或者相互对立的概念并列起来，如名词对名词，动词对动词，副词对副词等；字数上的相对，即无论是对偶的词还是对仗的句，都要字数相同；结构上的相对，严格来说要求出句与对句在结构上也要一致。《笠翁对韵》基本遵守以上所说的对仗原则，试举下卷《七阳·其二》为例进行分析：

红对白，绿对黄，昼永对更长。
龙飞对鲤跃，锦缆对牙樯。
云弁使，雪衣娘，故国对他乡。
雄文能徙鳄，艳曲为求凰。
九日高峰惊落帽，暮春曲水喜流觞。
僧占名山，云绕双林藏古殿；客栖胜地，风飘万叶响空廊。

所举之例中有一字对、两字对、三字对、五字对、七字对以及十一字对这六种形式。《笠翁对韵》中有三十个韵部，九十个小段，每段中都同时存在这几种形式，全书在字数上的对仗十分严谨。在这一段中，“红”“白”相对，“绿”“黄”相对，形容词对形容词，为一字对；“昼永”“更长”相对，二者皆为主谓结构，“龙飞”“鲤跃”相对，二者皆为主谓结构，“锦缆”“牙樯”相对，二者皆为定中结构,“故国”“他乡”相对,二者皆为定中结构,以上四对皆为两字对;“云弁使”“雪衣娘”相对,二者皆为定中结构,为三字对;倒数第三句前后相对,皆为主谓结构,为五字对;倒数第二句前后相对,皆为状中结构,为七字对;最后一句前后相对,“主谓结构,主谓结构+动宾结构”对“主谓结构,主谓结构+动补结构”,为十一字对①。《笠翁对韵》全书行文整饬,对仗工整,较为严格地遵守了古诗对仗的原则。

押韵是古诗的显著特点。所谓押韵,就是把同韵母的字放在诗词中固定句子的末尾。无论是古体诗还是近体诗,都有押韵的现象存在。只不过,古体诗用韵较宽,既可以用平声韵,也可以用上、去、入声韵,而近体诗只可以用平声韵;古体诗可以一韵到底,也可以换韵,而近体诗都为一韵到底。《笠翁对韵》在教人们如何押韵这方面起到了典范作用。全书以韵为划分标准,由上下两卷组成,每卷各有十五个韵部,共三十个韵部。这三十个韵部都来自古人所总结出的“平水韵”,它们分别是:上平声一东、二冬、三江、四支、五微、六鱼、七虞、八齐、九佳、十灰、十一真、十二文、十三元、十四寒、十五删;下平声一先、二萧、三肴、四豪、五歌、六麻、七阳、八庚、九青、十蒸、十一尤、十二侵、十三覃、十四盐、十五咸。每个韵部中的各小节都有韵可押,试举上卷《九佳·其一》为例:

门对户,陌对街,枝叶对根荄。

① 本段中各句所用词还可在词性上继续划分,划分后仍旧前后对仗,不赘述。

斗鸡对挥麈，凤髻对鸾钗。

登楚岫，渡秦淮，子犯对夫差。

石鼎龙头缩，银筝雁翅排。

百年诗礼延余庆，万里风云入壮怀。

莫辨名伦，死矣野哉悲季路；不由径窦，生乎愚也有高柴。

这一段中的“街”“荄”“钗”“差”“排”“怀”“柴”都是同韵母的字，韵母均为 ai。因此，这几句读起来就押韵好读，朗朗上口。《笠翁对韵》九十小段皆押韵，虽有少量错韵、出韵的现象，但不影响该书在作诗押韵方面的典范地位。

虽然《笠翁对韵》是一部教人学习诗词格律的启蒙读物，但它也有一定的文学特色和令人深思的思想内核。在文学特色方面，首先，《笠翁对韵》最显著的特点就是用典丰富。全书用典包罗万象，应有尽有，其所用典故既有源于史书如《史记》《汉书》《后汉书》《三国志》《晋书》等，也有源于经书如《周易》《论语》《孟子》等，还有源自《庄子》《世说新语》《列仙传》《拾遗记》等书。试以上卷《四支》为例，其中所用到的有郭璞向江淹索回五色笔的典故，有萧皇后被人揭发私情，被逼至死的“十香词”典故，有韩幹善于画马的典故，有李陵慷慨悲歌之诗的典故，有赵使愧于春申君之前的典故，有阮咸沽酒的典故，有支遁托人向竺法深买山的典故，有陈化回答魏文帝的典故，有侯景应童谣起兵叛乱的典故，有车胤借萤火夜读的典故，有贾谊进言的典故，有刘、关、张三兄弟的典故，有娥皇、女英泪洒湘江的典故，有专诸刺杀吴王僚的典故，有张良行刺秦始皇的典故，有汉武帝金屋藏娇的典故,有司马相如为陈皇后作《长门赋》的典故,有李贺西去被召入天庭为玉楼作记的典故等,此外还有多处化用骆宾王、杜甫、白居易、朱淑真等人的诗句。三十韵部中,仅一韵之中用典就如此丰富,《笠翁对韵》用典之多可见一斑。

其次,《笠翁对韵》善于创造一种诗情画意的意境。李渔极善属文,在诗文、小说、戏曲等方面都取得不俗的成就。在《笠翁对韵》一些文笔优美的对仗句中,读者常常会被李渔创造的文学美景所吸引。如上卷《十三元·其二》中的"枫叶半山,秋去烟霞堪倚杖;梨花满地,夜来风雨不开门"一句,就为读者描绘了远望半山尽是红叶、烟霞弥漫缭绕山头的深秋山景图,以及整夜风雨过后、满地雪白梨花凌乱的清晨庭院景象;再如下卷《九青·其一》中的"江阁秋登,一水净连天际碧;石栏晓倚,群山秀向雨余青"一句,将秋日临江远眺,江面翠碧、水天相接的美景,和清晨登山凭栏,雨后群山秀丽、竞展翠颜的壮阔淋漓尽致地展现在读者眼前;再如下卷《十蒸·其一》中"野渡春风,人喜乘潮移酒舫;江天暮雨,客愁隔岸对渔灯"一句,读者读之,仿佛能看到这样一幅画面:春风吹过郊外的渡口,人们开心地顺着潮水驶向酒舫;江面的天空暮雨沉沉,游子在对岸忧愁地看着江上渔灯。《笠翁对韵》中,这样富有意境的句子俯拾即是,如"竹间斜白接,花下醉红裙"(上卷《十二文·其一》),"花肥春雨润,竹瘦晚风疏"(上卷《七虞·其一》),"暮山云外断,新水月中平"(下卷《八庚·其三》),"深宵望冷沙场月,绝塞听残野戍笳"(下卷《六麻·其一》)等。李渔笔下描绘出诸多令人心生向往的意境,大大增强了《笠翁对韵》的可读性。

除富有文学性外,《笠翁对韵》在思想方面也以弘扬传统文化中优秀思想内涵为主。如提倡人交友应交益友,上卷《十一真·其二》云“人交好友求三益”,这句话出自《论语·季氏》。在《季氏》中,孔子曾说:“益者三友……友直,友谅,友多闻,益矣。”正直的人、守信的人、识见广博的人,孔子认为都是有益于自己的朋友,值得交往。同时,李渔还在书中举出了相知益友的典例:下卷《三肴·其一》“管鲍相知,能结忘形胶漆友;蔺廉有隙,终为刎颈死生交”,赞扬了管仲与鲍叔牙忘形胶漆的友谊,蔺相如和廉颇之间刎颈生死的交情;下卷《十一尤·其二》“钟子听琴,荒径入林山寂寂”,写出伯牙与子期高山流水的知音之情。再如教导世人应持有美好德行,恪守仁义礼智之道,下卷《七阳·其一》“仁义礼智,圣贤千古立纲常”,写出儒家对人品德和行为的要求,提倡人们要仁爱、正义、有礼、有智慧。上卷《四支·其四》“德重帝王师”,指明德高望重的人方可成为帝王的老师,下卷《六麻·其三》“尧仁敷率土,舜德被流沙”,颂扬帝尧的仁爱遍及天下各处,帝舜的德泽延及极西之地。上卷《八齐·其三》“魏明得立为存麑”一句中,李渔写出魏明帝曹叡不忍射杀小鹿,心存仁善的一面,上卷《九佳·其一》“百年诗礼延余庆”一句中,李渔又告诉世人:以诗礼传家,即使数百年依旧能德泽后人。因此,《笠翁对韵》不仅是一部教人如何学会对仗、用韵的书,也是一部弘扬优秀传统文化、极具教化意义的案头读物。

本书以清光绪十八年的琅嬛阁藏本为底本，同时参考了《李渔全集》第二十一册中的《笠翁对韵》（浙江古籍出版社2014年版），郭浩瑜译注的《笠翁对韵》（中华书局2019年版），艾荫花、解保勤注释的《笠翁对韵新注》（书目文献出版社1985年版）等。与李渔其人其事相关的内容，本书参考了俞为民撰写的《李渔评传》（南京大学出版社1998年版）及《李渔全集》第一册中的相关内容（同上）。书中的题解、注释、译文都是在借鉴前贤的基础上斟酌己意而完成的。本人才疏学浅，书中难免不当或疏漏之处，恳请方家批评指正。

张　安

2022年1月

目　录

上　卷

一　东…………………………………………………… 2
二　冬 …………………………………………………… 12
三　江 …………………………………………………… 21
四　支 …………………………………………………… 27
五　微 …………………………………………………… 39
六　鱼 …………………………………………………… 49
七　虞 …………………………………………………… 58
八　齐 …………………………………………………… 70
九　佳 …………………………………………………… 80
十　灰 …………………………………………………… 91
十一　真…………………………………………………… 100
十二　文…………………………………………………… 108
十三　元…………………………………………………… 117

十四　寒…………………………………………………………………… 123
十五　删…………………………………………………………………… 131

下　卷

一　先……………………………………………………………………… 138
二　箫……………………………………………………………………… 149
三　肴……………………………………………………………………… 157
四　豪……………………………………………………………………… 166
五　歌……………………………………………………………………… 174
六　麻……………………………………………………………………… 184
七　阳……………………………………………………………………… 195
八　庚……………………………………………………………………… 206
九　青……………………………………………………………………… 215
十　蒸……………………………………………………………………… 220
十一　尤…………………………………………………………………… 226
十二　侵…………………………………………………………………… 234
十三　覃…………………………………………………………………… 240
十四　盐…………………………………………………………………… 247
十五　咸…………………………………………………………………… 255

上卷

一　东

〔题解〕

“东”部是平水韵三十韵中上平声第一韵部。“一东”中，“一”为序号，“东”为上平声十五韵中的代表字之一，亦表示与之同归于此韵部中的字。《笠翁对韵》中所举出这一韵部的字有风、空、穹、中、红、东、翁、公、宫、曚、篷、弓、踪、嵩、鸿、熊、烘。

其一

天对地[①]，雨对风，大陆对长空[②]。

山花对海树，赤日对苍穹[③]。

雷隐隐，雾蒙蒙，日下对天中[④]。

风高秋月白，雨霁晚霞红[⑤]。

牛女二星河左右[⑥]，参商两曜斗西东[⑦]。

十月塞边，飒飒寒霜惊戍旅[⑧]；三冬江上，漫漫朔雪冷渔翁[⑨]。

〔注释〕

①对：相对，表达某物和某物可以互相配合成为一组对词之意。格律诗的创作要求遵循对仗的原则，一般来说有工对、宽对、借对和流水对。严格的对仗，既要求所对的词、句二者间平仄相反，也要求二者语法结构相同。

②大陆：广袤无垠的陆地。长空：广阔的天空。此句中“天”与“地”相对，平对仄；“雨”与“风”相对，仄对平；“大陆”与“长空”相对，仄仄对平平。

③海树：海边之树。唐人岑参《裴将军宅芦管歌》：“海树萧索天雨霜，管声寥亮月苍苍。”唐人李白《月夜江行寄崔员外宗之》：“飘飘江风起，萧飒海树秋。”一说为海中珊瑚。清人吴玉麟有《海树歌》云：“海中奇树交枝柯，根盘怪石沉洪波。”苍穹：青色的天空。此句中“山花”与“海树”相对，平平对仄仄；“赤日”与“苍穹”相对，仄仄对平平。

④雷隐隐：隐隐约约的打雷声。唐人李商隐《柳》：“巴雷隐隐千山外，更作章台走马声。”此句中“雷隐隐”与“雾蒙蒙”相对，平仄仄对仄平平；“日下”与“天中”相对，仄仄对平平。

⑤风高：指秋风遒劲。秋月白：指秋日月色光亮。唐人李白《寄王汉阳》：“南湖秋月白，王宰夜相邀。”唐人白居易《琵琶行》：“东船西舫悄无言，唯见江心秋月白。”雨霁（jì）：雨后天晴或雪后天晴。先秦时期楚人宋玉《高唐赋》：“风止雨霁，云无所处。”唐人王勃《滕王阁序》：“云销雨霁，彩彻区明。”此句前后相对，平平平仄仄对仄仄仄平平。

⑥牛女：牵牛星与织女星。《古诗十九首》：“迢迢牵牛星，皎皎河汉女。”据《古诗十九首》《风俗通》《荆楚岁时记》记载，织女为天帝孙女，她私自下凡，并与凡人牛郎结为夫妻。天帝得知后震怒，遂将织女抓回天

宫。随后,王母娘娘用金钗划出一条河,将织女和其身后苦苦追赶的牛郎隔开,使二人不得相聚。牛郎和织女的感情感动了喜鹊,于是它们便在天河上为二人搭桥,终使二人团圆。天帝无奈,只好允许二人在每年农历的七月七日于鹊桥相会一次。河:银河。

⑦参(shēn)商:分别指参星与商星,二者为二十八星宿中的两宿。参星位于东方,商星位于西方,参出商没,反之亦然。《左传·昭公元年》中,子产曾云:"昔高辛氏有二子,伯曰阏伯,季曰实沈,居于旷林,不相能也。日寻干戈,以相征讨。后帝不臧,迁阏伯于商丘,主辰,商人是因,故辰为商星。迁实沈于大夏,主参,唐人是因,以服事夏、商。"阏伯与实沈两兄弟关系不好,经常争斗,故其父高辛氏迁二子一于商丘,一于大夏。后人用"参商"一词喻兄弟不和睦,或喻亲友难以相逢。明人于慎行诗云:"今日为牛女,明日为参商。参商不相待,安知秋夜长。"曜:星。古代有"七曜"之说,分别是太阳星(日)、太阴星(月)、太白星(金星)、岁星(木星)、辰星(水星)、荧惑星(火星)、镇星(土星)。斗:二十八星宿之一,斗宿。古有"一三五不论"的作诗法则,即出句与对句中第一、三、五字可以平仄相同。此句前后相对,平仄仄平平仄仄对平平仄仄仄平平,第一、三字平仄相同,是符合格律诗要求的。

⑧戍(shù)旅:守卫边塞的士卒。

⑨三冬:冬季三个月,指整个冬季。宋人戴复古《除夜》:"野客预知农事好,三冬瑞雪未全消。"朔雪:北方的大雪。唐人李白《千里思》:"迢迢五原关,朔雪乱边花。"这两句前后相对,仄仄仄平,仄仄平平平仄仄对平平平仄,平平仄仄仄平平。

〔译文〕

天与地相对应,雨与风相对应,辽阔的大地和广阔的天空相对应。

山上的花和海边的树相对应,火红的太阳和碧绿的天穹相对应。

雷声隐隐作响,大雾茫茫一片,太阳之下和天空之中相对应。

秋风迅疾,吹散天空中的浮云,使明月更为清亮;骤雨倾盆,冲净天地间的浮尘,使晚霞更为红艳。

牵牛织女二星分处在银河的左右两旁,参宿和商宿位于斗宿的西东两侧。

十月边塞,秋风肃杀,寒冷的霜气使守疆的士卒惊惧;寒冬江上,漫天大雪,北地的严寒让水边的渔翁冷凄。

其二

河对汉①,绿对红,雨伯对雷公②。
烟楼对雪洞③,月殿对天宫④。
云叆叇⑤,日曈曚⑥,蜡屐对渔篷⑦。
过天星似箭⑧,吐魄月如弓⑨。
驿旅客逢梅子雨⑩,池亭人挹藕花风⑪。
茅店村前,皓月坠林鸡唱韵;板桥路上,青霜锁道马行踪⑫。

〔注释〕

①河:黄河。汉:汉水。

②雨伯：又名“雨师”，神话传说里掌管下雨的神灵。明人祝允明《上元日喜晴柬董博士及诸秀才》：“云师雨伯休重恼，欲共温泉祓禊行。”雷公：神话传说里掌管雷电的神灵。先秦时期楚人屈原《远游》：“左雨师使径侍兮，右雷公以为卫。”此句中“河”与“汉”相对，平对仄；“绿”与“红”相对，仄对平；“雨伯”与“雷公”相对，仄仄对平平。

③烟楼：高耸入云的高楼。雪洞：被雪封住的山洞。

④月殿：月宫，神话传说为嫦娥所居。宋人辛弃疾《鹧鸪天·送廓之秋试》：“禹门已准桃花浪，月殿先收桂子香。”天宫：仙境中的宫殿。唐人岑参《同诸公登慈恩寺浮图》：“塔势如涌出，孤高耸天宫。”此句“烟楼”与“雪洞”相对，平平对仄仄；“月殿”与“天宫”相对，仄仄对平平。

⑤叆(ài)叇(dài)：云层浓厚的样子。唐人皮日休《太湖诗·缥缈峰》有“一阵叆叇气，隐隐生湖东”之句。元人卞思义《溪山春雨图》：“云林叆叇春日低，小桥流水行人稀。”

⑥曈(tóng)曚(méng)：红日将出，天色微亮的样子。琅嬛阁藏本作“曈昽”。宋人王之道《题四祖山瀑泉亭》：“云影曈曚雨弄晴，山头小立听溪声。”其《题浮光丘家山寺》中亦有“曈曚半弄阴晴日，栗烈初迎小大寒”句。

⑦蜡屐(jī)：屐为古人所穿的一种鞋，鞋底有齿。蜡屐即用蜡涂过的这种鞋子。据《世说新语·雅量》记载，有人去拜见晋人阮孚，见他正在用蜡涂木屐，并神色闲畅地自语：“不知道一生中能穿几双这样的木屐呢。”宋人苏轼《宝绘堂记》亦云：“阮孚之放也，而好蜡屐。”宋人陆游曾云：“蜡屐登山真率饮，筇(qióng)杖穿林自在行。”渔篷：渔船上的篷子。陆游《舟中作》：“叠叠沙痕留浦岸，疏疏日影透渔篷。”此句中“云叆叇”与“日曈曚”相对，平仄仄对仄平平；“蜡屐”与“渔篷”相对，仄仄对平平。

⑧过天星：划过天穹的星，即流星。

⑨吐魄月:指如弓的新月。古人认为月亮之所以会出现缺损,是因为月宫中蟾蜍吞吐月亮造成的,“吐魄月”就是指刚吐出的月亮。元人叶颙(yóng)《三月望夕玩月》:“长空蟾吐魄,良夜何团团。”此句前后相对,仄平平仄仄对仄仄仄平平。

⑩驿旅客:住在驿舍中的旅人。梅子雨:梅雨,也称黄梅雨。每年春末夏初时,我国长江中下游阴雨绵绵,此时正值梅子成熟变黄,故以此称。明人文徵明《崇义院杂题·其四》:“殿阁微凉吹葛衣,槛前梅子雨霏霏。”

⑪挹(yì):舀起。藕花风:夏季带有荷花香味的风。明人李昱《送曹逢吉》:“纱帽微沾梅子雨,葛衣轻受藕花风。”明人陈琏《平望驿遇陈华驿宰》:“声寒芦叶雨,香淡藕花风。”此句前后相对,仄仄仄平平仄仄对平平平仄仄平平。

⑫鸡唱韵:指鸡打鸣。锁道:指青霜覆盖了整条道路。这两句化用了唐人温庭筠《商山早行》中“鸡声茅店月,人迹板桥霜”句。明人谢晋《雪晴早行》:“马蹄声蹴(cù)蹴,鸡唱韵喈(jiē)喈。”这两句前后相对,平仄平平,仄仄仄平平仄仄对仄平仄仄,平平仄仄仄平平。

〔译文〕

黄河与汉水相对应,绿色和红色相对应,雨神和雷神相对应。

高耸入云的楼阁和冰雪遮蔽的山洞相对应,月亮上的月宫和天庭中的神殿相对应。

暮云沉沉,初日明明,涂满蜡的木屐和小舟上的雨篷相对应。

划过天际的流星似箭,悬挂苍穹的新月如弓。

驿站旅舍中的客人碰上了江南的梅雨时节,池畔小亭里的游人啜饮着风中的荷花香气。

乡间茅屋旅社前，一轮明月缓缓坠入林中，雄鸡开始打鸣；木板搭成的桥上，一层青霜覆满整条乡道，马儿走过，蹄痕清晰。

其三

山对海，华对嵩[①]，四岳对三公[②]。
宫花对禁柳[③]，塞雁对江鸿[④]。
清暑殿[⑤]，广寒宫[⑥]，拾翠对题红[⑦]。
庄周谈幻蝶[⑧]，吕望兆飞熊[⑨]。
北牖当风停夏扇[⑩]，南帘曝日省冬烘[⑪]。
鹤舞楼头，玉笛弄残仙子月[⑫]；凤翔台上，紫箫吹断美人风[⑬]。

〔注释〕

①华：西岳华山，位于今陕西华阴市南。嵩：中岳嵩山，位于今河南登封市北。

②四岳：指东岳泰山、西岳华山、南岳衡山、北岳恒山，一说为传说中尧舜时四方部落的首领。三公：古代天子之下职位最高的三个人，周时司马、司徒、司空为三公，或太师、太傅、太保为三公；西汉时大司徒、大司马、大司空为三公；东汉时太尉、司徒、司空为三公。一说为星名，《晋书·天文志上》云："杓南三星及魁第一星、西三星皆曰三公，主宣德化，调七政，和阴阳之官也。"此句或以四岳名山对苍穹三星，或以四方首领对古代三公，皆可成对。此句"山"与"海"相对，平对仄；"华"与"嵩"相对，仄对平；

“四岳”与“三公”相对，仄仄对平平。

③宫花：皇宫中的花。唐人元稹《行宫》：“寥落古行宫，宫花寂寞红。”唐人李益《隋宫燕》：“燕语如伤旧国春，宫花一落已成尘。”禁柳：皇宫中的柳树。古时皇宫禁止百姓进入，故称“禁”。宋人王禹偁（chēng）《送赵令公西京留守》：“御泉通廨（xiè）宇，禁柳映帘栊。”

④塞雁：边塞的大雁。唐人令狐楚《塞下曲二首》：“边草萧条塞雁飞，征人南望泪沾衣。”江鸿：江上的大雁。明人何景明《溪上》：“月寒沙柳萧萧落，天晚江鸿肃肃飞。”此句中“宫花”与“禁柳”相对，平平对仄仄；“塞雁”与“江鸿”相对，仄仄对平平。

⑤清暑殿：古代宫殿名，宫殿中夏日清凉，可以避暑。相传三国时吴国即建有此宫殿。宋人曹勋《谢赐宸翰扇》：“恩从清暑殿中传，风翥（zhù）龙盘墨色鲜。”宋人秦观《次韵罗正之惠绵扇》：“供奉宜升清暑殿，动摇合作御风仙。”

⑥广寒宫：传说中位于月亮上的仙宫，全名为“广寒清虚之府”。唐人鲍溶《宿水亭》云：“夜深星月伴芙蓉，如在广寒宫里宿。”宋人辛弃疾词《好事近・中秋席上和王路钤》云：“想见广寒宫殿，正云梳风掠。”

⑦拾翠：拾取翠鸟青翠色羽毛作为首饰，亦指女子在春日游玩时采拾花草。三国魏曹植《洛神赋》：“或采明珠，或拾翠羽。”唐人杜甫《秋兴八首》：“佳人拾翠春相问，仙侣同舟晚更移。”题红：在红叶上题诗。此处指古代宫女在红叶上题诗来抒发自己内心的积郁，载诗红叶顺着水沟流出宫外，宫外之人拾到红叶后，也作诗以相和的事。宋人范成大《南柯子・怅望梅花驿》云：“缄素双鱼远，题红片叶秋。”唐人孟棨《本事诗・情感》中曾记载顾况与一宫女以树叶为载体，进行诗歌往来一事。其云：“顾况在洛，乘间与三诗友游于苑中，坐流水上，得大梧叶，题诗上曰：‘一入深宫里，年年不见春。聊题一片叶，寄与有情人。’况明日于上游，亦题叶上，放

于波中。诗曰：'花落深宫莺亦悲，上阳宫女断肠时。帝城不禁东流水，叶上题诗欲寄谁？'后十余日，有人于苑中寻春，又于叶上得诗以示况。诗曰：'一叶题诗出禁城，谁人酬和独含情？自嗟不及波中叶，荡漾乘春取次行。'"此句中"清暑殿"与"广寒宫"相对，平仄仄对仄平平；"拾翠"与"题红"相对，仄仄对平平。

⑧庄周谈幻蝶：庄周即庄子，先秦诸子之一。此句指庄周梦蝶的典故。据《庄子·齐物论》记载，庄子曾梦到自己变成了蝴蝶，这个梦太过于真实，以至于庄子醒来后一时迷茫，不知道究竟是自己在梦中变成了蝴蝶，还是蝴蝶在梦中变成了庄周。"不知周之梦为胡蝶与，胡蝶之梦为周与？"后世常用这一典故来表达人生变幻无常，亦梦亦真。元人马致远就曾在《夜行船·秋思》中感慨道："百岁光阴一梦蝶，重回首往事堪嗟。今日春来，明朝花谢。"

⑨吕望兆飞熊：吕望指姜尚，即俗称的姜太公。他曾辅佐周文王、周武王灭掉了商，建立了西周。"兆飞熊"为一典故，相传周文王曾梦到一只飞熊飞到自己的殿下，后经周公解梦后得知，这是南方将有贤人的征兆。后来文王出猎，果然遇到了垂钓的贤能姜太公。三国魏人曹植《铜雀台赋》云："欣群才之来萃兮，协飞熊之吉梦。"此句前后相对，平平平仄仄对仄仄仄平平。

⑩北牖(yǒu)：北边的窗户。当风：指正对着风。

⑪曝(pù)日：指晒太阳。冬烘：指冬天烧火取暖，还可指人头脑僵化，不清楚。宋人范成大《早衰》云："早衰头脑已冬烘，信拙心情似苦空。"宋人文天祥《林附祖》："胡儿一似冬烘眼，错认颜标作鲁公。"此句前后相对，仄仄平平平仄仄对平平仄仄仄平平。

⑫"鹤舞楼头"二句：化用唐人李白《与史郎中钦听黄鹤楼上吹笛》"黄鹤楼中吹玉笛，江城五月落梅花"一句。仙子指费子安，据《齐谐记》记

载，仙人子安曾驾鹤经过黄鹤楼。

⑬凤翔台上，紫箫吹断美人风：此处所言与秦穆公女儿弄玉有关。据汉人刘向《列仙传》记载，秦穆公有个女儿叫弄玉，弄玉喜欢萧史。萧史善于吹箫，他吹箫时，能将孔雀和白鹤招于庭中。穆公便将弄玉嫁给了萧史，萧史教弄玉如何吹出凤鸣之声。弄玉学会后，一吹，便有凤凰飞到她所住的屋顶上。后来，秦穆公为他俩建造了一座凤台，俩人就居住在上面，数年不曾下来。最后，夫妻俩随着凤凰升仙而去。这两句前后相对，仄仄平平，仄仄仄平平仄仄对仄平平仄，仄平平仄仄平平。

〔译文〕

山与海相对应，华山与嵩山相对应，四岳与三公相对应。

宫内的花与苑里的柳相对应，塞外的飞雁和江上的飞鸿相对应。

夏日消暑的清暑殿，冷夜凄清的广寒宫，女子拾取翠色羽毛与宫女题诗红色树叶相对应。

庄周梦幻蝶，不知梦境真假；文王梦飞熊，果获圣贤太公。

北边的窗户有风吹进，夏日里不用摇扇；南边的门帘日光常晒，冬日里无须取暖。

黄鹤绕楼飞舞，仙子吹笛，吹到月亮即将隐去；凤凰盘旋台上，美人吹箫，吹得风声渐渐静歇。

二 冬

〔题解〕

“冬”部是平水韵三十韵中上平声第二韵部。“二冬”中，“二”为序号，“冬”为上平声十五韵中的代表字之一，亦表示与之同归于此韵部中的字。《笠翁对韵》中所举出这一韵部的字有冬、春、松、翁、龙、珑、钟、风、浓、封、蓉、锋、饔、峰、重、慵、宗、茸、蜂、凶、穷。

其一

晨对午，夏对冬，下饷对高舂①。

青春对白昼，古柏对苍松②。

垂钓客，荷锄翁③，仙鹤对神龙④。

凤冠珠闪烁⑤，螭带玉玲珑⑥。

三元及第才千顷⑦，一品当朝禄万钟⑧。

花萼楼间，仙李盘根调国脉⑨；沉香亭畔，娇杨擅宠起边风⑩。

〔注释〕

①下饷(xiǎng):下午饭。高舂(chōng):指太阳西斜,时近黄昏。《淮南子·天文训》云:“日至于虞渊,是谓高舂。”唐人李商隐《垂柳》:“碧虚随转笠,红烛近高舂。”明人张岱《庞公池》云:“一枕黑甜,高舂始起,不晓世间何物谓之忧愁。”此句中“晨”与“午”相对,平对仄;“夏”与“冬”相对,仄对平;“下饷”与“高舂”相对,仄仄对平平。

②青春:指春季。唐人李贺《将进酒》:“况是青春日将暮,桃花乱落如红雨。”唐人李白《长歌行》:“桃李务青春,谁能贳(shì)白日。”白昼:白天。唐人白居易《短歌行》:“出为白昼入为夜,圆转如珠住不得。”唐人李贺《开愁歌》:“壶中唤天云不开,白昼万里闲凄迷。”此句中“青春”与“白昼”相对,平平对仄仄;“古柏”与“苍松”相对,仄仄对平平。

③荷(hè)锄翁:扛着锄头的田间老翁。晋人陶渊明《归园田居》有“晨兴理荒秽,带月荷锄归”一句,则此“荷锄翁”或暗指陶潜。

④此句中“垂钓客”与“荷锄翁”相对,平仄仄对仄平平;“仙鹤”与“神龙”相对,平仄对平平。

⑤凤冠:古代贵族女子所戴的帽子,上面有用贵金属和宝石等做成凤凰形状的装饰,也用作出嫁时的礼帽。明人张弼《寿程夫人六十》云:“凤冠昔日谒椒房,袖惹天家万寿香。”

⑥螭(chī)带:饰有螭纹的带子。螭是古代传说中一种没有角的龙。此句前后相对,仄平平仄仄对平仄仄平平。

⑦三元及第:又叫连中三元。古代科举考试,乡试第一叫解元,会试第一叫会元,殿试第一叫状元,三次考试皆为第一,称为“三元及第”。千顷:顷是田地面积单位,一顷等于一百亩。此处形容人的才学十分渊博。

⑧一品当朝:指在朝廷做大官。古代官分九品,一品为朝中官员的最

高等级。禄万钟:指有丰厚的俸禄。禄指古代官吏的俸薪,钟是古代称粮的计量单位,万钟意为数量极多。宋人张元幹《次韵聪父见遗二首 · 其二》云:“此生但得长相见,一笑能轻禄万钟。”此句前后相对,平平仄仄平平仄对仄仄平平仄仄平。

⑨花萼(è)楼:唐玄宗时所建之楼,位于当时兴庆宫西南。唐明皇及其兄弟曾宴乐其间。仙李盘根:此处化用了唐人杜甫《冬日洛城北谒玄元皇帝庙》中“仙李盘根大,猗兰奕叶光”一句,意为皇族后代兴盛,李家王朝国运昌祚。国脉:国家的命脉。明人张煌言《追往八首 · 其四》:“繇(yáo)来国脉难调久,自省原惭士雅鞭。”

⑩沉香亭:唐玄宗时皇宫中的一座亭台,唐玄宗曾诏李白于此题赏牡丹花《清平调》三首。《清平调 · 其三》有云:“解释春风无限恨,沉香亭北倚阑干。”意为杨贵妃备受唐玄宗的宠爱。娇杨擅宠:娇杨指杨玉环,即杨贵妃。起边风:边塞发生叛乱,指安禄山在渔阳发动叛乱一事。这两句前后相对,平仄平平,平仄平平平仄仄对平平平仄,平平仄仄仄平平。

〔译文〕

清晨与中午相对应,夏日和冬日相对应,下午饭时与太阳西沉相对应。

春日与白天相对应,森森古柏与郁郁苍松相对应。

江边撑起鱼竿的垂钓客,乡间背着锄头的老田农,已成仙的鹤与有神力的龙相对应。

凤冠上的宝珠闪烁光芒,螭带上的美玉做工精良。

三元及第的学子才学渊博,官居一品的臣子俸禄优渥。

花萼楼上,李唐家族子孙兴盛,使得国运昌祚;沉香亭旁,杨氏贵妃独受宠爱,引起边塞战火。

其二

清对淡，薄对浓，暮鼓对晨钟①。
山茶对石菊②，烟锁对云封③。
金菡萏④，玉芙蓉⑤，绿绮对青锋⑥。
早汤先宿酒⑦，晚食继朝饔⑧。
唐库金钱能化蝶⑨，延津宝剑会成龙⑩。
巫峡浪传，云雨荒唐神女庙⑪；岱宗遥望，儿孙罗列丈人峰⑫。

〔注释〕

①暮鼓：佛寺傍晚时击鼓报时。宋人苏轼曾作《郁孤台》诗云："晓钟时出寺，暮鼓各鸣楼。"宋人欧阳修《和丁宝臣游甘泉寺》诗中亦有"城头暮鼓休催客，更待横江弄月归"句。晨钟：佛寺清晨敲钟报时。唐人杜甫《游龙门奉先寺》："欲觉闻晨钟，令人发深省。"清人魏宪《西湖春晓》："晨钟催落月，宿火乱稀星。"此句中"清"与"淡"相对，平对仄；"薄"与"浓"相对，仄对平；"暮鼓"与"晨钟"相对，仄仄对平平。

②石菊：石头旁边的菊花。明人朱士赞《峡山飞来寺》："夹河开石菊，吹帽落金风。"一说为上有形似菊花花纹的石头。

③烟锁：形容云烟浓密，遮蔽了视线。宋人周邦彦《侧犯·大石》词云："烟锁漠漠，藻池苔井。"唐人吴融《秋色》亦有"曾从建业城边路，蔓草寒烟锁六朝"句。云封：与"烟锁"同义，云雾厚重，身处其中看不到外界。明人梁井先《星岩二十景·石洞云封》："欲向丛祠访神女，洞门回首白云封。"此句中"山茶"与"石菊"相对，平平对仄仄；"烟锁"与"云封"相对，平

仄对平平。

④菡(hàn)萏(dàn):荷花别名。唐人李商隐《赠荷花》:“惟有绿荷红菡萏,卷舒开合任天真。”

⑤芙蓉:亦指荷花。《古诗十九首》中即有“涉江采芙蓉,兰泽多芳草”句。

⑥绿绮:古琴名,此琴相传为司马相如所有。唐人李白《听蜀僧濬弹琴》:“蜀僧抱绿绮,西下峨眉峰。”青锋:古剑名,因剑身寒芒如青,故名。明人祝允明《宝剑篇》:“我有三尺匣,白石隐青锋。”此句中“金菡萏”与“玉芙蓉”相对,平仄仄对仄平平;“绿绮”与“青锋”相对,仄仄对平平。

⑦早汤:元人贡师泰《明仁殿进讲五首·其三》有“殿前冠佩俨成行,玉椀金瓶进早汤”句。此处指宿醉后早上喝的醒酒汤。宿酒:宿醉后酒力未消。唐人白居易《早兴》:“半销宿酒头仍重,新脱冬衣体乍轻。”宋人秦观《南歌子·三之一》词中亦有“梦回宿酒未全醒,已被邻鸡催起怕天明”句。

⑧朝饔(yōng):早饭。饔指熟食。明人袁宗道诗中有“佳酿及故人,得微减朝饔”句。

⑨唐库:唐朝的府库。延津:延平津,在今福建南平市东南。此句化用了两个典故,出句所用典故见唐代苏鹗(è)《杜阳杂编》,其云:“穆宗皇帝殿前种千叶牡丹,花始开,香气袭人,一朵千叶,大而且红。上每睹芳盛,叹曰:‘人间未有。’自是宫中每夜,即有黄白蝴蝶万数,飞集于花间,辉光照耀,达晓方去。宫人竞以罗巾扑之,无有获者。上令张网于空中,遂得数百于殿内,纵嫔御追捉以为娱乐。迟明视之,则皆金玉也。其状工巧,无以为比。而内人争用绛缕绊其脚,以为首饰。夜则光起妆奁中。其后开宝厨,睹金钱玉屑之内将有化为蝶者,宫中方觉焉。”说的是唐穆宗皇宫前种植了许多牡丹,十分好看。牡丹开花后,每夜宫中都有黄白蝴蝶飞

舞而来。于是穆宗命人撒网捕捉,以供众人赏玩。谁知第二天再看时,这些蝴蝶都变成了金子和宝玉。后来,人们打开府库之门发现,原来这些蝴蝶都是府库中的宝物所变。对句所用典故出自《晋书·张华传》,晋人雷焕任江西丰城县令时,曾受张华之邀去挖宝。后来他果然挖到了两把剑,一把叫龙泉,一把叫太阿。雷焕留下一把,并将另一把赠给了张华。张华被杀后,他的宝剑就丢失了。雷焕死后,他的儿子雷华佩着宝剑经过延平津时,宝剑突然从腰间跳下,坠落水中。雷华命人去打捞,却见“两龙各长数丈,蟠萦有文章,没者惧而反。须臾光彩照水,波浪惊沸,于是失剑”。最终宝剑化龙而去。此句前后相对,平仄平平平仄仄对平平仄仄仄平平。

⑪此句化用典故,出自战国楚人宋玉的《高唐赋》。据《高唐赋》记载,楚国先王曾游高唐之观,于疲倦休憩时梦到一位仙女,并与此女在梦中相欢。临别时,此女对楚王说:“妾在巫山之阳,高丘之阻,旦为朝云,暮为行雨。朝朝暮暮,阳台之下。”于是,楚王便在此修建了一座朝云庙。唐人李白《清平调·其二》云:“一枝秾艳露凝香,云雨巫山枉断肠。”

⑫此句化用唐人杜甫的两句诗,分别为《望岳·其一》中的“岱宗夫如何,齐鲁青未了”,以及《望岳·其二》中的“西岳崚嶒竦处尊,诸峰罗立似儿孙”。前一诗句的意思是:泰山究竟是怎样的呢,苍茫齐鲁大地也不能完全将青色的泰山穷尽。后一句的意思是:西岳华山耸立,周围群峰好似它的儿孙。这两句前后相对,平仄仄平,平仄平平平仄仄对仄平平仄,平平平仄仄平平。

〔译文〕

清与淡相对应,薄与浓相对应,傍晚的鼓声与清晨的钟声相对应。

山上的茶花和石旁的菊花相对应,浓烟笼罩和云气弥漫相对应。

金子做的荷花，玉石雕的芙蓉，古琴绿绮和宝剑青锋相对应。

喝醒酒汤前必是宿醉，吃罢早饭才能食得晚餐。

唐代府库中，金钱可以化作翩跹蝴蝶；延津这儿，所出的宝剑可以一跃成龙。

巫峡中浪拍江岸，流传着有关神女庙的传说；从远处遥望泰山，群峰围绕其旁，仿若儿孙。

其三

繁对简，叠对重，意懒对心慵①。
仙翁对释伴②，道范对儒宗③。
花灼灼④，草茸茸，浪蝶对狂蜂⑤。
数竿君子竹⑥，五树大夫松⑦。
高皇灭项凭三杰⑧，虞帝承尧殛四凶⑨。
内苑佳人⑩，满地风花愁不尽⑪；边关过客，连天烟草憾无穷⑫。

〔注释〕

①心慵：心意慵懒。唐人白居易《北院》云："性拙身多暇，心慵事少缘。"其《白云期》亦有"年长识命分，心慵少营为"句。此句中"繁"与"简"相对，平对仄；"叠"与"重"相对，仄对平；"意懒"与"心慵"相对，仄仄对平平。

②释伴：指一起修行佛教的人。释教即佛教。

③道范：指修行道教的榜样。儒宗：儒家的宗师。此句中“仙翁”与“释伴”相对，平平对仄仄；“道范”与“儒宗”相对，仄仄对平平。

④灼：明亮。此处指花鲜艳明亮的样子。

⑤浪蝶：上下翻飞的蝴蝶。狂蜂：肆意飞舞的蜜蜂。狂蜂浪蝶，指轻薄放荡的男子。明人凌濛初《初刻拍案惊奇》云：“紫燕黄莺，绿柳丛中寻对偶；狂蜂浪蝶，夭桃队里觅相知。”此句中，“花灼灼”与“草茸茸”相对，平仄仄对仄平平；“浪蝶”与“狂蜂”相对，仄仄对平平。

⑥君子竹：即竹子。古人认为竹子坚韧挺拔，万古长青，不惧严寒酷暑，有君子之德。明人杨士奇《题和侄枯木竹兰图》：“相依君子竹，叶叶是清风。”明人徐庸《花竹群鸟图为杨仲文作》：“争似一竿君子竹，月明能引凤凰栖。”

⑦五树大夫松：此句化用秦始皇册封大树为“五大夫”典故。《史记·秦始皇本纪》云：“二十八年，始皇东行郡县，上邹峄山。立石，与鲁诸儒生议，刻石颂秦德，议封禅望祭山川之事。乃遂上泰山，立石，封，祠祀。下，风雨暴至，休于树下，因封其树为五大夫。”秦始皇立石祭祀后，下山时遇到大雨，故避雨于一棵大树下，后来册封这棵大树为“五大夫”。宋人王禹偁《感兴》：“东山大夫松，中岳金鸡树。”此句前后相对，仄平平仄仄对仄仄仄平平。

⑧高皇：汉高祖刘邦。项：项羽。三杰：指为刘邦打下天下的萧何、张良、韩信三位臣子。

⑨虞帝：指虞舜。承：继承。殛（jí）：杀死。一说为放逐。四凶：传说中上古混沌、穷奇、梼杌、饕餮四个恶名昭彰的部族首领。《左传·文公十八年》：“舜臣尧，宾于四门，流四凶族混沌、穷奇、梼杌、饕餮，投诸四裔，以御螭魅。是以尧崩而天下如一，同心戴舜以为天子，以其举十六相，去四

凶也。”此句前后相对，平平仄仄平平仄对平仄平平仄仄平。

⑩内苑：皇宫庭院之内。清圣祖曾作《内苑诗》，其中一句即为“晚凉内苑看槐花，依槛临池日欲斜”。

⑪风花：被风吹落的花。宋人程颢《郊行即事》：“莫辞盏酒十分劝，只恐风花一片飞。”春女思，秋士悲，女子春天看到娇艳的花终究会被风吹落，联想到自己姣好的容颜无法永葆，故内心忧愁。

⑫烟草：烟雾缭绕的草丛。宋人戴复古《淮村兵后》：“小桃无主自开花，烟草茫茫带晚鸦。”南唐后主李煜《临江仙·樱桃落尽春归去》中亦有“别巷寂寥人散后，望残烟草低迷”句。此两句前后相对，仄仄平平，仄仄平平平仄仄对平平仄仄，平平平仄仄平平。

〔译文〕

繁和简相对应，叠和重相对应，意志消沉和心绪慵懒相对应。

神仙老翁和佛门信徒相对应，道家典范和儒家宗师相对应。

花儿娇艳明亮，草儿柔嫩茂密，上下翻飞的蝴蝶和肆意飞舞的蜜蜂相对应。

君子竹数竿，大夫松五棵。

高祖刘邦凭借着三位贤才，灭掉了项羽；虞舜继承唐尧的帝位，诛杀了四凶。

皇宫内苑，美人看着被风吹落的满地春花，内心愁闷；边关要塞，旅客看着漫无边际的接天烟草，憾恨无穷。

三　江

〔题解〕

“江”部是平水韵三十韵中上平声第三韵部。“三江”中，“三”为序号，“江”为上平声十五韵中的代表字之一，亦表示与之同归于此韵部中的字。《笠翁对韵》中所举出这一韵部的字有双、江、缸、窗、腔、逄、降、邦、庞、杠、幢、艭、龙。

其一

奇对偶，只对双，巨海对长江[①]。

金盘对玉盏，宝烛对银釭[②]。

朱漆槛[③]，碧纱窗，舞调对歌腔[④]。

兴汉推马武[⑤]，谏夏著龙逄[⑥]。

四收列国群王伏[⑦]，三筑高城众敌降[⑧]。

跨凤登台，潇洒仙姬秦弄玉[⑨]；斩蛇当道，英雄天子汉刘邦[⑩]。

〔注释〕

①只：单个。此句中“奇（jī）”与“偶”相对，平对仄；“只”与“双”相对，仄对平；“巨海”与“长江”相对，仄仄对平平。

②银釭（gāng）：银色的灯。宋人苏轼《陪欧阳公燕西湖》云：“城上乌栖暮霭生，银釭画烛照湖明。”此句中“金盘”与“玉盏”相对，平平对仄仄；“宝烛”与“银釭”相对，仄仄对平平。

③槛（jiàn）：栏杆。唐人白居易《庾楼晓望》：“独凭朱槛立凌晨，山色初明水色新。”宋人晏殊词中亦有“凭朱槛，把金卮。对芳丛、惆怅多时”句。

④此句中“朱漆槛”与“碧纱窗”相对，平仄仄对仄平平；“舞调”与“歌腔”相对，仄仄对平平。

⑤兴汉：兴盛汉室。推：推举。马武：字子张，光武二十八将之一，东汉初南阳湖阳（今河南唐河南）人。起初参加绿林起义军，后归汉光武帝刘秀，并立下累累战功。刘秀即位后，任马武为侍中、骑都尉，又与盖延等击败刘永等割据势力，后封杨虚侯，汉明帝时卒。

⑥谏夏：劝谏夏桀。著：彰显。龙逄：即关龙逄，夏桀臣子，曾向夏桀谏言道：“古之人君，身行礼义，爱民节财，故国安而身寿。今君用财若无穷，杀人若恐弗胜，君若弗革，天殃必降，而诛必至矣。君其革之。”夏桀不听其言，还杀害了他。后代将关龙逄看作忠臣的典范。明人曹于汴曾作《龙逄冢》一诗，其云：“下马高坟泪欲零，忍闻忠荩被严刑。秋风惨惨天为老，夏历茫茫骨尚馨。一死犹期成主悟，九州岂意共身倾。英魂仿佛来相嘱，莫道吾王不圣明。”此句前后相对，平仄平仄仄对仄仄仄平平。

⑦四收列国：指北宋初大将曹彬的故事。曹彬，字国华，真定灵寿（今属河北）人。北宋初年大将，曾击败过契丹、北汉，灭后蜀，灭南唐，攻金陵，灭北汉。因为他严禁部下烧杀抢掠，深得民心，故云“群王伏”。明人

韩雍诗《寿赵总兵·其二》云:“曹彬不妄杀,羊祜心更仁。”

⑧三筑高城:指唐代御史大夫张仁愿的故事。唐神龙三年,突厥入寇,张仁愿请求在黄河北建筑三座受降城,三座城可以首尾相应,绝断南寇之路。唐中宗答应了他的这一请求。最终,此法获得成功,突厥不敢度山放牧,详见《旧唐书·张仁愿传》。此句前后相对,仄平仄仄平平仄对平仄平平仄仄平。

⑨秦弄玉:秦穆公的女儿。此句用典出自汉人刘向《列仙传》。其传说《一东·其三》注⑬已注。

⑩斩蛇当道,英雄天子汉刘邦:指刘邦在芒砀山醉斩白蛇的故事。据《史记·高祖本纪》记载,刘邦初起时,曾于一日喝醉酒后,夜行于泽中,并令一人前行。前行者来报,说前方有一白蛇挡在路中间,并且劝刘邦改道而行。刘邦借着酒劲,说:“壮士行,何畏!”上前便将白蛇一斩为二。走了数里后,刘邦醉倒在路旁。后来,有人看到有一个老妇人在白蛇被斩处哭泣,上前问其原因,老妇称自己儿子是白帝化身,化成白蛇伏在道路上,不料却被赤帝的儿子杀了。此两句前后相对,仄仄平平,平仄平平平仄仄对仄平平仄,平平平仄仄平平。

〔译文〕

奇与偶相对应,单只与成双相对应,一望无垠的海与源远流长的长江相对应。

黄金做的盘与美玉制的盏相对应,珍贵的烛和银制的灯相对应。

漆成朱红色的栏杆,碧绿薄纱做的纱窗,舞蹈的乐曲和唱歌的声调相对应。

汉武中兴的功臣,首推应该是马武;劝谏夏桀的忠臣,最有名的是龙逄。

曹彬收复四个国家，群王都心甘情愿降服于他；张仁愿连筑三座城池，突厥自此不敢度山放牧。

秦弄玉在高台上乘着凤凰，成为仙界潇洒神女；刘邦在大泽中斩杀白蛇，成为汉朝的创始帝王。

其二

颜对貌[1]，像对庞[2]，步辇对徒杠[3]。
停针对搁笔[4]，意懒对心降[5]。
灯闪闪，月幢幢[6]，揽辔对飞艭[7]。
柳堤驰骏马，花院吠村尨[8]。
酒晕微酡琼杏颊[9]，香尘浅印玉莲双[10]。
诗写丹枫，韩女幽怀流御水[11]；泪弹斑竹，舜妃遗憾积湘江[12]。

〔注释〕

①颜：容颜。貌：相貌。

②庞：脸庞。

③步辇：一种用人力抬的代步工具，似轿子。宋人王安石《拟和御制赏花钓鱼》："水光承步辇，花气入钓陈。"徒杠：指仅供人徒步行走的小桥。明人朱朴《谷芳上人创二石桥谢以画并题》："村径两徒杠，津岐赖相接。"此句中"颜"与"貌"相对，平对仄；"像"与"庞"相对，仄对平；"步辇"与"徒杠"相对，仄仄对平平。

④停针：指女子停下手中的针线活。唐人朱绛《春女怨》：“欲知无限伤春意，尽在停针不语时。”宋人陈师道《菩萨蛮·七夕》中亦有“停针忆远人”句。搁笔：停笔，放下笔。清人周泗《黄鹤楼》云：“吾蜀青莲曾搁笔，今朝黄口敢言诗。”清人龚自珍《己亥杂诗》中亦有“忽然搁笔无言说，重礼天台七卷经”句。

⑤心降(xiáng)：内心安稳。唐人韦庄《和人岁宴旅舍见寄》：“意合论文后，心降得句初。”宋人方岳《非琼花》：“江南清梦入诗夜，安得一念令心降。”此句中“停针”与“搁笔”相对，平平对仄仄；“意懒”与“心降”相对，仄仄对平平。

⑥幢(chuáng)幢：影子摇晃的样子。

⑦揽辔(pèi)：挽住马的缰绳。三国时期魏人阮籍《咏怀·其十三》：“揽辔按策，进退有度。”清人林则徐《次韵答陈子茂德培》：“小丑跳梁谁殄灭？中原揽辔望澄清。”艭(shuāng)：古时的一种小船。宋人萧照《游范萝山》：“萝翠松青护宝幢，烟波万里送飞艭。”此句中“灯闪闪”与“月幢幢”相对，平仄仄对仄平平；“揽辔”与“飞艭”相对，仄仄对平平。

⑧村尨(máng)：村中多毛的狗。明人邓云霄《村居春兴秋兴各十章俱步张孟奇园居韵·其二》云：“红雨纷纷扑竹窗，花铃风动吠村尨。”此句前后相对，仄平平仄仄对平仄仄平平。

⑨酒晕(yùn)：指酒后脸上泛起的红晕。宋人苏轼《红梅三首·其一》即有“寒心未肯随春态，酒晕无端上玉肌”句。微酡(tuó)：形容人喝醉后脸微微泛红的样子。明人唐文凤《题孙以仁枫林挟弹小像》：“微酡潮脸酒半酣，轻衫似怯风力寒。”

⑩玉莲：此处指女子白净小巧的双足。此句前后相对，仄仄平平平仄仄对平平仄仄仄平平。

⑪韩女幽怀流御水：此句化用典故。据北宋刘斧《青琐高议》记载，唐

僖宗时，书生于祐曾在御水中捡到一片写着字的树叶，上题“流水何太急，深宫近日闲。殷勤谢红叶，好去到人间。”于祐也取树叶，上书“曾闻叶上题红怨，叶上题诗寄阿谁？”置于御水上流，被韩宫女捡到。后来二人机缘巧合下，终成夫妇。韩氏宫女题诗云：“一联佳句随流水，十载幽思满素怀。今日却成鸾凤友，方知红叶是良媒。”韩女，韩姓宫女。御水，从皇宫沟渠中流出来的水。唐人杜牧《早春阁下寓直萧九舍人亦直内署因寄书怀四韵》：“御水初消冻，宫花尚怯寒。”

⑫此句化用典故，据《博物志》《述异记》等记载，帝尧有两个女儿，分别叫娥皇和女英，尧将此二女嫁给了帝舜。舜死于苍梧之野后，二女悲伤痛哭，流下的泪滴在竹子上，形成了斑斑泪痕。后来娥皇和女英也投湘水而死，故被人称为湘妃，有泪斑的竹子也被叫作湘妃竹。此两句前后相对，平仄平平，平仄平平平仄仄对仄平平仄，仄平平仄仄平平。

〔译文〕

容颜和相貌相对应，形象和脸庞相对应，步辇和徒杠相对应。

停下缝补衣物的针和搁下挥斥方遒的笔相对应，心意懒散和内心安稳相对应。

灯光闪闪，月影幢幢，挽住马缰绳和飞速行舟相对应。

长满柳树的河堤上骏马飞驰，开满鲜花的院子里村犬低吠。

小酌后微醺，红霞飞上女子杏儿般的脸颊；香尘中行走，地上落下美人玉莲般的脚印。

深宫中的韩姓女子满怀愁思，将心情写于红色枫叶，随着水流漂出宫外；帝舜的两位妃子怀念夫君，泪水点点尽洒绿竹，怀着遗憾双双沉入江底。

四 支

〔**题解**〕

“支”部是平水韵三十韵中上平声第四韵部。“四支”中，“四”为序号，“支”为上平声十五韵中的代表字之一，亦表示与之同归于此韵部中的字。《笠翁对韵》中所举出这一韵部的字有枝、丝、鹚、词、卮、诗、脂、时、师、资、姿、儿、芝、肢、茨、思、栀、为、椎、迟。

其一

泉对石，干对枝①，吹竹对弹丝②。

山亭对水榭③，鹦鹉对鸬鹚④。

五色笔⑤，十香词⑥，泼墨对传卮⑦。

神奇韩幹画⑧，雄浑李陵诗⑨。

几处花街新夺锦⑩，有人香径淡凝脂⑪。

万里烽烟，战士边头争保塞；一犁膏雨，农夫村外尽乘时⑫。

〔注释〕

①干(gàn):树干,植物的主干。

②吹竹:指吹奏竹制的笙、箫等管乐器。宋人苏辙《周昉画美人歌》:“弹丝吹竹舞罗衣,曲终对镜理鬓眉。”弹丝:指弹奏琴、瑟一类的弦乐器。唐人贾岛《送沈秀才下第东归》:“曲言恶者谁,悦耳如弹丝。”此句中“泉”与“石”相对,平对仄;“干”与“枝”相对,仄对平;“吹竹”与“弹丝”相对,平仄对平平。

③山亭:山上的亭台。水榭(xiè):水边供人游玩或休息的场所。宋人朱淑真词《菩萨蛮·山亭水榭秋方半》云:“山亭水榭秋方半,凤帏(wéi)寂寞无人伴。”

④鸬(lú)鹚(cí):一种水鸟的名称。善捕鱼,俗叫鱼鹰、水老鸦,渔人常驯养之以捕鱼。唐人杜甫《田舍》:“鸬鹚西日照,晒翅满鱼梁。”此句中“山亭”与“水榭”相对,平平对仄仄;“鹦鹉”与“鸬鹚”相对,平仄对平平。

⑤五色笔:此语与“江郎才尽”典故相关。相传南朝梁江淹青年时曾梦到晋代学者郭璞赠之以五色笔,才思大进。后江淹被罢官回家时,曾在冶亭投宿,又梦到郭璞向他索要五色笔,遂予之。后江淹才华不再,即所谓“江郎才尽”。唐人李商隐《县中恼饮席》:“若无江氏五色笔,争奈河阳一县花。”

⑥十香词:指辽道宗时,耶律乙辛揭发萧皇后与伶人赵惟一有私情的证据《十香词》。

⑦泼墨:国画技法之一,用水墨挥洒在纸上或绢上,随其形状进行绘画,笔势豪放,墨如泼出。传卮(zhī):依次传递酒杯。明人李梦阳《送张工副》:“池出异莲要作赋,馆开修竹坐传卮。”此句中“五色笔”与“十香词”相对,仄仄仄对仄平平,“泼墨”与“传卮”相对,仄仄对平平。

⑧韩幹：唐代名画家，年少时曾为酒肆雇工，经王维资助，学画十余年而艺成。拜曹霸为师，擅绘人物、鬼神、花竹，尤工画马。存世作品有《牧马图》《照夜白图》等。

⑨李陵：字少卿，李广之孙，西汉著名将领。汉武帝天汉二年，李陵率五千步兵，力战匈奴八万余人，最终寡不敌众，力竭而降。武帝震怒，诛其全家。苏武归汉时，李陵曾为之庆祝。饮酒间，李陵歌曰："径万里兮度沙漠，为君将兮奋匈奴。路穷绝兮矢刃摧，士众灭兮名已隤。老母已死，虽欲报恩将安归！"抒发心中的怨愤和隐痛。后李陵居匈奴地二十余年后去世。此句前后相对，平平平仄仄对平仄仄平平。

⑩花街：开满花的街道，指妓院聚集的地方。夺锦：夺取锦袍，又称"夺袍"，指在竞赛中获胜。《旧唐书·宋之问传》云："则天幸洛阳龙门，令从官赋诗。左史东方虬诗先成，则天以锦袍赐之。及之问诗成，则天称其词愈高，夺虬锦袍以赏之。"元人王冕《送汪用衡北上》："此行必夺锦袍归，腕头更佩金垒垒。"

⑪香径：开满花的小道。宋人晏殊《浣溪沙·一曲新词酒一杯》词云："小园香径独徘徊。"凝脂：凝固的油脂，多形容女子洁白柔嫩的皮肤。有成语"肤若凝脂"。此句前后相对，仄仄平平平仄仄对仄平平仄仄平平。

⑫保塞：保卫边塞御敌的重要据点。膏雨：滋润农作物的时节好雨。明人释函是《箜篌引》："膏雨何霏霏，泽我西山薇。"乘时：趁着这一好时机。此两句前后相对，仄仄平平，仄仄平平平仄仄对仄平平仄，平平平仄仄平平。

〔译文〕

泉与石相对应，干与枝相对应，吹奏管乐器与弹奏弦乐器相对应。

山上的亭台与水边的小榭相对应，鹦鹉与鸬鹚相对应。

江淹的五色笔，萧后的十香词，泼墨作画和传酒畅饮相对应。

韩幹画出的画令人称奇，李陵吟出的诗气势雄浑。

几处花街中刚刚有人夺得头魁，花园的芳香小径上女子肌肤胜雪。

边塞万里，狼烟初起，战士们奋勇保家卫国；乡间田地，春雨初霁，农夫们忙着乘时耕地。

其二

菹对醢①，赋对诗，点漆对描脂②。

瑶簪对珠履③，剑客对琴师④。

沽酒价⑤，买山资⑥，国色对仙姿⑦。

晚霞明似锦，春雨细如丝⑧。

柳绊长堤千万树⑨，花横野寺两三枝⑩。

紫盖黄旗，天象预占江左地⑪；青袍白马，童谣终应寿阳儿⑫。

〔注释〕

①菹（zū）：腌菜，或指将肉切碎，剁成肉酱。醢（hǎi）：古代的一种酷刑，把人杀死后剁成肉酱。

②点漆：物体乌黑光亮的样子。唐人杜甫《北征》："或红如丹砂，或黑如点漆。"描脂：涂抹胭脂。此句中"菹"与"醢"相对，平对仄；"赋"与"诗"

相对，仄对平；“点漆”与“描脂”相对，仄仄对平平。

③瑶簪(zān)：又作“璠(fán)簪”，美玉做成的簪子。珠履(lǚ)：装饰有宝珠的鞋。

④此句中“瑶簪”与“珠履”相对，平平对平仄；“剑客”与“琴师”相对，仄仄对平平。

⑤沽酒价：买酒水的钱。相关典故出自《世说新语》。《世说新语·任诞》云：“阮宣子常步行，以百钱挂杖头，至酒店，便独酣畅。虽当世贵盛，不肯诣也。”晋人阮咸，不肯攀附权贵，常常步行出门，并将百钱挂在自己的手杖头，到酒店后就尽数买酒喝。

⑥买山资：指隐居生活所需的费用。相关典故出自《世说新语·排调》，其云：“支道林因人就深公买印山，深公答曰：‘未闻巢、由买山而隐。’”晋人支道林，派人到深公那儿去购买印山。深公回答：“没有听说过巢父和许由是买了山以后才去隐居的。”明人江源《写怀二首·其一》云：“但偿沽酒价，不计买山资。”

⑦此句中“沽酒价”与“买山资”相对应，平仄仄对仄平平；“国色”与“仙姿”相对应，仄仄对平平。

⑧锦：有彩色花纹的丝织品。此句前后相对，仄平平仄仄对平仄仄平平。

⑨绊：行走时被别的东西挡住或缠住。此处引申为柳树茂密，数量多到像是拴缚在长堤上一样。

⑩横：横着生长。此句前后相对，仄仄平平平仄仄对平平仄仄仄平平。

⑪紫盖黄旗：典故出自《三国志》。据《三国志·吴志·吴主传》裴松之引三国吴韦昭《吴书》注解，吴国人陈化曾出使魏国，魏文帝酒后用嘲弄的口气问他：“吴、魏对峙，谁能一统天下？陈化说：‘据《周易》言，帝王出

于东方。前人又说，紫盖黄旗，时运当在东南。’”东南方即是吴国的方向。

⑫青袍白马：这一典故出自《南史·侯景传》。据《南史》记载，南朝梁武帝时，大同周围有“青丝白马寿阳来”的童谣传唱。此时，侯景有篡夺帝位的野心，故用青布做袍，用青丝做马缰绳，并身骑白马，以应童谣。后来他果然谋反，将梁武帝困死在台城。此两句前后相对，仄仄平平，平仄仄平平仄仄对平平仄仄，平平平仄仄平平。

〔译文〕

菹与醢相对应，赋与诗相对应，点漆之黑与描脂之白相对应。

美玉做成的发簪与装饰宝珠的鞋子相对应，佩剑的侠客与弹琴的乐师相对应。

买酒痛饮的酒钱，购置山林的资费，倾国之色与神仙之姿相对应。

晚霞柔美明亮，好似美丽的锦绣；春雨淅淅沥沥，好似纤细的丝线。

河堤上柳树繁茂，如同千万棵集聚于此；野寺旁三两枝野花，肃穆清冷中显露生机。

紫盖黄旗，天象预兆着江左之地可出帝王；青袍白马，童谣最终应验寿阳侯景即为叛贼。

其三

箴对赞①，缶对卮②，萤照对蚕丝③。

轻裾对长袖[4]，瑞草对灵芝[5]。

流涕策[6]，断肠诗[7]，喉舌对腰肢[8]。

云中熊虎将[9]，天上凤麟儿[10]。

禹庙千年垂橘柚[11]，尧阶三尺覆茅茨[12]。

湘竹含烟，腰下轻纱笼玳瑁[13]；海棠经雨，脸边清泪湿胭脂[14]。

〔注释〕

①箴(zhēn)：古代文体的一种，主要用来劝谏他人。赞：古代文体的一种，主要用来赞颂人或物。

②缶(fǒu)：古代一种大肚子小口儿的盛酒瓦器。卮(zhī)：古代盛酒的酒器。

③萤照：指萤火虫发出的光亮。此句中“箴”与“赞”相对，平对仄；“缶”与“卮”相对，仄对平；“萤照”与“蚕丝”相对，平仄对平平。

④轻裾(jū)：裾指衣服的大襟或衣服的前后部分，轻裾意为轻柔飘逸的衣物。三国魏曹植《美女篇》云：“罗衣何飘飘，轻裾随风还。”

⑤瑞草：有祥瑞意义的草。唐人徐寅《赠东方道士》：“旧放长生鹿，时衔瑞草还。”此句中“轻裾”与“长袖”相对，平平对平仄；“瑞草”与“灵芝”相对，仄仄对平平。

⑥流涕策：此处化用西汉贾谊相关典故。贾谊曾上《陈政事疏》云：“臣窃惟事势，可为痛哭者一，可为流涕者二，可为长太息者六。”元人舒頔(dí)《雨中呈丰彦辉》云：“休上贾生流涕策，且赓梁父《白头吟》。”

⑦断肠诗：此句与宋代女词人朱淑真相关。朱淑真诗词多幽愤哀伤的情调，有《断肠集》等传世。

⑧此句中“流涕策”与“断肠诗”相对，平仄仄对仄平平；“喉舌”与“腰肢”相对，平仄对平平。

⑨云中：汉代郡名，今山西北部与内蒙古一部分。熊虎将：指勇猛过人的将领。相传，周瑜曾说：“刘备有关、张熊虎之将。”明人殷奎《张将军庙》云：“将军自是熊虎将，猛力雄姿万人敌。”

⑩凤麟儿：凤指凤凰，麟指麒麟，后多被用于称赞杰出的人才。此句前后相对，平平平仄仄对平仄仄平平。

⑪禹庙千年垂橘柚：唐人杜甫有《禹庙》一诗，其云：“禹庙空山里，秋风落日斜。荒庭垂橘柚，古屋画龙蛇。云气生虚壁（又作‘嘘青壁’），江声走白沙。早知乘四载，疏凿控三巴。”此句用典即出自杜甫此诗。

⑫尧阶：指帝尧的住所。茅茨（cí）：以土作为台阶，以茅草盖的屋子。《韩非子·五蠹》云：“尧之王天下也，茅茨不剪，采椽不斫。”此句前后相对，仄仄平平平仄仄对平平平仄仄平平。

⑬湘竹：湘妃竹，又名斑竹。相传帝舜死后，他的两位妃子娥皇、女英洒泪湘江，泪水落在竹子上，遂成斑竹。唐人刘禹锡作有《潇湘神·斑竹枝》词云：“斑竹枝，斑竹枝，泪痕点点寄相思。楚客欲听瑶瑟怨，潇湘深夜月明时。”玳（dài）瑁（mào）：爬行动物，像龟，甲壳光滑，上有花纹。

⑭海棠：落叶小乔木，叶子卵形或椭圆形，花白色或淡粉红色，结黄色或红色的球形果实，味酸甜。宋人苏轼有《海棠》诗云：“东风袅袅泛崇光，香雾空蒙月转廊。只恐夜深花睡去，故烧高烛照红妆。”此两句前后相对，平仄平平，平仄平平平仄仄对仄平平仄，仄平平仄仄平平。

〔译文〕

箴与赞相对应，缶与卮相对应，萤火虫的光与春蚕的吐丝相对应。

轻薄的衣襟与修长的衣袖相对应，瑞草与灵芝相对应。

贾谊痛心流涕，写下进言之策；朱淑真心如刀绞，著有断肠之诗。嘴中的喉舌与身上的腰肢相对应。

云中郡守城有勇猛武将，苍穹上翱翔着麒麟凤凰。

千年禹庙中的果树上结满橘子和柚子，三尺尧阶上的屋顶长满杂乱的茅草。

淡淡烟雾围绕湘竹，湘竹如同身着轻纱笼罩在玳瑁之上；绵绵细雨打湿海棠，海棠如同女子伤心，湿了胭脂，红了眼眶。

其四

争对让，望对思，野葛对山栀①。
仙风对道骨，天造对人为②。
专诸剑③，博浪椎④，经纬对干支⑤。
位尊民物主，德重帝王师⑥。
望切不妨人去远⑦，心忙无奈马行迟⑧。
金屋闭来⑨，赋乞茂陵题柱笔⑩；玉楼成后⑪，记须昌谷负囊词⑫。

〔注释〕

①葛(gě)：多年生草本植物，开紫红色花，其茎可编篮做绳，纤维可织布，块根肥大，可制淀粉，亦可入药。栀(zhī)：栀子，常绿灌木，其叶为长椭圆形，花开白色，气味芳香，称为“栀子花”，果可作染料或入药。此句中“争”与“让”相对，平对仄；“望”与“思”相对，仄对平；“野葛”与“山栀”相

对，仄仄对平平。

②天造：上天所造，即指自然生成的事物。此句中“仙风”与“道骨”相对，平平对仄仄；“天造”与“人为”相对，平仄对平平。

③专诸剑：刺客专诸所用之剑。专诸，春秋时吴国堂邑人。据《史记·刺客列传》记载，伍子胥知道吴公子光想要杀吴王僚以自立，于是推荐专诸给吴公子光。吴王僚十二年（前515），公子光宴请吴王僚，并暗中埋伏下甲士，希望可以刺杀吴王僚。但吴王僚也带来守卫，戒备极其森严。于是专诸把剑藏在鱼腹中，趁进献给吴王僚时抽出，并成功将吴王僚击杀，但自己也死于吴王僚的守卫手中。公子光趁机召唤出之前隐藏的甲士，尽数杀光吴王僚带来的人。后公子光自立为王，为吴王阖闾。

④博浪椎：博浪为地名，指博浪沙，张良曾在此处行刺始皇帝。椎是一种敲打、打击物体的工具。据《史记·留侯世家》《汉书·张良传》记载，韩国人张良曾在秦始皇东游时，意欲让力士用重椎椎击秦始皇，但最终误中副车。张良后改名，逃去了下邳。清人丘逢甲《秋怀》云：“留侯博浪椎无用，笑抚残书酒独斟。”

⑤经纬：经线与纬线，横为纬线，竖为经线。干支：古人用以纪年、月、日的十干和十二支的合称。拿十干的“甲、丙、戊、庚、壬”和十二支的“子、寅、辰、午、申、戌”相配，十干的“乙、丁、己、辛、癸”和十二支的“丑、卯、巳、未、酉、亥”相配，共配成六十组，用来表示年、月、日的次序，周而复始，循环使用。干支最初是用来纪日的，后来多用来纪年。此句中“专诸剑”与“博浪椎”相对，平平仄对仄仄平；“经纬”与“干支”相对，平仄对平平。

⑥民物主：人民和万物的主人。帝王师：君王的老师。宋人郑獬（xiè）《勉学者》云：“孟子岂无仁义国，荀卿犹作帝王师。”此句前后相对，仄平平仄仄对仄仄仄平平。

⑦望切：深切希望。

⑧忙：急切。此句前后相对，仄仄仄平平仄仄对平平平仄仄平平。

⑨金屋：此处化用“金屋藏娇”的典故。据《汉武故事》记载，刘彻四岁时被立为胶东王。有一次，他的姑母长公主刘嫖将他抱在腿上，问他道：“你想要个媳妇吗？”小刘彻说想要，但长公主指着周围的女子问他，他都说不要。最后，长公主指着自己的女儿阿娇问小刘彻：“阿娇怎么样？”小刘彻回答道：“阿娇好！我如果娶了阿娇，一定要用金子盖一间屋子让她住。”

⑩茂陵：古代县名，汉代司马相如曾经住在此地。此处“茂陵”即指司马相如。赋乞茂陵：指阿娇被刘彻冷落，独居长门宫后，用黄金百两请司马相如为其作《长门赋》，希望能纾解自己的愁闷。最终，《长门赋》感动了汉武帝，阿娇复得圣上宠爱。题柱：与“题柱”相关的典故见《华阳国志·蜀志》，据记载，司马相如离蜀前往长安时，曾立誓要衣锦还乡，并在成都城北升仙桥柱上题“不乘赤车驷马，不过汝下也”。

⑪玉楼：天上仙人居住的地方。据《李义山文集·李贺小传》载，传说唐代诗人李贺将死之时，有绯衣人来，对李贺说道：“天帝修建好了白玉楼，要召你上去为白玉楼写记。”不一会儿，李贺便驾鹤西去。

⑫昌谷：李贺为唐代昌谷人，他的诗集称为《昌谷集》，故后人亦将“昌谷”作为李贺别名。负囊词：据《李贺小传》记载，李贺每天早上骑着一头驴，背着一个破锦囊，带着一个小奴出门。每当灵光闪现，想到好诗句时，他就随笔写下，投入自己的锦囊当中。此两句前后相对，平仄仄平，仄仄仄平平仄仄对仄平平仄，仄平平仄仄平平。

〔译文〕

争与让相对应，望与思相对应，野葛与山栀相对应。

仙人风度与道家气骨相对应，天然而生与人工制成相对应。

刺客专诸在宴会上击杀吴王僚的剑，谋士张良在博浪沙行刺秦始皇的椎，地理上的经纬与时间上的干支相对应。

地位尊贵的人是世间万物的主人，德高望重的人可成为帝王的老师。

深切期望不能阻止离人的远去，内心慌张也无力改变马儿的缓行。

金屋紧闭，阿娇只得向有题柱之才的司马相如重金求文；玉楼修成，神仙也得邀请有满囊佳句的李贺上天撰记。

五　微

〔题解〕

“微”部是平水韵三十韵中上平声第五韵部。“五微”中，“五”为序号，“微”为上平声十五韵中的代表字之一，亦表示与之同归于此韵部中的字。《笠翁对韵》中所举出这一韵部的字有非、微、扉、飞、肥、归、危、围、帷、巍、薇、旂、玑、威、稀、衣、闱、矶、辉、妃、龟。

其一

贤对圣，是对非，觉奥对参微①。

鱼书对雁字②，草舍对柴扉③。

鸡晓唱，雉朝飞④，红瘦对绿肥⑤。

举杯邀月饮⑥，骑马踏花归⑦。

黄盖能成赤壁捷⑧，陈平善解白登危⑨。

太白书堂，瀑泉垂地三千丈⑩；孔明祀庙，老柏参天四十围⑪。

〔注释〕

①觉奥:领悟奥妙。参(cān)微:参透精深微妙的道理。此句中“贤”与“圣”相对,平对仄;“是”与“非”相对,仄对平;“觉奥”与“参微”相对,仄仄对平平。

②鱼书:指书信。汉人蔡邕《饮马长城窟行》云:“客从远方来,遗(wèi)我双鲤鱼。呼儿烹鲤鱼,中有尺素书。”“尺素书”是指用生丝绢写好的书信。后人就用“鱼书”来称呼书信。宋人晏殊《寄远》云:“鱼书欲寄无由达,水远山长处处同。”雁字:亦指书信。据《汉书·苏武传》记载,苏武被匈奴单于扣押在北方,后匈奴与汉和亲,汉昭帝提出要归还苏武,匈奴骗汉人说苏武已死。后来,苏武的随行人员常惠给汉使出了个主意,他让汉使对匈奴说,汉昭帝在上林苑打猎的时候射中一只大雁,大雁脚上绑有帛书,上面写着苏武在某个地方。汉使听从了常惠的建议,最终将苏武救了出来。故“雁字”亦有书信含义。宋人柳永《甘草子·秋尽》词云:“雁字一行来,还有边庭信。”

③柴扉(fēi):柴门。唐人王维《送别》:“山中相送罢,日暮掩柴扉。”宋人叶绍翁《游园不值》:“应怜屐齿印苍苔,小扣柴扉久不开。”此句中“鱼书”与“雁字”相对,平平对仄仄;“草舍”与“柴扉”相对,仄仄对平平。

④雉(zhì):鸟名,雄性羽毛华美。魏晋时有《雉朝飞操》曲云:“雉朝飞,鸣相和,雌雄群游于山阿。我独何命兮未有家,时将暮兮可奈何,嗟嗟暮兮可奈何。”作者感叹雉鸟都是雌雄相随,而自己却无家可归,心中苦涩无奈。

⑤红瘦、绿肥:两词出自宋人李清照《如梦令》词。词云:“昨夜雨疏风骤,浓睡不消残酒。试问卷帘人,却道海棠依旧。知否?知否?应是绿肥

红瘦。”全词大意为经过一夜风雨后，词人问卷帘人：“海棠花开得是否依旧？”卷帘人回复海棠依旧。但其实词人心知，一夜风雨后的海棠，肯定是红花打散不少，绿叶更加水绿。此句中“鸡晓唱”与“雉朝飞”相对，平仄仄对仄平平；“红瘦”与“绿肥”相对，平仄对仄平。

⑥举杯邀月饮：此句出自唐人李白《月下独酌》一诗，诗云：“花间一壶酒，独酌无相亲。举杯邀明月，对影成三人。”

⑦此句前后相对，仄平平仄仄对平仄仄平平。

⑧黄盖：字公覆，三国吴零陵泉陵人。据记载，黄盖姿貌严毅，善于养兵，每次征伐，士卒都争先恐后上阵杀敌。在赤壁之战中，他设计大破曹军。后又平定武陵蛮人造反。赤壁捷：指黄盖设计使孙刘联军在赤壁大破曹军一事。据《三国志·吴志·周瑜传》记载，黄盖在赤壁之战时诈降曹操，将数十艘填满薪草、灌满膏油的斗舰带到曹营中，然后将这些小舰点着，顺势也引燃了曹操的军船。曹操军船首尾相接，无法逃脱，兵卒伤亡惨重，最后被孙刘联军打败。

⑨陈平：汉初汉高祖的谋臣，阳武人。汉朝建立后被封为曲逆侯。惠帝、吕后时任丞相。期间陈平因吕氏专权而不涉足国事。吕后死后，他与周勃定计诛杀吕产、吕禄等，迎立文帝，任丞相。白登危：据《史记·韩信卢绾列传》记载，刘邦与匈奴作战时，被困在平城白登山七日，后听从陈平的建议，向冒（mò）顿（dú）单于的王后行贿，最终得以脱身。此句前后相对，平仄平平仄仄仄对平平仄仄仄平平。

⑩太白：唐代著名诗人李白的字。太白书堂在今江西庐山。瀑泉垂地三千丈：出自李白《望庐山瀑布》，诗云：“日照香炉生紫烟，遥看瀑布挂前川。飞流直下三千尺，疑是银河落九天。”

⑪孔明祀庙：指四川成都的武侯祠。老柏参天四十围：出自唐人杜甫《古柏行》，诗云：“孔明庙前有老柏，柯如青铜根如石。霜皮溜雨四十围，

黛色参天二千尺。”此两句前后相对，仄仄平平，仄平平仄平平仄对仄平仄仄，仄仄平平仄仄平。

〔译文〕

贤与圣相对应，是与非相对应，领悟精深奥妙和参透微妙哲理相对应。

鱼书与雁字相对应，草屋和柴门相对应。

雄鸡报晓，雉鸟晨飞，红花凋零和绿叶茁壮相对应。

举起酒杯邀请明月共饮，骑上骏马踏着香花回归。

黄盖设计，赤壁大捷成为现实；陈平出谋，白登之危最终化险为夷。

庐山上的李白书堂，瀑布从三千尺高的悬崖上飞流而下；成都的孔明祀庙，四十围粗的古柏郁郁葱葱，蔽日遮天。

其二

戈对甲，幄对帷[①]，荡荡对巍巍[②]。

严滩对邵圃[③]，靖菊对夷薇[④]。

占鸿渐[⑤]，采凤飞[⑥]，虎榜对龙旂[⑦]。

心中罗锦绣，口内吐珠玑[⑧]。

宽宏豁达高皇量[⑨]，叱咤喑哑霸王威[⑩]。

灭项兴刘，狡兔尽时走狗死[⑪]；连吴拒魏[⑫]，貔貅屯处卧龙归[⑬]。

〔注释〕

①幄（wò）：帐幕。帷（wéi）：亦为帐子、帐幕。

②荡荡：宽广无边的样子。宋人邵雍《梅花诗》："荡荡天门万古开，几人归去几人来。"巍巍：高大壮观的样子。三国魏曹操《苦寒行》："北上太行山，艰哉何巍巍。"此句中"戈"与"甲"相对，平对仄；"幄"与"帷"相对，仄对平；"荡荡"与"巍巍"相对，仄仄对平平。

③严滩：指东汉严光隐居钓鱼的河滩。据《后汉书·严光传》记载，严光"少有高名"，与汉光武帝刘秀是同学。刘秀即位后，严光改名换姓，隐居起来。后来他被刘秀找到，但不肯做官，依旧耕田隐居在富春山。邵圃（pǔ）：指秦末汉初人邵平种瓜的园地。秦时，邵平为东陵侯。秦亡后，他在长安城东种瓜。他种出的瓜甚甜，人称"东陵瓜"。宋人宋庠《岁晏思归》云："邵圃瓜畴熟，陶庐菊径存。"

④靖菊：指晋人陶渊明所爱之菊花。陶渊明谥号为靖节先生，生前又最爱菊花，故以此称。夷薇：指先秦时人伯夷所采之薇。伯夷是商末孤竹国国君之子，曾与叔齐劝谏周武王不要伐纣。武王灭商后，伯夷与叔齐发誓不食周粟，隐居在首阳山，采薇为食，最终饿死。此句中"严滩"与"邵圃"相对，平平对仄仄；"靖菊"与"夷薇"相对，仄仄对平平。

⑤占：占卜。鸿渐：指大雁由低到高飞翔。《周易·渐》卦云："渐，女归吉。"爻辞中亦有"鸿渐于木""鸿渐于陆"等，意思是占卜得"鸿渐"一卦，那么嫁女是很吉利的事。

⑥凤飞：据《左传·庄公二十二年》记载，春秋时，陈大夫懿氏想要将自己的女儿嫁给陈公子完，于是让他的妻子占了一卦，结果是吉祥："凤凰于飞，和鸣锵锵。"后来，陈完逃到了齐国，齐桓公以礼相待，并让他做了工正之官。

⑦虎榜：即龙虎榜、进士榜，古代科举考试完，朝廷公布的录取名单。宋人韩淲《上饶登科八人所识者四》："他日要当为国器，喜看虎榜大名垂。"龙旂（qí）：画有龙的旗帜。此句中"占鸿渐"与"采凤飞"相对，平平仄对仄仄平；"虎榜"与"龙旂"相对，仄仄对平平。

⑧珠玑：宝珠美玉，也比喻好的文章。此句前后相对，平平平仄仄对仄仄仄平平。

⑨高皇：指汉高祖刘邦。

⑩喑（yīn）哑：形容人发怒时的声音。霸王：指西楚霸王项羽。此句前后相对，平平仄仄平平仄对仄仄平平仄仄平。

⑪灭项兴刘，狡兔尽时走狗死：此句写韩信为吕后所杀之事。据《史记·淮阴侯列传》记载，韩信帮助刘邦击败项羽，打下天下，被封为楚王。后来，韩信却以谋反的罪名被吕后处死。死前，韩信曾说："果若人言：'狡兔死，走狗烹；高鸟尽，良弓藏；敌国破，谋臣亡。'天下已定，我固当烹。"

⑫吴：三国时孙吴。魏：三国时曹魏。

⑬貔（pí）貅（xiū）：古书中记载的一种猛兽。此处借指勇猛的将士。卧龙：睡卧着的龙。此处指诸葛亮。唐人汪遵《咏南阳》："若非先主垂三顾，谁识茅庐一卧龙？"此两句前后相对，仄仄平平，仄仄仄平仄仄仄对平平仄仄，平平平仄仄平平。

〔译文〕

戈与甲相对应，幄与帷相对应，宽广无边和高大壮观相对应。

严光的垂钓地与邵平的瓜果园相对应，陶潜喜爱的菊花和伯夷所食的薇草相对应。

占得大雁渐飞是吉兆，卜出凤凰齐飞亦是吉兆，虎榜与龙旗相对应。

心中积蕴有锦缎一般的才华，口中谈论出优美文雅的辞章。

汉高祖刘邦的功业得益于宽宏豁达度量，西楚霸王项羽的威风建立在厉声呵斥上。

帮助刘邦灭掉项羽，创建汉室，韩信最终却落得兔死狗烹的下场；辅佐蜀汉联合孙吴，对抗曹魏，勇士聚集之地就有诸葛孔明的存在。

其三

衰对盛，密对稀，祭服对朝衣①。

鸡窗对雁塔②，秋榜对春闱③。

乌衣巷④，燕子矶⑤，久别对初归⑥。

天姿真窈窕，圣德实光辉⑦。

蟠桃紫阙来金母⑧，岭荔红尘进玉妃⑨。

灞上军营，亚父愤心撞玉斗⑩；长安酒市，谪仙狂兴典银龟⑪。

〔注释〕

①祭服：祭祀时候所穿的礼服。朝衣：臣子上朝时所穿的衣服。明人程敏政《三月八日扈从视学听讲说命文言有作》："朝衣绚日金绯匝，御帜迎风锦绣翻。"此句中"衰"与"盛"相对，平对仄；"密"与"稀"相对，仄对平；"祭服"与"朝衣"相对，仄仄对平平。

②鸡窗：指书斋。据《艺文类聚》引南朝宋刘义庆《幽明录》云："晋兖

州刺史沛国宋处宗尝买得一长鸣鸡，爱养甚至，恒笼着窗间。鸡遂作人语，与处宗谈论，极有言智，终日不辍。处宗因此言巧大进。”晋人宋处宗买了一只鸡，十分喜欢，于是把鸡笼放在窗台上。这只鸡和宋处宗整日用人话交谈，十分聪慧，宋处宗的言谈水平也因此越来越高。雁塔：此处指西安大雁塔，唐代的新进士常于此处题名。清人洪亮吉《雁塔名》：“大雁塔，小雁塔，进士题名何杂沓。李白杜甫盖代才，可向塔上题名来？”

③秋榜：指科举考试中秋试后所发的榜单。清人荣庆《送何见石甘肃之行》：“忆昔文章动秋榜，频年诗酒共春明。”春闱：指春天在京城举行的会试。此句中“鸡窗”与“雁塔”相对，平平对仄仄；“秋榜”与“春闱”相对，平仄对平平。

④乌衣巷：在今江苏南京，是东晋士族名门的聚居区。亦为诗篇名，唐人刘禹锡作有《乌衣巷》一诗，诗云：“朱雀桥边野草花，乌衣巷口夕阳斜。旧时王谢堂前燕，飞入寻常百姓家。”借燕子飞于此处栖息，写出昔日豪门世族的衰落。

⑤燕子矶：石矶位于今江苏南京市北的观音山上，前临长江，形势险要，因其形如飞燕，故以“燕子”为名。明人邓云霄《燕子矶》云：“燕子矶头石林立，水势建瓴走千里。”

⑥此句中“乌衣巷”与“燕子矶”相对，平平仄对仄仄平；“久别”与“初归”相对，仄仄对平平。

⑦天姿：天仙般的姿容。圣德：高尚的美德。此句前后相对，平平平仄仄对仄仄仄平平。

⑧紫阙（què）：仙境。唐人李白《灞陵行送别》：“古道连绵走西京，紫阙落日浮云生。”金母：指西王母。宋人朱翌《晨光亭夹径草深庵僧澄锄去之将种桃李》：“已问花翁移郁李，竟从金母折蟠桃。”据《太平广记》引《汉武帝内传》记载，汉武帝曾经设下极为豪华的宴席请西王母，王母下凡后

也给了汉武帝许多仙界珍果,其中就有蟠桃。随后,汉武帝意欲留下蟠桃核在人间种植,但西王母告诉他,蟠桃无法在人间成活。

⑨岭荔红尘进玉妃:此处涉及杨贵妃的相关故事。据说,杨贵妃喜欢吃岭南的荔枝,于是唐明皇就命人快马加鞭从岭南将荔枝运至长安。唐人杜牧《过华清宫》:“长安回望绣成堆,山顶千门次第开。一骑红尘妃子笑,无人知是荔枝来。”此句前后相对,平平仄仄平平仄对仄仄平平仄仄平。

⑩灞上军营,亚父愤心撞玉斗:亚父指范增。此处典故出自《史记·项羽本纪》,刘邦攻破咸阳后,因惧怕项羽的实力,还军灞上,并亲至鸿门向项羽谢罪。项羽设宴招待,席间,项羽谋士亚父范增多次示意项羽杀掉刘邦,但项羽犹豫不决。最终,刘邦借机逃脱。范增一气之下,打碎了刘邦托张良赠予他的玉斗。后来,项羽果为刘邦所灭。

⑪谪仙狂兴典银龟:“谪仙”指李白。据史料记载,李白进入长安后,贺知章前去拜访,见李白神清气朗,风度翩翩,贺知章忍不住惊叹道:“此天上谪仙人也!”另据李白《对酒忆贺监》序中记,贺知章第一次见到李白时,就解下身上的金龟换取美酒,与他一醉方休。相传李白也解下过身上的银龟换取酒喝。此两句前后相对,仄仄平平,仄仄仄平平仄仄对平平仄仄,仄平平仄仄平平。

〔译文〕

衰与盛相对应,密与稀相对应,祭祀的礼服和上朝的官衣相对应。

鸡窗和雁塔相对应,秋天的榜单和春天的考试相对应。

乌衣巷,燕子矶,长久的离别和初次的归来相对应。

天仙般姿容的女子窈窕动人,品德高尚的贤哲散发圣洁光辉。

仙界的蟠桃从西王母手中赠予汉武帝，岭南的荔枝通过官员之手献给杨贵妃。

灞上的军营中，亚父愤怒不已，摔碎刘邦赠予的玉斗；长安的酒市里，李白兴致高昂，解下身上的银龟沽酒痛饮。

六　鱼

〔题解〕

“鱼”部是平水韵三十韵中上平声第六韵部。“六鱼”中，“六”为序号，“鱼”为上平声十五韵中的代表字之一，亦表示与之同归于此韵部中的字。《笠翁对韵》中所举出这一韵部的字有榆、裾、蕖、如、庐、虚、书、舒、余、除、锄、愚、闾、车、驴、疏、苴、纡、舆、沮、妤、渔。

其一

羹对饭，柳对榆[1]，短袖对长裾[2]。

鸡冠对凤尾[3]，芍药对芙蕖[4]。

周有若[5]，汉相如[6]，王屋对匡庐[7]。

月明山寺远，风细水亭虚[8]。

壮士腰间三尺剑[9]，男儿腹内五车书[10]。

疏影暗香，和靖孤山梅蕊放[11]；轻阴清昼，渊明旧宅柳条舒[12]。

〔注释〕

①榆：指榆树，木质坚硬，可制器具，亦可作建筑木材。

②长裾（jū）：长衣，长袖。东汉人辛延年《羽林郎》："长裾连理带，广袖合欢襦。"此句中"羹"与"饭"相对，平对仄；"柳"与"榆"相对，仄对平；"短袖"与"长裾"相对，仄仄对平平。

③鸡冠：鸡冠花。明人徐渭《芭蕉鸡冠》："芭蕉叶下鸡冠花，一朵红鲜不可遮。"凤尾：凤尾竹。徐渭《人言凤尾蕉花于某县庭命作》有"凤尾本蕉材，红花绿叶毸"句。

④芍药：植物名，多年生草本植物，根可入药，其花亦名为"芍药"，形似牡丹。唐人白居易《感芍药花寄正一上人》："今日阶前红芍药，几花欲老几花新。"芙蕖（qú）：即荷花。宋人苏轼《江城子・江景》："一朵芙蕖，开过尚盈盈。"此句中"鸡冠"与"凤尾"相对，平平对仄仄；"芍药"与"芙蕖"相对，仄仄对平平。

⑤周有若：指东周人有若。有若，字子有，鲁国人。孔子弟子，其貌似孔子。

⑥汉相如：指西汉文学家司马相如。司马相如，字长卿，四川成都人。代表作有《子虚赋》《上林赋》等。

⑦王屋：王屋山。在今山西阳城、垣曲两县之间。匡庐：即庐山。相传古代有匡氏兄弟在此结庐隐居。唐人白居易《庐山草堂记》开篇即云："匡庐奇秀，甲天下山。"此句中"周有若"与"汉相如"相对，平仄仄对仄平平；"王屋"与"匡庐"相对，平仄对平平。

⑧风细：和煦的微风。宋人苏轼《望江南・超然台作》："春未老，风细柳斜斜。"此句前后相对，仄平平仄仄对平仄仄平平。

⑨三尺剑：据《史记・高祖本纪》记载，刘邦曾说自己"以布衣提三尺剑

取天下”，后代人遂以“三尺剑”作为有志向男子的象征。唐人王珪（guī）《咏汉高祖》：“汉祖起丰沛，乘运以跃鳞。手奋三尺剑，西灭无道秦。”

⑩五车书：指人学识渊博。《庄子·天下》云：“惠施多方，其书五车。”后世故以“学富五车”称赞人之博学。此句前后相对，仄仄平平平仄仄对平平仄仄仄平平。

⑪和靖：宋代诗人林逋（bū），字和靖。他隐居在西湖孤山，喜好种梅养鹤。其咏梅名句有：“疏影横斜水清浅，暗香浮动月黄昏。”

⑫渊明：指东晋诗人陶渊明。陶渊明《五柳先生传》云：“先生不知何许人也，亦不详其姓字，宅边有五柳树，因以为号焉。”此两句前后相对，平仄仄平，平仄平平平仄仄对平平平仄，平平仄仄仄平平。

〔译文〕

羹与饭相对应，柳树与榆树相对应，短袖与长襟相对应。

鸡冠花与凤尾竹相对应，芍药和荷花相对应。

周代人有若，汉代人司马相如，王屋山和庐山相对应。

皎洁月光下，山上的寺庙越看越远；和煦的微风中，水旁的小亭愈发清凉。

勇猛的青年腰间挂着三尺长剑，博学的男子腹中藏有五车诗书。

枝影稀疏，花香暗涌，林逋在孤山上种下的梅花尽情开放；树荫清浅，白昼清凉，陶潜在田舍旁植下的柳树枝条舒扬。

其二

吾对汝，尔对余①，选授对升除②。

书橱对药柜，耒耜对耰锄[③]。

参虽鲁[④]，回不愚[⑤]，阀阅对阎闾[⑥]。

诸侯千乘国[⑦]，命妇七香车[⑧]。

穿云采药闻仙女[⑨]，踏雪寻梅策蹇驴[⑩]。

玉兔金乌[⑪]，二气精灵为日月[⑫]；洛龟河马[⑬]，五行生克在图书[⑭]。

〔注释〕

①尔：你，第二人称。余：我，第一人称。

②选授：指经过选择确定后授予官职。明人李舜臣《送潘鹅峰侍郎改官兵部》："清朝司马贵，选授必人英。"升除：指升迁就任新的官职。除，拜官授职，即除去旧职就任新职。此句中"吾"与"汝"相对，平对仄；"尔"与"余"相对，仄对平；"选授"与"升除"相对，仄仄对平平。

③耒(lěi)耜(sì)：翻土所用的农具。唐人丘为《题农父庐舍》："沟塍(chéng)流水处，耒耜平芜间。"耰(yōu)锄：泛指农具。清人管棆(lún)《荒斋》："俯首荷耰锄，得此五弓辟。"此句中"书橱"与"药柜"相对，平平对仄仄；"耒耜"与"耰锄"相对，仄仄对平平。

④参虽鲁：参，孔子弟子曾参。《论语·先进》记载，孔子曾评价曾参云："参也鲁。"

⑤回不愚：回，孔子弟子颜回，是孔子弟子中最受老师喜欢的一个。《论语·为政》记载，孔子曾这样说道："吾与回言终日，不违如愚。退而省其私，亦足以发，回也不愚。"

⑥阀阅：指有功勋的、社会地位高的世家大族。明人韩邦奇词云："阀阅高门，箕裘世业。"阎闾：此处指平民阶层。宋人李正民诗云："阎闾苦贫

病，皂隶亦饥愁。”此句中“参虽鲁”与“回不愚”相对，平平仄对平仄平；“阀阅”与“阎闾”相对，仄仄对平平。

⑦千乘国：拥有千辆车马的国家。古代称一车四马为一乘。

⑧命妇：指受有封号的妇女。宋人苏颂《秦国夫人挽辞》云：“生为命妇首，殓用贵臣仪。”七香车：用多种香料涂过的马车。唐人卢照邻《长安古意》开篇即云：“长安大道连狭斜，青牛白马七香车。”此句前后相对，平平平仄仄对仄仄仄平平。

⑨穿云：穿过高山上的云层。

⑩踏雪寻梅策蹇(jiǎn)驴：据宋人孙光宪《北梦琐言》记载，唐代诗人郑綮曾在回答他人有关作诗的问题时云：“诗思在灞桥风雪中驴子上。”意为诗思随境而发，如羚羊挂角，无迹可求。此句前后相对，平平仄仄平平仄对仄仄平平仄仄平。

⑪玉兔金乌：分别指月亮和太阳。明人夏言《减字木兰花·灯》：“陛上天灯，玉兔金乌相对明。”

⑫二气：指阴阳二气。宋人邵雍《唯天有二气》云：“唯天有二气，一阴而一阳。”唐人吴筠《步虚词》：“二气播万有，化机无停轮。”

⑬洛龟河马：传说在伏羲时，洛水曾出过神龟，背上负着书，称为“洛书”；黄河曾出一匹马，背上负着图，称为“河图”。

⑭五行：指金、木、水、火、土五种元素，古人认为正是这五种相生相克的元素构成了大千世界。生克：五种元素相生相克，具体为木生火，火生土，土生金，金生水，水生木；水克火，火克金，金克木，木克土，土克水。此两句前后相对，仄仄平平，仄仄平平平仄仄对仄平平仄，仄平平仄仄平平。

〔译文〕

吾与汝相对应，尔与余相对应，选才任官与提拔官位相对应。

藏书的橱柜和放药的药柜相对应，耒耜与耰锄相对应。

曾参虽然鲁钝，颜回却不愚笨，世家望族和寻常百姓相对应。

诸侯拥有千乘之国，贵妇坐着七香宝车。

穿过高山上的云层去采药，偶遇仙女；踏着厚厚的积雪去赏梅，只能骑着跛驴。

月亮和太阳，是由世间阴阳二气的精华凝聚而成；洛龟和河马，带着相生相克的五行大义从水中走出。

其三

攲对正[1]，密对疏，囊橐对苞苴[2]。

罗浮对壶峤[3]，水曲对山纡[4]。

骖鹤驾[5]，侍鸾舆[6]，桀溺对长沮[7]。

搏虎卞庄子[8]，当熊冯婕妤[9]。

南阳高士吟《梁父》[10]，西蜀才人赋《子虚》[11]。

三径风光，白石黄花供杖履[12]；五湖烟景，青山绿水在樵渔[13]。

〔注释〕

①攲（qī）：物体斜歪不正的样子。

②囊橐(tuó):袋子。苞苴(jū):用苇或茅制成的包装鱼肉等用的草袋。此句中“欹”与“正”相对,平对仄;“密”与“疏”相对,仄对平;“囊橐”与“苞苴”相对,平仄对平平。

③罗浮:指罗浮山,在今广东博罗,亦称东樵山。道教称之为“第七洞天”“第三十二泉源福地”。宋人苏轼《惠州一绝》:“罗浮山下四时春,卢橘杨梅次第新。”壶峤(jiào):传说中仙山方壶、员峤的并称。清人姚燮(xiè)《寓意四章》:“鲸波涉汎滥,隐隐见壶峤。”唐人徐坚《初学记》记载:“罗浮二山随风雨而合离,壶峤二山逐波涛而上下。”

④水曲:水流曲折处。宋人周邦彦《望江南·游妓散》:“芳草怀烟迷水曲,密云衔雨暗城西。”山纡(yū):山坳。清人陈沂震《云安》:“水折山纡路欲穷,何曾破浪驾长风。”此句中“罗浮”与“壶峤”相对,平平对平仄;“水曲”与“山纡”相对,仄仄对平平。

⑤骖(cān)鹤驾:驾驶着由仙鹤拉着的仙人车驾。

⑥侍鸾舆(yú):侍奉天子坐的车子。

⑦桀(jié)溺(nì)、长沮:两人都是春秋时的隐士。据《论语》记载,孔子曾派子路向二人问路。《论语·微子》云:“长沮、桀溺耦而耕,孔子过之,使子路问津焉。”此句中“骖鹤驾”与“侍鸾舆”相对,平仄仄对仄平平;“桀溺”与“长沮”相对,仄仄对平平。

⑧搏虎卞庄子:此处化用“卞庄刺虎”的典故。据《史记·张仪列传》,卞庄子是春秋时期鲁国大夫。有一次,他看到有两只老虎在吃一头牛,便想去杀虎。这时,有人阻止了他,并且对他说:“这两只老虎吃一头牛,最后肯定会引起争斗,发生争斗就会有输赢,输的必定死亡,赢的也会受伤。如果那时你上去把受伤的老虎杀了,就可以一举双得。”卞庄子听取了他的建议,果然一举便有了双虎之功。

⑨当熊冯婕妤(yú):当,阻挡。婕妤,汉代朝廷设置的女官名。这一句的典故出自《汉书》。据《汉书·外戚传》记载,有一次,汉元帝去看斗兽,不料一只大熊摆脱控制,向汉元帝方向跑来。众人皆惊走,唯独冯婕妤挡在元帝的面前。侍卫将熊杀死后,汉元帝问她为什么这么做,她回答说:"猛兽吃了人就会停止,我害怕熊跑到您的身旁,所以先用身子挡住它。"自此,汉元帝愈发敬重冯婕妤了。此句前后相对,仄仄仄平仄对平平平仄平。

⑩南阳高士:南阳是古地名,诸葛亮躬耕的地方。南阳高士指诸葛亮。吟《梁父(fǔ)》:指诸葛亮喜欢吟唱一首名为《梁父吟》的古乐府。

⑪西蜀才人:指西汉文人司马相如。《子虚》:指司马相如创作的《子虚赋》。此句前后相对,平平平仄平平仄对平仄平平仄仄平。

⑫"三径风光"二句:这一句与陶渊明有关。三径,陶渊明《归去来兮辞》有"三径就荒,松菊犹存"一句。杖,《归去来兮辞》亦有"怀良辰以孤往,或植杖而耘耔"一句。黄花,指菊花,陶渊明喜爱菊花,其诗云:"采菊东篱下,悠然见南山。"

⑬"五湖烟景"二句:此句与楚人范蠡有关。据《吴越春秋》记载,范蠡帮助勾践灭掉吴国后,便向越王告辞,"乘扁舟,出三江,入五湖,人莫知其所适"。樵渔:打柴和捕鱼。此两句前后相对,平仄平平,仄仄平平平仄仄对仄平平仄,平平仄仄仄平平。

〔译文〕

欹与正相对应,密与疏相对应,囊橐与苞苴相对应。

罗浮山和壶峤山相对应,水流弯曲和山势起伏相对应。

驾驶着仙人的神车,陪侍着天子的乘舆,桀溺与长沮相对应。

勇猛搏虎的卞庄子，舍身挡熊的冯婕妤。

南阳的高士诸葛孔明常吟诵《梁父吟》，西蜀的才子司马相如创作了《子虚赋》。

田园小径上，陶潜拄着手杖，在白石菊花中漫步欣赏；烟波湖面处，范蠡驾着小舟，在青山绿水间砍柴打鱼。

七　虞

〔题解〕

“虞”部是平水韵三十韵中上平声第七韵部。“七虞”中，“七”为序号，“虞”为上平声十五韵中的代表字之一，亦表示与之同归于此韵部中的字。《笠翁对韵》中所举出这一韵部的字有无、壶、都、鸪、湖、疏、吴、沽、蔬、枯、珠、梳、孤、奴、凫、垆、锄、蒲、符、呼、图。

其一

红对白，有对无，布谷对提壶[①]。
毛锥对羽扇[②]，天阙对皇都[③]。
谢蝴蝶[④]，郑鹧鸪[⑤]，蹈海对归湖[⑥]。
花肥春雨润，竹瘦晚风疏[⑦]。
麦饭豆糜终创汉[⑧]，莼羹鲈脍竟归吴[⑨]。
琴调轻弹，杨柳月中潜去听[⑩]；酒旗斜挂，杏花村里共来沽[⑪]。

〔注释〕

①布谷：鸟名，常于春季耕种之时鸣叫。因其叫声似“布谷”，故名。宋人陆游《初夏绝句》：“纷纷红紫已成尘，布谷声中夏令新。”提壶：鸟名，即鹈（tí）鹕（hú），因其叫声似“提壶”，故名。古人因其名读音“提壶”，亦用作劝酒之意。唐人刘禹锡诗云：“池看科斗成文字，鸟听提壶忆献酬。”宋人邵缉《满庭芳·落日旌旗》亦有云：“提壶劝酒，布谷催耕。”此句中“红”与“白”相对，平对仄；“有”与“无”相对，仄对平；“布谷”与“提壶”相对，仄仄对平平。

②毛锥：毛笔。明人唐寅有诗云：“儒生作计太痴呆，业在毛锥与砚台。”羽扇：用羽毛制成的扇子。唐人李白《夏日山中》：“懒摇白羽扇，裸袒青林中。”

③天阙（què）：天上的宫阙。皇都：京城。此句中“毛锥”与“羽扇”相对，平平对仄仄；“天阙”与“皇都”相对，平仄对平平。

④谢蝴蝶：指北宋诗人谢逸，江西诗派二十五法嗣之一。因谢逸写过三百多首咏蝶诗，故被人们称为“谢蝴蝶”。

⑤郑鹧（zhè）鸪（gū）：指唐代诗人郑谷。他所作的《鹧鸪》诗非常有名，故被人称为“郑鹧鸪”。明人黄衷《次韵翁梦山与徐芝南登观音山》：“羽客丁归鹤，诗人郑鹧鸪。”

⑥蹈（dǎo）海：投海自尽。指不向秦屈服的鲁仲连意图跳东海自尽。《史记·鲁仲连邹阳列传》中记载有鲁仲连不屈于秦的言论，鲁云：“彼秦者，弃礼义而上首功之国也，权使其士，虏使其民。彼即肆然而为帝，过而为政于天下，则连有蹈东海而死耳，吾不忍为之民也。”归湖：指楚人范蠡帮助越王勾践灭掉吴国后，带上西施归隐，泛舟于五湖之中一事。元人李溥光有《范蠡归湖图》一诗云：“功遂名成泛五湖，知几千古擅良图。向教

勾践堪同乐，不识先生肯退无。”此句中“谢蝴蝶”与“郑鹧鸪”相对，仄平仄对仄仄平；“蹈海”与“归湖”相对，仄仄对平平。

⑦此句前后相对，平平平仄仄对仄仄仄平平。

⑧麦饭豆縻（mí）终创汉：麦饭，指用磨碎的麦煮成的饭。豆縻，指用豆子煮成的粥。据《后汉书·冯异传》记载，汉光武帝刘秀未称帝前，遇到重重困难，将军冯异助他实多。在天气寒冷时，冯异为大家端来豆粥，在南宫县遇大风雨时，冯异又为众人端来麦饭。最终，刘秀重整旗鼓，实现了光武中兴。

⑨莼（chún）羹鲈脍（kuài）竟归吴：莼羹，指用莼菜煮成的汤。鲈脍，指用鲈鱼切成的肉丝。吴，指张翰的家乡吴地。相传晋人张翰厌倦官场生活，秋风起时，忽想到了家乡的莼羹和鲈脍，遂辞官而去。此句前后相对，仄仄仄平平仄仄对平平平仄仄平平。

⑩潜：暗中。

⑪酒旗：古代酒店的招牌。用布挂在竿顶，悬在店门前，招揽客人。杏花村：常指卖酒的地方。此两句前后相对，平仄平平，平仄仄平平仄仄对仄平平仄，仄平平仄仄平平。

〔译文〕

红与白相对应，有与无相对应，布谷鸟和鹈鹕鸟相对应。

毛笔和羽扇相对应，天上的宫阙和地上的京城相对应。

谢逸作的咏蝶诗，郑谷写的鹧鸪句，鲁仲连的投海之志与范蠡的隐居之思相对应。

春花美艳，春雨滋润；绿竹清瘦，晚风轻拂。

刘秀食得麦饭豆縻，最终创建东汉；张翰思念莼羹鲈脍，毅然辞官回乡。

琴声轻扬，有人在杨柳树下沐着月光偷听；酒旗斜挂，大家纷纷前往杏花村，买酒对酌。

其二

罗对绮[①]，茗对蔬[②]，柏秀对松枯[③]。
中元对上巳[④]，返璧对还珠[⑤]。
云梦泽[⑥]，洞庭湖[⑦]，玉烛对冰壶[⑧]。
苍头犀角带[⑨]，绿鬓象牙梳[⑩]。
松阴白鹤声相应[⑪]，镜里青鸾影不孤[⑫]。
竹户半开，对牖不知人在否[⑬]？柴关深闭，停车还有客来无[⑭]。

〔注释〕

①绮(qǐ)：华美有文彩的丝织品。

②茗(míng)：茶叶，或指茶树的嫩芽。“茗”在古韵里是上声，属仄声。

③此句中“罗”与“绮”相对，平对仄；“茗”与“蔬”相对，仄对平；“柏秀”与“松枯”相对，仄仄对平平。

④中元：指农历七月十五日的中元节，民间于此日有祭祀祖先亡魂的习俗。上巳(sì)：指农历三月上旬巳日，古人于此日有修禊之俗，临水洗濯以祓(fú)除不祥。

⑤返璧：指“完璧归赵”的故事。据《史记·廉颇蔺相如列传》记载，战国时期，赵王得到了楚和氏璧，秦王知道后，派人出使赵国，对赵王说希望

以十五座城池换取和氏璧。赵王忌惮秦国的实力,无奈只能派蔺相如前去送玉璧。蔺相如知道秦王只是假言换璧,于是和秦王斗智斗勇,最终偷偷将和氏璧送回赵国。还珠:指“合浦珠还”的故事。据《后汉书·循吏列传·孟尝传》记载,合浦这个地方产珍珠,但不产粮,当地的官员贪得无厌,肆意采珠,珍珠一度被捕采殆尽。孟尝做了合浦太守以后,清明政治,节制滥捕滥采的活动,珍珠又再次多了起来。此句中“中元”与“上巳”相对,平平对仄仄;“返璧”与“还珠”相对,仄仄对平平。

⑥云梦泽:古代楚地的大湖,方圆九百里。唐人孟浩然《望洞庭湖赠张丞相》:“气蒸云梦泽,波撼岳阳城。”

⑦洞庭湖:我国第二大淡水湖,在今湖北北部。唐人李白有《游洞庭湖五首》,其中《其二》云:“南湖秋水夜无烟,耐可乘流直上天。且就洞庭赊月色,将船买酒白云边。”

⑧冰壶:盛冰的玉壶,常用以比喻品德清廉高洁。唐人李白《赠韦侍御黄裳》:“但勖(xù)冰壶心,无为叹衰老。”此句中“云梦泽”与“洞庭湖”相对,平仄仄对仄平平;“玉烛”与“冰壶”相对,仄仄对平平。

⑨苍头:指头发苍白的老人。犀角带:饰有犀角的腰带,必须是有官位的官员才能佩用。明人郑真《送董理问》:“御赐尚存犀角带,军容犹识虎头牌。”

⑩绿鬓(bìn):指年轻人乌黑亮泽的鬓发。唐人李白《久别离》云:“云鬟绿鬓罢梳结,愁如回飙乱白雪。”此句前后相对,平平平仄仄对仄仄仄平平。

⑪松阴白鹤声相应:此句出自《周易·中孚》,其云:“鸣鹤在阴,其子和之。”

⑫镜里青鸾(luán)影不孤:据南朝宋范泰《鸾鸟诗序》云:“昔罽(jì)宾王结罝(jū,捕鸟兽的网)峻卯之山,获一鸾鸟,王甚爱之。欲其鸣而不致

也，乃饰以金樊，飨以珍羞。对之愈戚，三年不鸣。其夫人曰：'尝闻鸟见其类而后鸣，何不悬镜以映之？'王从其意，鸾睹形悲鸣，哀响冲霄，一奋而绝。"罽宾王所捕鸾鸟从不鸣叫，却在看到镜子中的自己后悲鸣而亡。后人常用"镜里孤鸾"来比喻夫妇生死离别的悲哀。此句前后相对，平平仄仄平平仄对仄仄平平仄仄平。

⑬牖（yǒu）：窗户。

⑭柴关：柴门，也指寒舍。唐人戴叔伦《遣兴》："明月临沧海，闲云恋故山。诗名满天下，终日掩柴关。"此两句前后相对，仄仄仄平，仄仄仄平平仄仄对平平平仄，平平平仄仄平平。

〔译文〕

罗与绮相对应，茗与蔬相对应，茂盛的柏树和枯萎的松树相对应。

中元节与上巳节相对应，完璧归赵和合浦珠还相对应。

云梦泽，洞庭湖，美玉做的烛台和盛冰的水壶相对应。

头发斑白的官员身上系着佩有犀牛角的腰带，秀发浓密的青年头上插着象牙制成的梳子。

白鹤在松树荫下鸣叫相和，青鸾在铜镜前以影为伴。

竹门半开，来人望着窗户，不知家中是否有人；柴扉紧闭，主人停下车马，不知客人是否要来。

其三

宾对主，婢对奴，宝鸭对金凫[①]。

升堂对入室[2],鼓瑟对投壶[3]。

觇合璧[4],颂联珠[5],提瓮对当垆[6]。

仰高红日近[7],望远白云孤[8]。

歆向秘书窥二酉[9],机云芳誉动三吴[10]。

祖饯三杯[11],老去常斟花下酒;荒田五亩,归来独荷月中锄[12]。

〔注释〕

①宝鸭:指鸭子形状的香炉。宋人李流谦《武陵春》:“晓日帘栊初破睡,宝鸭宿薰浓。”金凫(fú):指凫鸟形状的香炉。凫即俗称的“野鸭”。明人程敏政《送沈良臣知归德》云:“金凫香泻离筵酒,彩鹢光生客路舟。”此句中“宾”与“主”相对,平对仄;“婢”与“奴”相对,仄对平;“宝鸭”与“金凫”相对,仄仄对平平。

②升堂、入室:古代宫室中,前面是堂,后面是室。“升堂入室”出自《论语·先进》,比喻一个人的学问或技能由浅入深,循序渐进,臻于至善。《论语·先进》云:“子曰:‘由之瑟奚为于丘之门?’门人不敬子路。子曰:‘由也升堂矣,未入于室也。’”

③鼓瑟:弹瑟。唐人许浑《春望思旧游》:“唯凭一瓢酒,弹瑟纵高歌。”投壶:古代贵族的一种投掷游戏,由射礼演化而成。游戏时,以酒壶为靶,参赛人员离壶数尺外,依次向壶中投掷相同数量的无镞箭,投中较多者获胜,输者罚酒。明人苏葵《过白沙投壶》:“投壶莫问输多少,愿博江门一醉归。”此句中“升堂”与“入室”相对,平平对仄仄;“鼓瑟”与“投壶”相对,仄仄对平平。

④觇(chān):偷偷地看。合璧:此处指日月合璧。

⑤颂：赞颂。联珠：此处指五星连珠，即指金星、木星、水星、火星、土星同时出现于一方。《汉书·律历志上》："日月如合璧，五星如连珠。"

⑥提瓮：这一典故讲的是东汉鲍宣妻子少君甘于贫苦，有美好德行的故事。《后汉书·列女列传·鲍宣妻》云："勃海鲍宣妻者，桓氏之女也，字少君。宣尝就少君父学，父奇其清苦，故以女妻之，装送资贿甚盛。宣不悦……妻乃悉归侍御服饰，更着短布裳，与宣共挽鹿车归乡里。拜姑礼毕，提瓮出汲，修行妇道，乡邦称之。"鲍宣的老师认为鲍宣有美德，将自己的女儿少君许配给他。少君出嫁时，父亲为她陪嫁了许多值钱的东西，但鲍宣觉得没必要如此奢华。少君尊重夫君对财物的态度，请回了奴婢侍女，归还了华美服饰，身着短布衣，与夫君共挽鹿车归乡。婚后，少君谨行妇道，亲自提瓮打水，最终赢得大家的称赞。当垆（lú）：垆，放酒坛的土台。当垆，指卖酒。典故讲的是司马相如和卓文君的故事。据《史记·司马相如列传》记载，卓文君和司马相如私奔后，知道了司马相如一贫如洗的实情。于是她便和夫君在父亲卓王孙家旁卖酒。卓王孙富甲一方，女儿却在门口卖酒，这让他脸上实在挂不住，最终只得给了夫妻二人一大笔钱。唐人李商隐《杜工部蜀中离席》云："美酒成都堪送老，当垆仍是卓文君。"此句中"觇合璧"与"颂联珠"相对，平仄仄对仄平平；"提瓮"与"当垆"相对，平仄对平平。

⑦仰高红日近：典故与晋元帝有关。据《晋书·明帝纪》记载，晋明帝年少时十分聪慧，一天，他的父亲抱着他上朝时，正好碰上从长安来的使臣。父亲问他："太阳近还是长安近？"他回答说长安近，因为听说过有人从长安来，未曾听说过有人从太阳来。第二天，元帝又问他相同的问题，他却回答说太阳近。众人不解，便问其因，他说："举头见日，不见长安。"可见其聪慧过人。

⑧此句前后相对，仄平平仄仄对仄仄仄平平。

⑨歆(xīn)向:西汉时人刘歆与其父刘向的合称。向、歆父子对我国古代的古籍整理事业做出过巨大贡献。宋人楼钥《送蒋德常宰鄱阳》:“故家未见书,校雠如向歆。”二酉(yǒu):指位于今湖南沅陵县西北的大酉、小酉二山,两座山内皆有洞穴。相传小酉山洞中有书千卷,秦人曾隐学于此。后世以“二酉”代指藏书丰富。清人程康庄《武二酉》云:“二酉富诗书,搴(qiān)芳眇流辈。”

⑩机云:指西晋文学家陆机、陆云兄弟。三吴:陆机、陆云兄弟的家乡,晋时为吴兴、吴郡和会稽。此句前后相对,平仄仄平平仄仄对平平平仄仄平平。

⑪祖饯(jiàn):指设宴饯行。元人边定《送王时敏之京》云:“祖饯河水上,离情郁难舒。”

⑫荷(hè):背负。这一句说的是陶渊明的故事。靖节先生《归园田居》中有两句诗,分别是其一的“开荒南野际,守拙归园田”和其三的“晨兴理荒秽,带月荷锄归”。此两句前后相对,仄仄平平,仄仄平平平仄仄对平平仄仄,平平仄仄仄平平。

〔译文〕

宾客与主人相对应,婢女和奴仆相对应,宝鸭香炉和金凫香炉相对应。

升堂与入室相对应,弹瑟赏乐和投壶游戏相对应。

观测日月合璧,赞颂五星连珠,少君提瓮打水和卓文君当垆卖酒相对应。

仰看天穹,红日正近;远望天际,白云影孤。

刘向、刘歆父子趁着校书的机会饱读藏书,陆机、陆云兄弟的美好名声震动三吴。

临别时饮酒饯行，人们常去花下共酌；垦种着五亩荒田，陶潜扛着锄头，带月归来。

其四

君对父，魏对吴，北岳对西湖①。

菜蔬对茶荈②，苣藤对菖蒲③。

梅花数④，竹叶符⑤，廷议对山呼⑥。

《两都》班固赋⑦，《八阵》孔明图⑧。

田庆紫荆堂下萎⑨，王裒青柏墓前枯⑩。

出塞中郎，羝有乳时归汉室⑪；质秦太子，马生角日返燕都⑫。

〔注释〕

①北岳：指北岳恒山。此句中“君”与“父”相对，平对仄；“魏”与“吴”相对，仄对平；“北岳”与“西湖”相对，仄仄对平平。

②茶荈（chuǎn）：即茶叶。荈指粗茶。宋人王安石《送周都官通判湖州》：“酒醪犹美好，茶荈正芳新。”

③苣（jù）藤：胡麻的别称。菖蒲（pú）：植物名，多年生水生草本，有香气，根状茎粗壮，叶狭长似剑，初夏开黄花，结红色果实。唐人李白《嵩山采菖蒲者》云：“我来采菖蒲，服食可延年。”此句中“菜蔬”与“茶荈”相对，仄平对平仄；“苣藤”与“菖蒲”相对，仄平对平仄。

④梅花数：古卜法。相传为宋人邵雍所创。其法任取一字划数，以八减之，余数得卦；再取一字，以六减之，余数得爻，然后依《易》理，附会人

事，以断吉凶。

⑤竹叶符：汉代时朝廷分给郡国的一种信符。据传，先将五枚竹箭刻字，然后将其逐个一削为二，右边留于宫廷中，左边交给郡国。明人邓云霄诗中有“洞中自闭丹炉火，崖畔谁分竹叶符”句。

⑥廷议：在朝廷上发表意见。山呼：高声欢呼。古代对皇帝的祝颂仪式，叩头高呼“万岁”三次。相传汉武帝登嵩山，曾听见群山高呼万岁。此句中“梅花数”与“竹叶符”相对，平平仄对仄仄平；“廷议”与“山呼”相对，平仄对平平。

⑦《两都》班固赋：指东汉班固创作的《两都赋》。班固，字孟坚，东汉扶风安陵人。著有《汉书》。

⑧《八阵》孔明图：指诸葛亮所创的《八阵图》。此句前后相对，仄平平仄仄对仄仄仄平平。

⑨田庆紫荆堂下萎：据《续齐谐记》记载，汉代田真、田庆、田广三兄弟分家，最后剩下家中的一棵紫荆树不好分，三人意欲将这棵树一分为三。正在此时，这棵紫荆树颓然枯死。三兄弟幡然醒悟，羞愧难当，遂决定不再分家。

⑩王裒（póu）青柏墓前枯：据《晋书·孝友列传·王裒传》，王裒的父亲王仪因正义直言，被司马昭杀害。王裒常常不分昼夜地在父亲墓前抱着柏树痛哭，柏树沾着他的泪水，渐渐地枯萎了。此句中前后相对，平仄仄平平仄仄对平平平仄仄平平。

⑪羝（dī）有乳：公羊产奶时。据《汉书》记载，苏武受汉武帝之命，出使匈奴，却不料被匈奴扣押在北地。匈奴多次引诱他投降，皆无果而终。后来他又被流放到“北海上无人处”（即今贝加尔湖一带）牧羊，匈奴告诉他，什么时候公羊生了小羊就可以放他归汉，但苏武未曾屈服。

⑫“质秦太子”二句：这一句与燕太子丹在秦国做人质的故事有关。

据《燕丹子》记载，战国时，燕国太子丹被秦王扣押，太子丹请求秦王放了自己，秦王说："如果过了中午，太阳能再次回到天的正中，天上下粟，乌鸦头变成白色，马头上长出角，厨房大门长出肉脚，我就放你回去。"后来在天地的保佑下，这些异象一一实现。秦王恐燕太子丹为圣人，就把他放走了。不过，这些事得以实现恐为虚妄之词，司马迁和王充都曾表示怀疑。此两句前后相对，仄仄平平，平仄仄平平仄仄对仄平仄仄，仄平仄仄仄平平。

〔译文〕

君王与父亲相对应，魏国和吴国相对应，北岳恒山和杭州西湖相对应。

蔬菜和茶叶相对应，苣藤和菖蒲相对应。

占卜用的梅花数，符信用的竹叶符，朝廷上的议论和群山的呼喊相对应。

东汉班固创作了《两都赋》，诸葛孔明创造了《八阵图》。

田庆三兄弟分家，紫荆树在堂中枯败；王裒在父亲墓前痛哭，青柏沾泪，渐渐枯萎。

汉使苏武被匈奴扣押，公羊产奶方可归汉；燕太子丹在秦为质，马头长角始可返燕。

八　齐

〔题解〕

“齐”部是平水韵三十韵中上平声第八韵部。“八齐”中，“八”为序号，“齐”为上平声十五韵中的代表字之一，亦表示与之同归于此韵部中的字。《笠翁对韵》中所举出这一韵部的字有鸡、西、倪、圭、梨、荑、栖、妻、啼、璃、犁、犀、蹊、奚、迷、齐、闺、梯、霓、畦、麑。

其一

鸾对凤[①]，犬对鸡，塞北对关西[②]。

长生对益智[③]，老幼对旄倪[④]。

颁竹策[⑤]，剪桐圭[⑥]，剥枣对蒸梨[⑦]。

绵腰如弱柳，嫩手似柔荑[⑧]。

狡兔能穿三穴隐[⑨]，鹪鹩权借一枝栖[⑩]。

甪里先生[⑪]，策杖垂绅扶少主[⑫]；於陵仲子[⑬]，辟纑织履赖贤妻[⑭]。

〔注释〕

①鸾:鸟名,传说中类似于凤凰。

②塞北:指长城以北的边疆地区。唐人李益《度破讷沙二首》云:“莫言塞北无春到,总有春来何处知。”关西:指函谷关或者潼关以西的地区。《汉书·萧何传》:“关中摇足,则关西非陛下有也。”唐人王维《陇头吟》:“关西老将不胜愁,驻马听之双泪流。”此句中“鸾”与“凤”相对,平对仄;“犬”与“鸡”相对,仄对平;“塞北”与“关西”相对,仄仄对平平。

③益智:增长智慧。清人屈大均《龙眼》诗赞美龙眼云:“食多能益智,本草有仙方。”

④旄(máo)倪(ní):老人和小孩。宋人陈造《谢制帅高卿刿》云:“去年来甬东,旄倪喜动色。”此句中“长生”与“益智”相对,平平对仄仄;“老幼”与“旄倪”相对,仄仄对平平。

⑤颁竹策:指皇帝给诸侯王或下属颁发的竹制的策书。古代命官授爵,用策书为符信。

⑥剪桐圭:圭是古代重要的玉器,用典出自《史记·晋世家》,据记载,周成王曾与他的弟弟叔虞开玩笑,将一片桐树叶剪成玉圭的形状,并言要册封叔虞,史官因此向成王请求具体册封的日期。周成王说:“吾与之戏尔。”但史官告诉成王:“天子无戏言。”最终,成王将叔虞封于唐地。

⑦剥(pū)枣:“剥”通“扑”,敲打,扑打。《诗经·豳风·七月》中记载先民“八月扑枣,十月获稻”。宋人陆游《闲中信笔》云:“烹葵剥枣及时序,烂醉黍酒歌《邠(bīn)风》。”此句中“颁竹策”与“剪桐圭”相对应,平仄仄对仄平平;“剥枣”与“蒸梨”相对应,仄仄对平平。

⑧柔荑(tí):初生软和的茅草嫩芽,用以形容女子的手纤细白嫩。《诗经·卫风·硕人》中夸赞卫庄公夫人“手如柔荑,肤如凝脂”。元人谢应芳

词中有“桃花人面柔荑手，酒微酣、象箸频将”句。此句前后相对，平平平仄仄对仄仄仄平平。

⑨狡兔能穿三穴隐：此举用典“冯谖客孟尝君”。据《战国策·齐策四》记载，冯谖曾替孟尝君“狡得三窟”：其一，烧尽孟尝君在薛地的债券，为孟尝君赢得了民心；其二，见梁惠王，游说梁惠王重金高位聘请孟尝君，从而使得孟尝君在齐王心中地位更重；其三，请孟尝君“请先王之祭器，立宗庙于薛”。自此，“三窟”已成，孟尝君“为相数十年，无纤介之祸”。唐人李白《送薛九被谗去鲁》云：“孟尝习狡兔，三窟赖冯谖。”

⑩鷦（jiāo）鷯（liáo）权借一枝栖：《庄子·逍遥游》：“鷦鷯巢于深林，不过一枝。”意为体型小巧的鷦鷯，仅凭一根树枝就可以栖身。此句前后相对，仄仄平平平仄仄对平平平仄仄平平。

⑪甪（lù）里先生：指汉初辅佐刘盈的“商山四皓”中的甪里先生。甪里先生为汉初隐士，姓周名术，字符道。

⑫扶少主：指甪里先生帮助刘盈治理天下。据《汉书》记载，汉高祖刘邦本来想废掉刘盈，但最后张良为刘盈找来了“商山四皓”（东园公、夏黄公、绮里季、甪里先生）辅佐朝政，故刘邦最终没有废掉刘盈。

⑬於（wū）陵仲子：指齐国隐士陈仲子，因居于於陵，故号於陵子。据史料记载，陈仲子认为其兄陈戴“禄万钟”的钱财为不义之财，故隐居在於陵，自己和妻子搓麻绳、编草鞋，过着隐居生活。

⑭辟（bì）纑（lú）：绩麻和练麻，泛指治麻之事。织履：编织草鞋。此两句前后相对，仄仄平平，仄仄平平平仄仄对平平仄仄，仄平仄仄仄平平。

〔译文〕

鸾与凤相对应，狗与鸡相对应，塞北与关西相对应。

延长寿命和增长智慧相对应，老幼与旄倪相对应。

颁布竹策，剪桐叶成圭，打枣和蒸梨相对应。

腰绵软如柔弱的柳树，手水嫩似初生的嫩芽。

狡兔能挖三窟来藏身，鹪鹩仅在一根树枝上栖息。

角里先生拄着拐杖，腰垂大带辅佐刘盈；於陵仲子和妻子编麻织鞋，过着隐居生活。

其二

鸣对吠，泛对栖[①]，燕语对莺啼[②]。

珊瑚对玛瑙，琥珀对玻璃[③]。

绛县老[④]，伯州犁[⑤]，测蠡对燃犀[⑥]。

榆槐堪作荫[⑦]，桃李自成蹊[⑧]。

投巫救女西门豹[⑨]，赁浣逢妻百里奚[⑩]。

阙里门墙[⑪]，陋巷规模原不陋[⑫]；隋堤基址[⑬]，迷楼踪迹已全迷[⑭]。

〔注释〕

①泛：漂浮。

②燕语、莺啼：燕子和莺的鸣叫声。宋人邵雍《洛阳春吟》："春归花谢日初长，燕语莺啼各息忙。"此句中"鸣"与"吠"相对，平对仄；"泛"与"栖"相对，仄对平；"燕语"与"莺啼"仄仄对平平。

③此句中"珊瑚"与"玛瑙"相对，平平对仄仄；"琥珀"与"玻璃"相对，仄仄对平平。

④绛（jiàng）县老：绛县的老人。据《左传·襄公三十年》记载，晋国绛

县有位老人,有人问他年龄,他回答说:“臣小人也,不知纪年,臣之生岁,正月朔甲子,四百四十五甲子矣,其季于今三之一也。”晋国乐师师旷最后算得此人为七十三岁。

⑤伯州犁:春秋晋国大夫伯宗之子,因其父被杀,故自晋奔楚,任太宰。其孙为春秋时吴国太宰伯嚭。

⑥测蠡(lí):蠡,指瓢。《汉书·东方朔传》中有“以管窥天,以蠡测海”一句,比喻见识短小,自不量力。燃犀:点燃犀牛角照亮水下之物,据传能看到许多奇形怪状的东西。《晋书·温峤传》记载,晋人温峤过牛渚,点燃犀牛角照水下,见到了诸多怪异之物。后以“燃犀”一词指人明察事物。此句中“绛县老”与“伯州犁”相对,仄仄仄对平平平;“测蠡”与“燃犀”相对,仄仄对平平。此处“蠡”借用仄声读音(lǐ)。

⑦榆槐堪作荫(yìn):出自陶渊明诗《归园田居·其一》中“榆柳荫后檐,桃李罗堂前”句。

⑧桃李自成蹊:桃树和李树虽然不能说话,但是前来闻花香和吃果实的人们,已经在这树下踏出一条条小路。这一句与西汉名将李广有关。据《史记·李将军列传》记载,太史公司马迁曾以当时的民谚“桃李不言,下自成蹊”来说明李广自身的美德,以及对汉朝的忠心。此句前后相对,平平平仄仄对平仄仄平平。

⑨投巫救女西门豹:用典与战国魏人西门豹治邺有关。据《史记·滑稽列传》记载,西门豹到邺地做官后,得知当地有为河伯娶亲的陋习,并且,这一陋习实际上是当地官员借机敛财的幌子。于是,在河伯娶亲的当天,西门豹前去观看,并借口所献的女子太丑,进而将主持祭祀的女巫扔进了黄河中,后来又将几个女巫弟子也扔入河中。此后,再无人敢提祭祀河伯之事。

⑩赁浣(huàn)逢妻百里奚:百里奚,春秋时楚人,秦穆公知其为贤才,

故用五张公羊皮将其从楚国买回。据传，百里奚曾娶得一妻，并在其妻的支持下出游。后百里奚为秦相，却一直未将妻子接回。一日，百里奚在家中听音乐，突然自家的洗衣妇说自己略懂音乐，并唱了一首歌，歌曰："百里奚，五羊皮，忆别时，烹伏雌，炊扊(yǎn)扅(yí)，今日富贵忘我为？"百里奚听后幡然醒悟：这就是自己的糟糠之妻。此句前后相对，平平仄仄平平仄对仄仄平平仄仄平。

⑪阙(què)里门墙："阙里"为地名，相传为春秋时孔子故里，亦为其授徒之处，在今山东曲阜城内。明人徐渭《每过兖辄拟谒阙里辙阻追赋》云："借问儒家怀阙里，何如佛子慕西天。"

⑫陋巷规模原不陋："陋巷"指孔子弟子颜回所住之地。《论语·雍也》："贤哉，回也！一箪食，一瓢饮，在陋巷，人不堪其忧，回也不改其乐。"《论语·子罕》记载，孔子亦认为自己想要居住的地方不会简陋，并云："君子居之，何陋之有？"

⑬隋堤：隋炀帝开凿大运河，并在沿岸的堤防上植柳，世称为"隋堤"。元人张可久《寨儿令·次韵怀古》云："隋堤犹翠柳，汉土自鸿沟。"

⑭迷楼：隋炀帝在扬州建的一座楼，为其寻欢作乐的场所。因楼内曲折，房屋众多，人易进难出，故名。宋人宋勋《迷楼歌》云："炀帝爱迷楼，死葬迷楼北。"此两句前后相对，仄仄平平，仄仄平平平仄仄对平平平仄，平平平仄仄平平。

〔译文〕

鸡鸣与狗吠相对应，漂泊与栖息相对应，燕子低鸣和莺儿轻啼相对应。

珊瑚与玛瑙相对应，琥珀与玻璃相对应。

绛县的老伯，伯氏的州犁，用瓢去测海的大小，用燃烧的犀牛角去照清鬼怪。

榆树和槐树树荫成片，可供往来的众人乘凉；桃树和梨树果实累累，摘果的人在树下踏出一条条小道。

西门豹将女巫投入河中，救下了无辜女子；百里奚听洗衣女唱歌，认出了糟糠之妻。

孔子住阙里，颜回住陋巷，陋居因有君子而不再简陋；隋炀帝筑隋堤，建迷楼，时至今日，都已不见踪迹。

其三

燕对赵，楚对齐，柳岸对桃蹊①。

纱窗对绣户②，画阁对香闺③。

修月斧④，上天梯⑤，蝃蝀对虹霓⑥。

行乐游春圃⑦，工谀病夏畦⑧。

李广不封空射虎⑨，魏明得立为存麑⑩。

按辔徐行，细柳功成劳主敬⑪；闻声稍卧，临泾名震止儿啼⑫。

〔注释〕

①桃蹊：种植众多桃树的地方。唐人韩愈《闻梨花发赠刘师命》云："桃蹊惆怅不能过，红艳纷纷落地多。"此句中"燕"与"赵"相对，平对仄；"楚"与"齐"相对，仄对平；"柳岸"与"桃蹊"相对，仄仄对平平。

②绣户：纹饰华美的门户，多指女子所居之室的门户。唐人李白《宫中行乐词》云："绣户香风暖，纱窗曙色新。"

③画阁：装饰文彩的阁室。明人夏完淳词云："回首当年，绮楼画阁生光彩。"香闺：指女子的闺房。宋人晏殊《踏莎行》："绮席凝尘，香闺掩雾。"此句中"纱窗"与"绣户"相对，平平对仄仄；"画阁"与"香闺"相对，仄仄对平平。

④修月斧：据《酉阳杂俎》记载，曾有两人在游嵩山时，遇见了一位仙子。仙子告诉他们，月亮由七宝合成，并有八万两千户在修葺它，自己就是其中之一。随后，仙子将玉屑饭送于两人分食，并告诉他们，食之可一生无疾。

⑤上天梯：登天的仙梯。《楚辞·九思》云："缘天梯兮北上，登太一兮玉台。"

⑥蝃(dì)蝀(dōng)：指彩虹。唐人岑参《还东山洛上作》云："云晴开蝃蝀，棹发起鸬鹚。"虹霓：亦指彩虹。宋人黄庭坚《水调歌头·游览》词中有"我欲穿花寻路，直入白云深处，浩气展虹霓"句。此句中"修月斧"与"上天梯"相对，平仄仄对仄平平；"蝃蝀"与"虹霓"相对，仄平对平仄。

⑦春圃：春日的园圃。东汉人张衡《东京赋》中有"植华平于春圃，丰朱草于中唐"句。

⑧工谀：善于阿谀奉承的人。夏畦：指夏天在田地里劳动的人，后世也用作比喻艰苦工作的人。《孟子·滕文公下》："胁肩谄笑，病于夏畦。"宋人岳珂《范文正问医帖赞》云："胁肩夏畦，亦何利焉。"此句前后相对，平仄平平仄对平平仄仄平。

⑨李广不封空射虎：典故出自《史记·李将军列传》。陇西成纪人李广武艺高强，有一次出去打猎，"见草中石，以为虎而射之，中石没镞，视之石也"。一箭能将整支箭镞射入石头中，可见李广力量之大。但令人叹息的是，李广一生虽战功卓著，却不得封侯。

⑩魏明得立为存麑(ní)：魏明，指魏明帝曹叡。麑，指幼年的小鹿。据

《三国志·魏书·明帝纪》记载,魏明帝年幼时曾随魏文帝打猎,路遇一只母鹿带着一只小鹿,魏文帝射死了母鹿,并让曹叡射杀小鹿。曹叡不肯,并说道:“陛下您已经射杀了它的母亲,我不忍心再把它也杀掉。”正是此事,魏文帝看到了曹叡有仁德之心,遂决定立他为王位继承人。此句前后相对,仄仄仄平平仄仄对仄平仄仄仄平平。

⑪“按辔徐行”二句:按辔徐行,指汉文帝在细柳营内只能手握马缰绳,缓慢前行。这句话与汉文帝大将周亚夫有关。据《汉书·周亚夫传》记载,周亚夫所掌管的军队驻扎在细柳,用来防备胡人。一次,汉文帝前去细柳慰问将士,没想到竟因为没有军令而不得入内。之后又被告知不能在军营内策马奔驰,最后见到周亚夫时,周亚夫也是以军礼相见。汉文帝内心深有感触,不仅没有动怒,反而对周亚夫制定的严明军纪大加称赞。

⑫“闻声稍卧”二句:这与唐人郝玼有关。据《新唐书》记载,郝玼打仗十分凶悍,从不自带干粮,而是抢取敌军的粮食。抓住敌军后,他会用异常残酷的手法杀害俘虏,然后将尸体抛还给敌军,敌军都十分惧怕他。所以,郝玼镇守临泾的时候,吐蕃人不敢过其守地,如有小孩啼哭,吐蕃人往往会说出郝玼的名字来恐吓他。此两句前后相对,仄仄平平,仄仄平平平仄仄对平平平仄,平平平仄仄平平。

〔译文〕

燕国与赵国相对应,楚国与齐国相对应,长满柳树的堤岸与桃树下的条条小道相对应。

蒙着纱的窗户和装饰花纹的门户相对应,纹饰精美的阁室和妙龄少女的闺房相对应。

修葺月亮的斧子,登上天穹的梯子,蝃蝀和虹霓相对应。

快乐游玩的人在春天的花圃里嬉戏，善于阿谀奉承的人比夏日劳作的农夫艰辛。

飞将军李广空有一身过人本领，最终未能封侯；魏明帝曹叡实有不滥杀之德，最终继承帝位。

汉文帝拉住缰绳，在细柳营缓慢前行。周亚夫带兵有方，连君王也敬佩他；小孩听到郝玭二字，马上悄声安卧。郝玭打仗名震临泾，连孩童也惧怕他。

九　佳

〔题解〕

“佳”部是平水韵三十韵中上平声第九韵部。“九佳”中，“九”为序号，“佳”为上平声十五韵中的代表字之一，亦表示与之同归于此韵部中的字。《笠翁对韵》中所举出这一韵部的字有街、荄、钗、淮、差、排、怀、柴、鞋、涯、埋、皑、斋、谐、槐、乖、牌、筛、楷、崖、阶、豺。

其一

门对户，陌对街①，枝叶对根荄②。

斗鸡对挥麈③，凤髻对鸾钗④。

登楚岫⑤，渡秦淮⑥，子犯对夫差⑦。

石鼎龙头缩⑧，银筝雁翅排⑨。

百年诗礼延余庆⑩，万里风云入壮怀⑪。

莫辨名伦，死矣野哉悲季路⑫；不由径窦，生乎愚也有高柴⑬。

〔注释〕

①陌：田间小路。

②根荄(gāi)：指草根，植物的根。唐人白居易《浔阳三题》："枝干日长大，根荄日牢坚。"此句中"门"与"户"相对，平对仄；"陌"与"街"相对，仄对平；"枝叶"与"根荄"相对，平仄对平平。

③麈(zhǔ)：指鹿一类的动物，它的尾巴可做拂尘。挥麈：指挥动麈尾。明人戚继光《韬钤(qián)深处》："呼樽来揖客，挥麈坐谈兵。"

④凤髻(jì)：古人的一种发型，凤形发髻。唐人杜牧《为人题赠二首》："和簪抛凤髻，将泪入鸳衾。"鸾钗：鸾形的发钗。宋人晁补之词中有"鸾钗重，青丝滑"句。此句中"斗鸡"与"挥麈"相对，仄平对平仄；"凤髻"对"鸾钗"，仄仄对平平。

⑤登楚岫(xiù)：登上楚国的山。

⑥秦淮：指秦淮河，河水流经南京城。唐人杜牧《泊秦淮》云："烟笼寒水月笼沙，夜泊秦淮近酒家。"

⑦子犯：指春秋晋人狐偃。狐偃，字子犯，为晋文公重耳之舅，随重耳在外流亡十九年，辅佐重耳称霸，被任命为上军之将。夫差：吴王阖闾之子，春秋末年吴国国君，一度为霸主，后被越王勾践所灭。此句中"登楚岫"与"渡秦淮"相对，平仄仄对仄平平；"子犯"与"夫差"相对，仄仄对平平。

⑧石鼎：一种煮茶的用具，陶制。宋人戴昺(bǐng)《赏茶》："自汲香泉带落花，漫烧石鼎试新茶。"

⑨银筝：银制的古筝。唐人王维《秋夜曲》："银筝夜久殷勤弄，心怯空房不忍归。"此句前后相对，仄仄平平仄对平平仄仄平。

⑩诗礼：指儒家经典《诗经》和"三礼"。余庆：指"诗礼"给子孙后代

留下的福泽。

⑪壮怀:指豪迈的胸怀。唐人殷尧藩《登凤凰台》:“始信人生如一梦,壮怀莫使酒杯干。”此句前后相对,仄平平仄平平仄对仄仄平平仄仄平。

⑫名伦:名分伦常。季路:指孔子弟子子路。据《论语》记载,子路在卫国做官时,曾经问孔子,如果让孔子治理国家,什么事应该放在第一位。孔子回答说:“必也正名乎!”子路嘲笑孔子迂腐。因此,孔子评价子路为“野哉”。后来卫国发生内乱,孔子预感子路可能会丧命。果然,最后子路死在了卫国。

⑬由:经过。径窦:小路和洞。高柴:指孔子弟子子羔。高柴被孔子评价为“柴也愚”,可见高柴是略微愚笨的。在卫国发生内乱时,高柴和季路都在卫国,孔子判断高柴应该可以活着回来,而季路大概是回不来了。果然,高柴劝说季路一起跑,但季路不听,最终死在卫国。而高柴即便是在逃命时,也不愿走小道、钻墙洞,始终保持从容仪态,还是比较迂腐的。此两句前后相对,仄仄平平,仄仄仄平平仄仄对仄平仄仄,平平平仄仄平平。

〔译文〕

门与户相对应,田间小道与城市大路相对应,植物的枝叶和植物的根相对应。

斗鸡游戏和挥动麈尾相对应,凤形发髻和鸾形发钗相对应。

登上楚地的山峰,渡过南京的秦淮河,子犯和夫差相对应。

石鼎上雕刻缩着的龙头,银筝上排列的筝柱仿佛雁阵正飞。

诗礼传家,即使数百年依旧能德泽后人;心胸豪迈,纵使万里风云都可装入胸怀。

不能分辨名伦,鲁莽的季路惨死在卫地;逃跑也要从容,愚钝的高柴从卫国避难归来。

其二

冠对履[1]，袜对鞋，海角对天涯[2]。
鸡人对虎旅[3]，六市对三街[4]。
陈俎豆[5]，戏堆埋[6]，皎皎对皑皑[7]。
贤相聚东阁[8]，良朋集小斋[9]。
梦里山川书《越绝》[10]，枕边风月记《齐谐》[11]。
三径萧疏，彭泽高风怡五柳[12]；六朝华贵，琅琊佳气毓三槐[13]。

〔注释〕

①履：鞋子。

②此句中“冠”与“履”相对，平对仄；“袜”与“鞋”相对，仄对平；“海角”与“天涯”相对，仄仄对平平。

③鸡人：周代的官名，掌管报时，凡举行大典之时，则报时以警夜，后指宫廷中专管更漏的人。虎旅：勇猛的军队。

④六市：古代的长安和汴京都有六条大街，故此词专指大街闹市繁华之处。明人程通《元宵》：“禁城阊阖九重开，歌舞喧哗六市来。”三街：亦指繁华的街市。此句中“鸡人”与“虎旅”相对，平平对仄仄；“六市”与“三街”相对，仄仄对平平。

⑤陈俎（zǔ）豆：陈列好俎和豆。俎、豆皆为古代祭祀时所需要的礼器，两个字合在一起时，也泛指祭祀活动所需要的各种礼器。南北朝诗人

庾信《拟咏怀诗》云:“俎豆非所习,帷幄复无谋。”

⑥戏堆埋:戏,游戏。堆埋,指埋葬死人。此句与“陈俎豆”实则都和“孟母三迁”的故事有关。孟子幼年时,居住的地方离墓地很近,孟子常常模仿丧葬事来游戏,孟母觉得不好,于是便搬到了闹市旁,孟子又学起了商贾的样子,孟母觉得还是不妥,于是又搬到了学宫的旁边。这次,孟子开始学“设俎豆,揖让进退”,孟母这才放心地住了下来。

⑦皎皎:洁白明亮的样子。《古诗十九首》有“明月何皎皎,照我罗床帏”句。唐人张若虚《春江花月夜》亦有“江天一色无纤尘,皎皎空中孤月轮”。皑皑:洁白的样子,常用于比喻雪。唐人柳宗元《酬王二十舍人雪中见寄》:“三日柴门拥不开,阶平庭满白皑皑。”此句中“陈俎豆”与“戏堆埋”相对,平仄仄对仄平平;“皎皎”与“皑皑”相对,仄仄对平平。

⑧贤相聚东阁:讲的是汉代宰相公孙弘的事。公孙弘年少时家中清贫,后来受到汉武帝赏识,做了宰相。成为宰相后,他开东阁招揽贤才,故“东阁”也被称为古代宰相招致、款待宾客的地方。宋人苏洵《九日和韩魏公》:“不堪丞相延东阁,闲伴诸儒老曲台。”

⑨良朋:好朋友。相传唐人柳公绰读书和见朋友都在自己的小书斋中,二十余年不曾改变。此句前后相对,平仄仄平仄对平平仄仄平。

⑩《越绝》:指汉人袁康的《越绝书》,书中记载吴、越二国的历史地理之事,以及伍子胥、范蠡等人的活动。

⑪《齐谐》:指《庄子》中所记载的《齐谐》书。后世志怪之书亦有《齐谐记》《续齐谐记》等。此句前后相对,仄仄平平平仄仄对仄平平仄仄平平。

⑫彭泽高风:彭泽令的高风亮节,即指陶渊明的风骨。三径:陶渊明《归去来兮辞》中有“三径就荒,松菊犹存”句。五柳:陶渊明著有《五柳先生传》,自称“五柳先生”。

⑬“六朝华贵”二句：与宋人王旦有关。王旦为北宋名相，据《邵氏闻见录》记载，他的父亲王祐为琅琊王氏的后人，曾经在院子里手植三棵槐树，并说道：“吾子孙必有为三公者。”三公是周代的高级官员，据传，三公每次朝见天子时，都会站在宫外的三棵槐树处。此两句前后相对，平仄平平，平仄平平平仄仄对仄平平仄，平平平仄仄平平。

〔译文〕

冠与履相对应，袜与鞋相对应，海角与天涯相对应。

掌管报时的官员和勇猛的将士相对应，六市与三街相对应。

陈列好礼器，玩丧葬的游戏，皎皎和皑皑相对应。

贤明宰相公孙弘将栋梁之材齐聚于东阁，柳公绰的知己好友与他相聚在小书斋中。

《越绝书》记载梦境中的山川奇闻，《齐谐记》写尽枕边的风月之事。

田园萧瑟，三径旁草木稀疏，高风亮节的陶潜种下五株嫩柳；琅琊王氏，六朝荣华富贵，望子成龙的王祐手植三棵青槐。

其三

勤对俭，巧对乖，水榭对山斋①。

冰桃对雪藕②，漏箭对更牌③。

寒翠袖④，贵荆钗⑤，慷慨对诙谐⑥。

竹径风声籁⑦，花蹊月影筛⑧。

携囊佳韵随时贮⑨，荷锄沉酣到处埋⑩。

江海孤踪,云浪风涛惊旅梦⑪;乡关万里,烟峦云树切归怀⑫。

〔注释〕

①水榭(xiè):水边供人游玩或休息的场所。宋人朱淑真词《菩萨蛮·山亭水榭秋方半》云:“山亭水榭秋方半,凤帏(wéi)寂寞无人伴。”山斋:指山中的屋子。宋人白玉蟾有《山中夜坐》诗云:“嗅花风入鼻,掬水月浮身。夜静焚香坐,空山一个人。”此句中“勤”与“俭”相对,平对仄;“巧”与“乖”相对,仄对平;“水榭”与“山斋”相对,仄仄对平平。

②冰桃、雪藕:据《汉武故事》记载,西王母曾带给汉武帝许多奇珍异果,其中就有冰桃和雪藕。

③漏箭:古代计时器的指针。漏为古代计时器,装满水后,随着水的流出,水面下降,漏箭就可指出时刻。宋人陆游《晨起》云:“衣润熏笼暖,灯残漏箭长。”更牌:古代夜间用来计时的一种工具。此句中“冰桃”与“雪藕”相对,平平对仄仄;“漏箭”与“更牌”相对,仄仄对平平。

④寒翠袖:唐人杜甫《佳人》:“天寒翠袖薄,日暮倚修竹。”写的是一位被丈夫抛弃,不得已到山林中隐居的贵妇人。名句“但见新人笑,那闻旧人哭”即出于此诗。

⑤贵荆钗:荆钗,用竹木制成的钗子,常为平民人家的妇女所用。宋人赵汝鐩(suì)《陇首》:“陇首多逢采桑女,荆钗蓬鬓短青裙。”

⑥此句中“寒翠袖”与“贵荆钗”相对应,平仄仄对仄平平。

⑦籁:孔穴里发出的声音,泛指声响。

⑧花蹊:花中的小路。明人高启《过刘山人园》:“欲问幽栖处,花蹊逐涧回。”此句前后相对,仄仄平平仄对平平仄仄平。

⑨携囊:随身带着锦囊。据《李贺小传》记载,李贺每天早上便骑着

驴,身背破锦囊出门。每当灵光闪现,想到好的诗句时,就随笔写下,投入自己的锦囊当中。明人陶益《访林明府旧里次韵》:“李贺携囊至,王弘拥盖来。”

⑩荷锄沉酣到处埋:此典与晋人刘伶有关。据《晋书·刘伶传》记载,刘伶为人放纵畅达,嗜酒,常乘鹿车,带一壶酒出门。而且,他还随时带着一个扛着锄头的仆人,并告诉他:“我死在哪儿,你便就地把我埋了。”此句前后相对,平平平仄平平仄,仄平平平仄仄平。此句上下第二字皆为平,失对。

⑪孤踪:孤独的踪迹。清人顾炎武《永平》:“流落天涯意自如,孤踪终与世情疏。”

⑫烟峦:云烟笼罩着的山峦。宋人徐玑《建剑道中》:“云麓烟峦知几层,一湾溪转一湾清。”此两句前后相对,平仄平平,平仄平平平仄仄对平平仄仄,平平平仄仄平平。

〔译文〕

勤与俭相对应,巧与乖相对应,水旁小亭和山中小屋相对应。

冰桃与雪藕相对应,漏箭与更牌相对应。

被抛弃的贵族妇女令人心寒,吃苦耐劳的平民妇女让人敬重,为人大方和谈吐幽默相对应。

清风从竹林中吹过,竹叶簌簌作响;月光从花影间投下,月影斑驳阑珊。

李贺背着锦囊出门,每有佳句便随时存下;刘伶带着酒离家,喝到醉死便就地掩埋。

旅人在江海中孤身前行,浪涛拍岸,惊醒他的回家梦;游子距故土千万里远，烟波绕树，牵动他的思乡情。

其四

楠对梓[1]，桧对楷[2]，水泊对山崖[3]。
舞裙对歌袖，玉陛对瑶阶[4]。
风入袂[5]，月盈怀[6]，虎兕对狼豺[7]。
马融堂上帐[8]，羊侃水中斋[9]。
北面黉宫宜释菜[10]，东巡岱畤定燔柴[11]。
锦缆春江，横笛洞箫通碧落[12]；华灯夜月，遗簪堕翠遍香街[13]。

〔注释〕

①柟(nán)：即楠，楠树。梓(zǐ)：梓树。

②桧(guì)：桧树，亦称"刺柏"。楷(jiē)：楷树，亦称"黄连木"。

③水泊：指湖泊。此句中"柟"与"梓"相对，平对仄；"桧"与"楷"相对，仄对平；"水泊"与"山崖"相对，仄仄对平平。

④玉陛：宫殿前的台阶，亦指朝廷。唐人王长林《夏月花萼楼酺宴应制》："玉陛分朝列，文章发圣聪。"瑶阶：玉石砌成的石阶。此句中"舞裙"与"歌袖"相对，仄平对平仄；"玉陛"与"瑶阶"相对，仄仄对平平。

⑤袂(mèi)：衣服的袖口。

⑥盈：充满。

⑦虎兕(sì)：老虎与犀牛，比喻凶残的人。东汉人王逸《九思》中有"虎兕争兮于廷中，豺狼斗兮我之隅"句。此句中"风入袂"与"月盈怀"相

对，平仄仄对仄平平；“虎兕”与“狼豺”相对，仄仄对平平。

⑧马融堂上帐：典故和东汉著名经学家马融有关。据《后汉书·马融传》记载，马融有弟子上千人，他每次授课时，都会坐在高堂之上，堂上挂着绛色的纱帐，前面教授弟子，后面还有女乐助兴。

⑨羊侃水中斋：典故与南朝梁羊侃有关。据《南史·羊侃传》记载，羊侃好奢侈，曾经将船连在一起，并在上面“饰以珠玉，加之锦缋，盛设帷屏，陈列女乐”，趁着潮涌之时解开船缆，在水波上饮酒作乐。这两句前后相对，仄平平仄仄对平仄仄平平。

⑩黉(hóng)宫：学宫。宋人王义山《挽介堂胡知郡》：“六馆诸生伏下风，少年声价在黉宫。”释菜：释菜礼，是古代学子入学时祭祀先圣先师的一种典礼。宋人王安石《慈溪县学记》云：“释奠、释菜，以教不忘其学之所自。”明人王慎中《逢郑广文先生》云：“童年释菜及门墙，在泮常依芹藻芳。”清人陈肇兴《补博士弟子纪事》云：“释菜瞻先圣，衣冠一色新。”

⑪东巡：古代天子登基后，要东巡，去泰山举行封禅之礼。战国楚屈原《天问》云：“成汤东巡，有莘爰极。”岱：指泰山。畤(zhì)：帝王祭神的场所。燔(fán)柴：封禅时的祭神仪式，将牺牲和玉帛放在柴草上点燃，让烟气飞升，以此象征进献给了神灵。宋人《导引·民康俗阜》词云：“登封降禅燔柴毕，天仗入神京。”此句前后相对，仄仄平平平仄仄对平平仄仄仄平平。

⑫横笛：即笛子。宋人苏轼《念奴娇·中秋》云：“水晶宫里，一声吹断横笛。”洞箫：即箫。苏轼《月夜与客饮酒杏花下》云：“洞箫声断月明中，惟忧月落酒杯空。”碧落：指天空。唐人赵嘏《闻笛》云：“响遏行云横碧落，清和冷月到帘栊。”

⑬遗簪堕翠：掉落的发簪和翠饰。此两句前后相对，仄仄平平，平仄仄平平仄仄对平平仄仄，平平仄仄仄平平。

〔译文〕

枏与梓相对应，桧与楷相对应，水泊与山崖相对应。

舞裙和歌袖相对应，玉陛和瑶阶相对应。

清风吹入袖口，月光落入怀中，虎兕和狼豺相对应。

马融在高堂上挂着帐子传授学问，羊侃在船上建造宫室饮酒作乐。

学子入学，首先要行祭祀先师以示尊重的释菜礼；天子登基，必定东巡泰山焚烧祭品以祭祀天地五帝。

华丽的船停在江上，船上吹笛吹箫，乐声飞上天际；精致的灯光明亮的月夜，地上散落金簪翠环，香气满街。

十　灰

〔题解〕

“灰”部是平水韵三十韵中上平声第十韵部。“十灰”中，“十”为序号，“灰”为上平声十五韵中的代表字之一，亦表示与之同归于此韵部中的字。《笠翁对韵》中所举出这一韵部的字有哀、才、开、莱、台、钗、来、哉、腮、雷、梅、赅、猜、杯、苔、栽。

其一

春对夏，喜对哀，大手对长才①。

风清对月朗②，地辟对天开③。

游阆苑④，醉蓬莱⑤，七政对三台⑥。

青龙壶老杖⑦，白燕玉人钗⑧。

香风十里望仙阁⑨，明月一天思子台⑩。

玉橘冰桃，王母几因求道降⑪；莲舟藜杖，真人原为读书来⑫。

〔注释〕

①大手：大手笔，指有很高文才、善于作文的人。长才：有优异的才能。唐人牟融《司马迁墓》评价司马迁道："落落长才负不羁，中原回首益堪悲。"此句中"春"与"夏"相对，平对仄；"喜"与"哀"相对，仄对平；"大手"与"长才"相对，仄仄对平平。

②风清：微风清爽。宋人贺铸《愁风月》："风清月正圆，信是佳时节。"月朗：月光明亮。宋人徐庭筠《咏竹》："月朗风清良夜永，可怜王子独知音。"

③此句中"风清"与"月朗"相对，平平对仄仄；"地辟"与"天开"相对，仄仄对平平。

④阆(làng)苑：传说中神仙居住的地方。宋人释择璘《咏杜鹃花》："三叹鹤林成梦寐，前生阆苑觅神仙。"

⑤蓬莱：传说中的海上仙山。《列子·汤问》记载有五座仙山，分别是：岱舆、员峤、方壶、瀛洲、蓬莱。唐人杜甫《秋兴八首》："蓬莱宫阙对南山，承露金茎霄汉间。"

⑥七政：古代天文专用名词，一说为北斗七星，一说为日、月和金、木、水、火、土五星。明人徐庸《庆张惟东任阴阳正术》："日月五星为七政，经纬守恒时乃定。"宋人田锡《琢玉歌》："我愿琢为北斗柄，指麾五星齐七政。"三台：一指星名。《晋书·天文志上》："在人曰三公，在天曰三台。"一指古代三公。唐人李白《献从叔当涂宰阳冰》："虽无三台位，不借四豪名。"一指古代灵台、时台、囿台三台。汉人许慎《五经异义》："天子有三台：灵台以观天文，时台以观四时施化，囿台以观鸟兽鱼鳖。"此句中"游阆苑"与"醉蓬莱"相对，平仄仄对仄平平；"七政"与"三台"相对，仄仄对平平。

⑦青龙壶老杖：此句与《后汉书》中所记载的“费长房学仙”有关。据史料记载，汝南人费长房曾向壶公学习仙术，壶公给了他一根竹杖，并告诉他：“骑上这根竹杖，你就可以自动到达目的地。”费长房试了一下，果然如其所说。后来他听壶公语，把竹杖扔到了葛陂，回头再看时，竹杖变成了一条龙。

⑧白燕玉人钗：据《洞冥记》记载，汉武帝建造招灵台，有神女降下，赠给他一支玉钗，汉武帝又把玉钗赠给了赵婕妤。后来这支玉钗化作白蝴蝶飞走了。此句前后相对，平平平仄仄对仄仄仄平平。

⑨望仙阁：南朝陈后主所建的楼阁。据史料记载，陈后主荒淫无度，曾建临春、结绮、望春三座楼阁，用沉檀香做栏杆和窗户，外饰以珠宝美玉，极度奢华。每当风吹过，就会飘香数里。《陈书·后主张贵妃传》记载云：“微风暂至，香闻数里；朝日初照，光映后庭。”

⑩思子台：据《汉书》记载，汉武帝时，江充诬陷戾太子刘据，致使武帝逼死了自己的儿子。后来武帝知道太子是含冤屈死，倍感后悔，又修建了思子台表达自己的思念之情。唐人白居易《思子台有感》：“但使武皇心似烛，江充不敢作江充。”此句前后相对，平平仄仄仄平仄对平仄仄平平仄平。

⑪“玉橘冰桃”二句：据《穆天子传》《仙传拾遗》等记载，周穆王就曾见到过西王母，并与之宴饮酬酢，食仙界奇珍异果。另据《太平广记》引《汉武帝内传》中的记载，汉武帝也曾经设下豪华宴席宴请西王母，王母下凡后赠予汉武帝许多仙界珍果。

⑫“莲舟藜杖”二句：这一句与西汉时人刘向有关。据《三辅黄图》记载，刘向在天禄阁校书时，一天夜晚，一位身着黄衣、手拄青藜杖的老者叩见。老人见刘向书房烛暗，便吹了吹自己的青藜杖端，只见青藜杖端头有烟冒出，火光也燃了起来。在这火光中，老者向刘向传授了五行《洪范》之

文。此两句前后相对，仄仄平平，平仄仄平平仄仄对平平平仄，平平平仄仄平平。

〔译文〕

春天与夏天相对应，欣喜与悲哀相对应，文采高超与才能优异相对应。

微风清爽与月光明朗相对应，地辟与天开相对应。

在阆苑中游玩，在蓬莱山上酒醉，七政与三台相对应。

壶公给费长房的手杖可以化为青龙，神女给汉武帝的玉钗可以变成雪燕。

陈后主修建的望仙阁极度奢华，清风吹过，竟可香飘数里；汉武帝修建的思子台立在湖畔，明月当空，武帝思子至极。

君王求道，西王母带着仙界的玉橘冰桃，数次下凡；刘向校书，真人乘莲舟，吹燃藜杖，只为给他传授真经。

其二

朝对暮，去对来，庶矣对康哉①。

马肝对鸡肋②，杏眼对桃腮③。

佳兴适④，好怀开⑤，朔雪对春雷⑥。

云移鳷鹊观⑦，日丽凤凰台⑧。

河边淑气迎芳草，林下轻风待落梅⑨。

柳媚花明，燕语莺声浑是笑⑩；松号柏舞，猿啼鹤唳总成哀⑪。

〔注释〕

①庶矣:表明人口众多。《论语·子路》云:"子适卫,冉有仆。子曰:'庶矣哉!'冉有曰:'既庶矣,又何加焉?'曰:'富之。'曰:'既富矣,又何加焉?'曰:'教之。'"康哉:意为安康。《尚书·益稷》中,皋陶曰:"元首明哉,股肱良哉,庶事康哉。"此句中"朝"与"暮"相对,平对仄;"去"与"来"相对,仄对平;"庶矣"与"康哉"相对,仄仄对平平。

②马肝:马的肝脏。古人认为马肝脏味道不好,一说马肝有毒。鸡肋:鸡的肋骨,比喻丢弃了可惜,不丢弃又没什么用的物品。据《三国志·魏书·魏武帝纪》记载,曹操攻汉中久不得,想要班师回朝,于是传下了一道"鸡肋"的夜间巡防口令。杨修说:"鸡肋丢弃掉可惜,但吃着又没什么味道,魏王的意思汉中正如同这鸡肋一样。魏王大概是想要班师了。"

③杏眼:形容女子眼睛如杏子一样。宋人胡铨《金陵书事》:"几缕碧烟迷杏眼,半篙清涨减蒲芽。"桃腮:形容女子的面颊红扑扑,就像是桃子。宋人陈允平《虞美人》:"嫩红和露入桃腮。"此句中"马肝"与"鸡肋"相对,仄平对平仄;"杏眼"与"桃腮"相对,仄仄对平平。

④佳兴:极好的兴致。唐人李白《下寻阳城泛彭蠡寄黄判官》:"名山发佳兴,清赏亦何穷。"

⑤好怀:指心情舒畅。

⑥朔雪:北方的雪。南朝人鲍照《学刘公干体·其三》:"胡风吹朔雪,千里度龙山。"春雷:春日雷声。明人王世贞《题春雷出蛰图》:"一夜春雷发,群蛰自相语。"此句中"佳兴适"与"好怀开"相对,平仄仄对仄平平;"朔雪"与"春雷"相对,仄仄对平平。

⑦鳷(zhī)鹊观:古代道观名。鳷鹊,古代传说中的异鸟。南朝人谢朓

《暂使下都夜发新林至京邑赠西府同僚》:“金波丽鳷鹊,玉绳低建章。”

⑧凤凰台:古台名,今在江苏南京。唐人李白《登金陵凤凰台》云:“凤凰台上凤凰游,凤去台空江自流。”其《金陵凤凰台置酒》亦云:“置酒延落景,金陵凤凰台。”此句前后相对,平平平仄仄对仄仄仄平平。

⑨“河边淑气迎芳草”二句:全句直接引用了唐代诗人孙逖《和左司张员外自洛使入京中路先赴长安逢立春日赠韦侍御等诸公》中的诗句。诗云:“忽睹云间数雁回,更逢山上正花开。河边淑气迎芳草,林下轻风待落梅。秋宪府中高唱入,春卿署里和歌来。共言东阁招贤地,自有西征谢傅才。”此句前后相对,平平仄仄平平仄对平仄平平仄仄平。

⑩燕语莺声:指春天时,燕子和莺鸟的叫声。宋人有诗云:“山光水色供图障,燕语莺声助管弦。”

⑪松号(háo):风吹过松树时发出的声音。宋人白玉蟾《洞明轩》:“夜坐幽堂听玉泉,松号风吼不成眠。”此两句前后相对,仄仄平平,仄仄平平平仄仄对平平仄仄,平平仄仄仄平平。

〔译文〕

早晨与夜晚相对应,去与来相对应,人口众多与国泰民安相对应。

马肝和鸡肋相对应,杏眼与桃腮相对应。

兴致高昂,心情舒畅,北方的雪和春天的雷相对应。

天上的浮云飘向鳷鹊观,和煦的阳光照在凤凰台。

河边的暖风吹拂着柔美的嫩草,树林中的清风吹落星星小梅。

垂柳柔媚春花明艳,燕子和莺的叫声欢快,如同笑声一般;青松低号翠柏乱舞,猿猴和鹤的叫声悲伤,仿佛呜咽啜泣。

其三

忠对信，博对赅[1]，忖度对疑猜[2]。

香消对烛暗[3]，鹊喜对蛩哀[4]。

金花报[5]，玉镜台[6]，倒斝对衔杯[7]。

岩巅横老树[8]，石磴覆苍苔[9]。

雪满山中高士卧，月明林下美人来[10]。

绿柳沿堤，皆因苏子来时种[11]；碧桃满观，尽是刘郎去后栽[12]。

〔注释〕

①赅(gāi)：完备。

②忖(cǔn)度(duó)：思忖，推测。《诗经·小雅·巧言》："他人有心，予忖度之。"唐人陆龟蒙《记事》："忖度大为防，涵容宽作量。"此句中"忠"与"信"相对，平对仄；"博"与"赅"相对，仄对平；"忖度"与"疑猜"相对，仄仄对平平。

③香消：香燃烧尽，也指女子消瘦或者生命逝去。宋人吴文英《极相思·题陈藏一水月梅扇》云："水清月冷，香消影瘦，人立黄昏。"烛暗：烛光黯淡。宋人陈师道《宿齐河》云："烛暗人初寂，寒生夜向深。"

④蛩(qióng)：指蝗虫或蟋蟀。宋人周密《秋日书怀寄仪父》："蛩哀半庭月，雁冷一天云。"此句中"香消"与"烛暗"相对，平平对仄仄；"鹊喜"与"蛩哀"相对，仄仄对平平。

⑤金花报：唐代科考，进士登科后，会用一封"以素绫为轴，贴以金花"的帖子通告其家人。

⑥玉镜台：玉制的镜台。据《世说新语·假谲》记载，晋人温峤的妻子去世后，他看上了堂姑刘氏的女儿，遂和刘氏商量好婚事，并用玉镜台作为聘礼。婚礼之时，新娘拨开了遮住脸的纱扇，拍手大笑道："我就猜你是个老家伙，果然如此！"

⑦斝(jiǎ)：古代一种圆口三足的青铜酒器。衔杯：即饮酒。唐人李白《广陵赠别》："玉瓶沽美酒，数里送君还。系马垂杨下，衔杯大道间。"此句中"金花报"与"玉镜台"相对，平平仄对仄仄平；"倒斝"与"衔杯"相对，仄平对平平。

⑧岩巅：山岩顶端。明人李世熊《和陶归园田》："紫芝出涧底，元木生岩巅。"清人汪道宽《同王霁台游澹岩》："洞外疲登顿，岩巅知旷敻(xiòng)。"

⑨石磴(dèng)：石头做的台阶。唐人李白《观博平王志安少府山水粉图》："松溪石磴带秋色，愁客思归坐晓寒。"唐人王勃《圣泉宴》："披襟乘石磴，列籍俯春泉。"此句前后相对，平平平仄仄对仄仄仄平平。

⑩"雪满山中高士卧"二句：引用明人高启《梅花九首》中的诗句。高启诗为："琼姿只合在瑶台，谁向江南处处栽？雪满山中高士卧，月明林下美人来。寒依疏影萧萧竹，春掩残香漠漠苔。自去何郎无好咏，东风愁寂几回开。"高士，指在山中隐居者或修炼者。雪中高士卧，讲的是汉人袁安的故事。大雪天袁安宁可在家中僵卧，也不肯出去和别人争食，被认为是贤人，举为孝廉。月下美人来，讲的是隋人赵师雄的故事。赵师雄曾游罗浮山，日暮时分见到了一位美人，美人"芳香袭人，语言极清丽"，故赵师雄邀美人聊天饮酒。不知不觉，赵师雄醉倒酣睡，醒来后发现自己在一棵梅花树下，月落参横，美人却不见了踪迹，他的心中惆怅万分。此句前后相对，仄仄平平平仄仄对仄平平仄仄平平。

⑪"绿柳沿堤"二句：苏子指苏轼。苏轼任杭州知府时，曾疏浚西湖，

并将淤泥堆修成堤坝，上栽垂柳，此堤坝被称为“苏公堤”，简称“苏堤”。

⑫“碧桃满观”二句：刘郎指唐人刘禹锡。刘禹锡曾作《玄都观桃花》一诗，诗中有“玄都观里桃千树，尽是刘郎去后栽”一句。此两句前后相对，仄仄平平，平平平仄平平仄对仄平仄仄，仄仄平平仄仄平。

〔译文〕

忠与信相对应，广博与完备相对应，推测与猜疑相对应。

清香燃尽与烛光黯淡相对应，喜鹊报喜与寒蛩哀鸣相对应。

金花帖报喜，玉镜台娶亲，倒酒和饮酒相对应。

山岩顶峰上老树丛生，石头台阶上青苔密布。

大雪落满了山间，袁安僵卧家中，不肯出门；月光明照树林，赵师雄与美人对饮，不亦乐乎。

翠绿的柳树栽满河堤，这都是苏轼任官之时所种；粉红的桃花满院绽放，这都是刘禹锡离京之后所栽。

十一　真

〔题解〕

“真”部是平水韵三十韵中上平声第十一韵部。“十一真”中，“十一”为序号，“真”为上平声十五韵中的代表字之一，亦表示与之同归于此韵部中的字。《笠翁对韵》中所举出这一韵部的字有麟、贫、茵、民、珍、人、宾、尘、臣、寅、仁、巾、伦、秦、闾、陈、筠、蓁、唇、神、颦。

其一

莲对菊，凤对麟，浊富对清贫[①]。
渔庄对蟹舍[②]，松盖对花茵[③]。
萝月叟[④]，葛天民[⑤]，国宝对家珍[⑥]。
草迎金埒马[⑦]，花醉玉楼人[⑧]。
巢燕三春尝唤友[⑨]，塞鸿八月始来宾[⑩]。
古往今来，谁见泰山曾作砺[⑪]；天长地久，人传沧海几扬尘[⑫]。

〔注释〕

①浊富:不义而富谓之“浊富”。此句中“莲”与“菊”相对,平对仄;“凤”与“麟”相对,仄对平;“浊富”与“清贫”相对,仄仄对平平。。

②蟹(xiè):即蟹。蟹舍:即蟹舍,指打鱼的人家。唐人张志和《渔父》:“松江蟹舍主人欢,菰(gū)饭莼羹亦共餐。”

③松盖:指枝叶茂密、形状如同伞盖的松树。宋人王炎《陈推官幽居十咏》:“两行松盖遮护,下有苍苔地衣。”唐人权德舆《题亡友江畔旧居》:“松盖欹书幌,苔衣上酒缸。”花茵:形容花朵繁盛如同垫子一般。清人乔远炳《夏日》:“眠摊薤(xiè)簟(diàn)千纹滑,座接花茵一院香。”此句中“渔庄”与“蟹舍”相对,平平对仄仄;“松盖”与“花茵”相对,平仄对平平。

④萝月叟:指月色中,走在藤萝下的老人。

⑤葛天民:葛天氏的民众。葛天氏为上古时期帝王名,是远古时期理想化的统治者。一说为远古部落的名字。

⑥家珍:家中贵重的物品。此句中“萝月叟”与“葛天民”相对,平仄仄对仄平平;“国宝”与“家珍”相对,仄仄对平平。

⑦金埒(liè)马:名贵的马匹。埒,矮墙。晋人王济喜欢马,于是买了一块地专门用来饲养马匹,并用编好的铜钱当作围墙。

⑧玉楼:华丽的楼,亦指神仙所居住的楼宇。这句话化用唐人张子容《长安早春》中的“草迎金埒马,花伴玉楼人”一句。此句前后相对,仄平平仄仄对平仄仄平平。

⑨巢燕:指燕子,因其喜欢在人屋檐下做巢,故名之。宋人陆游《立夏》:“泥新巢燕闹,花尽蜜蜂稀。”三春:即春天。“三春”为夏历正月孟春、二月仲春、三月季春。

⑩塞鸿:塞外的鸿雁。清人纳兰性德《踏莎行》:“塞鸿一夜尽南飞,谁

与问倚楼人瘦。”来宾：来做宾客。古人把鸿雁冬季去南方过冬视为做客。此句前后相对，平仄平平平仄仄对仄平仄仄仄平平。

⑪作砺：变成磨刀石。《史记 · 高祖功臣侯者年表》记载，刘邦在册封功臣的时候，誓词中有“使河如带，泰山若砺。国以永宁，爰及苗裔”，意思是即使黄河变成衣带那么宽，泰山变成磨刀石那么小，你们所受的封地也是安定的，会子子孙孙一直传下去。砺，磨刀石。

⑫扬尘：犹言沧海桑田。据《神仙传》记载，东汉时，麻古仙女同王远曾有过对话。麻古仙女说，自己已经三次看到东海变成桑田了，刚路过蓬莱，她看到那边的水比以前浅了近一半，难不成又要变成陆地了！王远笑着对麻姑说道：“圣人们都说，海中又开始要扬起尘土了。”此两句前后相对，仄仄平平，平仄仄平平仄仄对平平仄仄，平平平仄仄平平。

〔译文〕

莲花与菊花相对应，凤凰与麒麟相对应，不守道义的富足与清正廉洁的贫困相对应。

渔庄与蟹舍相对应，如大伞般的松盖和如垫子般的花团相对应。

月夜走在藤萝下的老人，葛天氏治理下的民众，一国之宝与家中珍品相对应。

草地上奔驰着骏马，马场周围筑着铜钱串起的墙；花香迷醉了众人，人们在华丽的楼阁上沉浸于芬芳之中。

燕子在春天开始召唤朋友，鸿雁在八月初秋远赴南方。

从古到今，谁曾见过泰山变成磨刀石？天长地久，人们口耳相传着沧海桑田的变化。

其二

兄对弟，吏对民，父子对君臣①。

勾丁对补甲②，赴卯对同寅③。

折桂客④，簪花人⑤，四皓对三仁⑥。

王乔云外舄⑦，郭泰雨中巾⑧。

人交好友求三益⑨，士有贤妻备五伦⑩。

文教南宣，武帝平蛮开百越⑪；义旗西指，韩侯扶汉卷三秦⑫。

〔注释〕

①此句中“兄”与“弟”相对，平对仄；“吏”与“民”相对，仄对平；“父子”与“君臣”相对，仄仄对平平。

②勾丁：指到了可以服兵役年龄的男子。补甲：补充兵丁。

③赴卯：古代卯时日出，开始上班。赴卯，即指赶去上班。同寅：同事，同僚。明人叶元玉有《送同寅杨秀夫使凉州》一诗。此句中“勾丁”与“补甲”相对，平平对仄仄；“赴卯”与“同寅”相对，仄仄对平平。

④折桂客：指科举考试中及第的人。晋人郤（xì）诜（shēn）曾称自己的贤良对策是“桂林之一枝，昆山之片玉”，故后世遂用“折桂”来表示考试得中。

⑤簪花人：指在头上插花。古代殿试得中，皇上就会下令赏赐得中的学子簪花。

⑥四皓（hào）：指“商山四皓”，汉初商山的四位隐士，后出山辅佐刘盈。西晋人左思《白发赋》云：“四皓佐汉，汉德光明。”三仁：孔子认为“殷

有三仁”，即指殷商的三位贤臣微子启、箕子和比干。此句中“折桂客”与“簪花人”相对，仄仄仄对平平平；“四皓”与“三仁”相对，仄仄对平平。

⑦王乔云外舄（xì）：据《后汉书》记载，汉人王乔有神仙之术，他曾做叶县县令，每个月可以朝见两次皇帝。皇帝奇怪他为什么能来得如此之快，却不见他的车骑，于是派太史探查此事。太史调查发现，每次王乔来的时候，都会有两只野鸭从东南方飞过来。于是，他等待野鸭飞来，并用网捕捉，发现捕到的是一只“舄”，是皇上所赐的尚书官靴。

⑧郭泰雨中巾：据《后汉书·郭泰传》，郭泰在当时是很有名望的人物，有次下雨，他头巾的一个角不经意间被折起，其他人看到后，纷纷学郭泰，也将自己头巾的一角折起来。此句前后相对，平平平仄仄对仄仄仄平平。

⑨三益：即《论语·季氏》中孔子所说的“友直、友谅、友多闻”，指正直之友、守信之友、博学之友。

⑩五伦：指古代社会中君臣、父子、兄弟、夫妻、朋友五种伦理关系。明人徐庸《陈至恭病中》：“圣贤著经史，所重在五伦。五伦不废弛，斯可能为人。”此句前后相对，平平仄仄平平仄对仄仄平平仄仄平。

⑪南宣：推广到南方。平蛮：平定南蛮。蛮，古代对我国长江中下游南方地区少数民族的统称。百越：古代我国南方越人的统称。因古越人部落众多，故名。

⑫韩侯：指西汉大将淮阴侯韩信，曾帮助汉高祖刘邦取得了天下，最终却落得“兔死狗烹”的下场。三秦：地名，在今陕西省一带。据《史记·秦始皇本纪》，项羽曾三分关中秦地，封给章邯、司马欣与董翳，三地合名为“三秦”。此两句前后相对，平仄平平，仄仄平平平仄仄对仄平平仄，平平平仄仄平平。

〔译文〕

兄与弟相对应,官吏与民众相对应,父子和君臣相对应。

按期服兵役和补充兵丁相对应,上班与同事相对应。

科考及第的人,殿试得中的人,商山四皓与三位先贤相对应。

王乔有一双能飞上云霄的鞋子,郭泰的头巾在雨中微折。

人们交友应找有益于自己的三类朋友,士人结婚要寻找懂得五伦的贤妻。

汉武帝向南推行文教,平定南蛮,让百越民众得以开化;韩信向西挥旗出兵,辅佐刘邦,让汉军夺得三秦之地。

其三

申对午①,侃对訚②,阿魏对茵陈③。

楚兰对湘芷④,碧柳对青筠⑤。

花馥馥⑥,叶蓁蓁⑦,粉颈对朱唇⑧。

曹公奸似鬼⑨,尧帝智如神⑩。

南阮才郎羞北富⑪,东邻丑女效西颦⑫。

色艳北堂,草号忘忧忧甚事⑬;香浓南国,花名含笑笑何人⑭。

〔注释〕

①申、午:申、午皆在十二地支中。十二地支包括子、丑、寅、卯、辰、

巳、午、未、申、酉、戌、亥。

②侃：谈话时和乐的样子。訚（yín）：谈话时谦和端庄的样子。

③阿魏：植物名，有臭味，开黄色小花，可入药。清人纪昀诗中有“阿魏滩中药气熏”的记载。茵陈：一种蒿类，有香气，开绿黄色小花，可入药。明人王世贞《与诸公过瓦官寺作食》云：“晨钟梵纲肃，午饭茵陈香。”此句中“申”与“午”相对，平对仄；“侃”与“訚”相对，仄对平；“阿魏”与“茵陈”相对，平仄对平平。

④楚兰：楚国的兰草。宋人陈著《到梅山次韵弟茝》：“坡竹势飞动，楚兰香暗通。”湘芷：湘地的白芷。宋人乐雷发《呈姚雪蓬使君》：“春边采药收湘芷，月下调弦送楚鸿。”

⑤青筠（yún）：青竹。元人李孝光《天台谣送人还山》：“手把青筠杖，身著云锦裳。”此句中“楚兰”与“湘芷”相对，仄平对平仄；“碧柳”与“青筠”相对，仄仄对平平。

⑥馥（fù）馥：形容香气很浓。

⑦蓁（zhēn）蓁：形容植物叶子茂盛。

⑧此句中“花馥馥”与“叶蓁蓁”相对，平仄仄对仄平平；“粉颈”与“朱唇”相对，仄仄对平平。

⑨曹公：指曹操。他被后世人称为“枭雄”。

⑩尧帝：上古贤君尧。此句前后相对，平平平仄仄对平仄仄平平。

⑪南阮才郎差北富：南阮，此处指阮咸。晋代的洛阳阮氏，处北者富，处南者贫而多才。阮籍和阮咸同属于“竹林七贤”，但在当时，他俩却是居住在道南的贫穷“南阮”，和居住在道北的富裕“北阮”差距悬殊。一日，“北阮”的阮氏家族成员拿出衣服来晒，都是极为名贵的衣物。阮咸也拿出自己的大布短裤出来晒太阳。别人都觉得他这一行为奇怪，他却回答说：“未能免俗，聊复尔耳。”

⑫东邻丑女效西颦：据《庄子·天运》记载，越国美女西施有心疾，一旦不舒服就会捧住心口皱起眉头，虽有病容却很美。她的邻居东施看到了，也学西施的动作，却越发显得丑陋，“富人见之，坚闭门而不出；贫人见之，絜妻子而去之走”。此句前后相对，平仄平平平仄仄对平平仄仄仄平平。

⑬北堂：古时，母亲所住的房子叫作北堂。明人夏良胜《北堂三章寿梅母也》：“瞻彼北堂，采采其谖。谖可以忘忧也，母之静也专。母心有石，其可镌也。瞻彼北堂，森森其柏。柏可以依也，母之渊也塞。母家有政，其可国也。瞻彼北堂，有松有竹。有松有竹，母之鬠也绿。彼天之寿，眷兹平格。彼孝子心，永言式谷。”草号忘忧：叫作“忘忧”的草。“忘忧”草就是萱草，百合科植物，古人认为萱草可以使人忘记忧愁。明人霍与瑕作有《萱草忘忧》一诗。

⑭花名含笑：名为“含笑”的花。此即含笑花，初夏开花，有香气。此两句前后相对，仄仄仄平，仄仄仄平平仄仄对平平平仄，平平平仄仄平平。

〔译文〕

申时和午时相对应，和乐谈话与出言谦逊相对应，阿魏与茵陈相对应。

楚地兰草与湘江白芷相对应，碧绿柳树和青色翠竹相对应。

花香馥郁，青叶蓁蓁，粉嫩的脖颈与朱红的嘴唇相对应。

曹操奸诈似鬼怪，尧帝智慧如神明。

住在道南的才子阮咸嘲弄住在道北的富贵阮氏，东面的邻居丑女东施效仿美女西施的捧心锁眉。

草色新艳北堂，这株名叫忘忧的小草不知在忧愁何事；香气弥漫南国，这朵名叫含笑的鲜花不知笑的是何人。

十二　文

〔**题解**〕

“文”部是平水韵三十韵中上平声第十二韵部。“十二文”中,“十二”为序号,“文”为上平声十五韵中的代表字之一,亦表示与之同归于此韵部中的字。《笠翁对韵》中所举出这一韵部的字有欣、坟、耘、芹、云、裙、纹、熏、勤、分、芸、文、闻、军、勋、蕡、豶、殷、君。

其一

忧对喜,戚对欣①,二典对三坟②。

佛经对仙语,夏耨对春耘③。

烹早韭④,剪春芹⑤,暮雨对朝云⑥。

竹间斜白接⑦,花下醉红裙⑧。

掌握灵符五岳篆⑨,腰悬宝剑七星纹⑩。

金锁未开,上相趋听宫漏永⑪;珠帘乍卷,群僚仰对御炉熏⑫。

〔注释〕

①戚:悲伤。

②二典:指先秦时期《尚书》中的《尧典》《舜典》两篇的合称。宋人黄庭坚《招子高二十二韵兼简常甫世弼》:“崔郎楚左史,二典考舜尧。”三坟:古书名。《左传·昭公十二年》云:“是能读《三坟》《五典》《八索》《九丘》。”杜预注云:“皆古书名。”宋人吕颐浩《元祐甲戌二月省试夜分论经理诗》:“游心通二典,刻意究三坟。”此句中“忧”与“喜”相对,平对仄;“戚”与“欣”相对,仄对平;“二典”与“三坟”相对,仄仄对平平。

③夏耨(nòu):指在夏天锄草。明人杨士奇《盘谷草堂》云:“春出耕兮夏耨,旦勤斯兮夕休。”此句中“佛经”与“仙语”相对,仄平对平仄;“夏耨”与“春耘”相对,仄仄对平平。

④早韭:早晨刚长出来的韭菜。宋人苏轼《和陶西田获早稻》:“早韭欲争春,晚菘先破寒。”

⑤春芹:早春的芹菜。宋人石介《留守待制视学》:“泮水渌犹浅,春芹叶始敷。”

⑥暮雨:傍晚的雨。宋人苏轼《浣溪沙·游蕲水清泉寺》:“山下兰芽短浸溪,松间沙路净无泥,萧萧暮雨子规啼。”朝云:早晨的云。宋人黄庭坚《和答元明黔南赠别》:“朝云往日攀天梦,夜雨何时对榻凉。”此句中“烹早韭”与“剪春芹”相对,平仄仄对仄平平;“暮雨”与“朝云”相对,仄仄对平平。

⑦竹间斜白接:白接,指白接篱,是当时的一种帽子。这句讲的是晋人山简的故事。据《世说新语·任诞》记载,晋人山简为人任性不羁,做襄阳太守的时候,常常醉饮归来。因此,当地还有一首与他有关的歌谣。歌谣云:“山公时一醉,径造高阳池。日莫倒载归,茗艼无所知。复能乘骏

马,倒着白接篱。举手问葛强,何如并州儿?”其中,“倒着白接篱”的意思就是喝醉酒后歪戴着白接篱。

⑧红裙:指身着红裙的女子。此句前后相对,仄平平仄仄对平仄仄平平。

⑨灵符:道士手中具有法力的符箓。五岳篆:可以召唤五岳山神的灵符。

⑩七星纹:指宝剑上镶有北斗七星的纹饰。此句前后相对,仄仄平平仄仄仄对平平仄仄仄平平。

⑪上相:指宰相。趋:小步快走。宫漏:古代宫内所用的一种计时器,用铜壶滴漏,故以名之。唐人李商隐《龙池》:“夜半宴归宫漏永,薛王沉醉寿王醒。”唐人李益《宫怨》:“似将海水添宫漏,共滴长门一夜长。”

⑫珠帘乍卷:用颗颗珍珠缀成的帘子刚刚卷起。群僚:朝中百官。御炉:君王所用的香炉。宋人苏轼《上元侍宴》:“淡月疏星绕建章,仙风吹下御炉香。”此两句前后相对,平仄仄平,仄仄平平平仄仄对平平仄仄,平平仄仄仄平平。

〔译文〕

忧愁和喜悦相对应,悲伤和欣喜相对应,《尧典》《舜典》和《三坟》相对应。

佛家经典和仙人语录相对应,夏日锄草和春天耕耘相对应。

烹制初生的嫩韭,剪下春日的新芹,傍晚的雨和早晨的云相对应。

山简歪戴着帽子,有人花间饮酒,醉倒在红裙之下。

道士手握着能召唤五岳之神的符箓,腰间悬挂纹有北斗七星的利剑。

皇宫门上的锁还未打开，宰相听着宫漏的滴水声小步快跑；珍珠帘刚刚卷起，群臣熏沐在御炉的香烟中仰视君王。

其二

词对赋，懒对勤，类聚对群分①。
鸾箫对凤笛②，带草对香芸③。
燕许笔④，柳韩文⑤，旧话对新闻⑥。
赫赫周南仲⑦，翩翩晋右军⑧。
六国说成苏子业⑨，两京收复郭公勋⑩。
汉阙陈书⑪，侃侃忠言推贾谊⑫；唐廷对策，岩岩直谏有刘蕡⑬。

〔注释〕

①类聚：人或者事物以类相聚。群分：人或者事物按照不同的群体划分。此句中“词”与“赋”相对，平对仄；“懒”与“勤”相对，仄对平；“类聚”与“群分”相对，仄仄对平平。

②鸾箫：箫的一种美称。宋人吴文英《浣溪沙》：“一曲鸾箫别彩云。”凤笛：笛子的一种美称。宋人白玉蟾《琼姬曲》：“深深芙蓉城，凤笛声何长。”

③带草：一种草的名字。据传，东汉末年郑玄在城南山中教书，他住的山下有一种草，叶子长数尺有余，十分坚韧，故人们称之为“康成书带”。清人郑用锡有《书带草》一诗。香芸：芸香一类的香草，俗称“七里香”。宋人王珪《端午内中帖子词》：“袖中独有香芸草，留与君王辟蠹（dù）编。”此

句中“鸾箫”与“凤笛”相对，平平对仄仄；“带草”与“香芸”相对，仄仄对平平。

④燕许：唐玄宗时期名臣张说和苏颋（tǐng）的合称，二人皆以文章闻名。其中，张说被封为燕国公，苏颋被封为许国公。宋人王禹偁《怀贤诗之王枢密》：“历象过羲和，文章敌燕许。”

⑤柳韩：唐代文学家柳宗元和韩愈的合称。宋人白玉蟾《题瓮斋》：“琴心三叠昼眠觉，熟读数篇韩柳文。”

⑥此句中“燕许笔”与“柳韩文”相对，平仄仄对仄平平；“旧话”与“新闻”相对，仄仄对平平。

⑦赫赫：威武的样子。《诗经·小雅·出车》云：“赫赫南仲，猃狁于襄。”周南仲：周宣王时期的大臣，曾带兵讨伐过猃狁、徐淮。

⑧翮（hé）翮：形容风度翩翩的样子。晋右军：东晋书法家王羲之。王羲之曾官至右将军，故人称其为“王右军”。唐人李白曾作《王右军》，诗云：“右军本清真，潇洒出风尘。山阴遇羽客，爱此好鹅宾。扫素写道经，笔精妙入神。书罢笼鹅去，何曾别主人。”此句前后相对，仄仄平平仄对平平仄仄平。

⑨六国：指战国时的韩、赵、魏、楚、燕、齐六国。苏子：指战国东周洛阳人苏秦。他游说六国合纵抗秦，并且出任纵约长身佩六国相印。

⑩两京收复郭公勋：这一句说的是唐人郭子仪的故事。郭子仪带领将士平定了“安史之乱”，收复了西都长安和东都洛阳，最后被封为汾阳王。此句中前后相对，仄仄仄平平仄仄对仄平平仄仄平平。

⑪汉阙陈书：在汉朝的宫殿上向皇帝上书。

⑫贾谊：西汉时期洛阳人，是西汉著名的政论家、文学家。他的代表作有《过秦论》《陈政事疏》《论积贮疏》等。

⑬岩岩：正直威严的样子。刘蕡（fén）：字去华，唐代昌平人。唐文宗

二年，朝廷策试贤良，选拔人才。刘蕡在考试时慷慨陈词，句句切中时弊，但考官不敢录用他。当时和他一起参加考试的河南府参军李郃（hé）对人说："刘蕡不第，我辈登科，实厚颜矣。"因此上书要将自己的官职授予刘蕡。此两句前后相对，仄仄平平，仄仄平平平仄仄对平平仄仄，平平仄仄仄平平。

〔译文〕

词和赋相对应，懒惰和勤快相对应，以类聚和以群分相对应。

鸾箫和凤笛相对应，带草和香芸相对应。

张说和苏颋的文笔，柳宗元和韩愈的文采，旧话和新闻相对应。

周南仲威风赫赫，王羲之风度翩翩。

说服六国合纵抗秦，这是苏秦的功业；收复西京长安和东京洛阳，这是郭子仪的功劳。

在汉朝朝廷上上书，能慷慨陈词、侃侃忠言的人，首推就是贾谊；在唐朝宫廷上对策，能正义凛然、直言劝谏的人，那便是刘蕡。

其三

言对笑，绩对勋[①]，鹿豕对羊羵[②]。
星冠对月扇[③]，把袂对书裙[④]。
汤事葛[⑤]，说兴殷[⑥]，萝月对松云[⑦]。

西池青鸟使[8],北塞黑鸦军[9]。

文武成康为一代[10],魏吴蜀汉定三分[11]。

桂苑秋宵,明月三杯邀曲客[12];松亭夏日,熏风一曲奏桐君[13]。

〔注释〕

①绩:成绩。勋:功勋。

②鹿豕(shǐ):鹿和猪。羊羵(fén):羵羊,古代传说中土中所生出的精怪。据《国语·鲁语下》记载,春秋时季相子穿井得一土缶,里面有一只羊,他拿这件事去向孔子询问,孔子告诉他说:“这是土之怪,叫作羵羊。”清人洪繻《乙卯重午》云:“昨夜雷门擂大鼓,羵羊蹩(bié)躠(sǎ)商羊舞。”此句中“言”与“笑”相对,平对仄;“绩”与“勋”相对,仄对平;“鹿豕”与“羊羵”相对,仄仄对平平。

③星冠:指古代道士戴的帽子。五代南唐诗人李中《贻庐山清溪观王尊师》:“霞帔星冠复杖藜,积年修炼住灵溪。”月扇:形状如同满月的团扇。宋人陆游《村居初夏》:“我有素纨如月扇,会凭名手作新图。”

④把袂(mèi):握住别人的衣袖。南朝梁诗人何逊《赠江长史别诗》:“饯道出郊坰,把袂临洲渚。”书裙:在衣裙上写字。据《宋书》记载,羊欣“美言笑,善容止,泛览经籍,尤长隶书”,王献之很喜欢他。羊欣十二岁那年,王献之为吴兴太守,有一天,王献之前来看访羊欣,见羊欣穿着新做的绢裙在睡午觉,于是王献之在他的绢裙上写了字便离开了。此句中“星冠”与“月扇”相对,平平对仄仄;“把袂”与“书裙”相对,仄仄对平平。

⑤汤事葛:商汤帮助葛国。据《孟子·梁惠王下》记载,葛伯不祭祀鬼神,商汤帮助他,给了他牛羊,又让自己的民众帮助葛国耕地,给葛国人送粮食,但葛伯把牛羊杀了吃掉,还抢夺汤援助的粮食,杀掉了送粮食的人,

于是商汤就把葛国灭掉了。

⑥说兴殷:这句话说的是傅说帮助殷商复兴的故事。傅说原来是从事版筑的奴隶,后来被武丁起用,举以为三公。他帮助武丁治理国家,最终让殷商兴盛起来。

⑦萝月:藤萝间的月亮。唐人孟浩然《登望楚山最高顶》:"暝还归骑下,萝月映深溪。"松云:青松和白云。唐人李白《赠孟浩然》:"红颜弃轩冕,白首卧松云。"此句中"汤事葛"与"说兴殷"相对,平仄仄对仄平平;"萝月"与"松云"相对,平仄对平平。

⑧西池:指西王母所住的瑶池。青鸟使:指西王母的青鸟使者。相传西王母有青鸟,专为西王母取食,还在西王母降临人间前先来人间通报。明人李云龙《斐园杂咏·其六》:"翩翩青鸟使,来往寄瑶华。传书问西母,桃作几时花。"

⑨黑鸦军:指唐人李克用所统领的军队。因李克用被皇上赐姓"李鸦儿",所以他带领的军队被称为"黑鸦军"。此句前后相对,平平平仄仄对仄仄仄平平。

⑩文武成康:指周初的周文王、周武王、周成王、周康王四位明君。

⑪魏吴蜀汉:指汉末的曹魏、孙吴、蜀汉三国。其中曹魏在北方,孙吴在今长江中下游及东南沿海一带,蜀汉在今四川东部、云南、贵州、重庆北部以及陕西汉中地区。此句前后相对,平仄平平平仄仄对仄平仄仄仄平平。

⑫曲客:喝酒的人。

⑬熏风:据传说,帝舜曾得五弦琴,弹奏了一首《南风歌》,歌中这样唱道:"南风之熏兮,可以解吾民之愠兮。"奏桐君:弹奏琴,桐君指琴。此两句前后相对,仄仄平平,平仄平平平仄仄对平平仄仄,平平仄仄仄平平。

〔译文〕

言语与欢笑相对应,成绩与功勋相对应,鹿豕与羊羚相对应。

道士的帽子和月形的团扇相对应,握着人的袖口和在人的裙子上写字相对应。

商汤曾经帮助过葛伯,傅说曾让殷商兴盛,藤萝间挂着的明月和松树上浮着的云彩相对应。

瑶池西王母的青鸟使者,塞北李克用的黑鸦军队。

周文王、周武王、周成王、周康王四位明君成就周朝的太平盛世,曹魏、孙吴、蜀汉确定了三分天下的局势。

秋夜里,庭院桂花飘香,主人举起酒杯在明月下邀请客人共饮;夏日中,松亭凉风习习,帝舜用五弦琴弹奏了一首南风之曲。

十三　元

〔题解〕

“元”部是平水韵三十韵中上平声第十三韵部。“十三元”中，“十三”为序号，“元”为上平声十五韵中的代表字之一，亦表示与之同归于此韵部中的字。《笠翁对韵》中所举出这一韵部的字有昆、门、屯、墩、尊、坤、豚、村、孙、暾、魂、恩、根、昏。

其一

卑对长①，季对昆②，永巷对长门③。
山亭对水阁，旅舍对军屯④。
杨子渡⑤，谢公墩⑥，德重对年尊⑦。
承乾对出震⑧，习坎对重坤⑨。
志士报君思犬马⑩，仁王养老察鸡豚⑪。
远水平沙，有客放舟桃叶渡⑫；斜风细雨，何人携榼杏花村⑬。

〔注释〕

①卑：地位低下。

②季：兄弟中排名第四，或者最小的。昆：兄长。

③永巷：宫中的长巷，汉代用来幽禁妃嫔、宫女的地方。唐人李商隐《泪》："永巷长年怨绮罗，离情终日思风波。"长门：汉代的宫名。汉司马相如《长门赋序》云："孝武皇帝陈皇后时得幸，颇妒，别在长门宫，愁闷悲思。闻蜀郡成都司马相如天下工为文，奉黄金百斤，为相如、文君取酒，因于解悲愁之辞。而相如为文以悟主上，陈皇后复得亲幸。"后世常以"长门"借指失宠女子居住的寂寥凄清的宫院。宋人王安石《明妃曲》云："君不见咫尺长门闭阿娇，人生失意无南北。"此句中"卑"与"长"相对，平对仄；"季"与"昆"相对，仄对平；"永巷"与"长门"相对，仄仄对平平。

④军屯：指驻扎的军队。此句中"山亭"与"水阁"相对，平平对仄仄；"旅舍"与"军屯"相对，仄仄对平平。

⑤杨子渡：古渡口名称，在今江苏扬州市江都区南。明人欧大任《送卢参军赴两淮转运》："夜雨人家杨子渡，秋星客醉竹西歌。"

⑥谢公墩：谢安墩，东晋人谢安曾在此登临，在今江苏南京。明人范景文《寿薛千仞八帙时寓白门》："少微星曜谢公墩，祭酒群推白社尊。"

⑦此句中"杨子渡"与"谢公墩"相对，平仄仄对仄平平；"德重"与"年尊"相对，仄仄对平平。

⑧承乾：上承乾卦。乾，《周易》中的卦名，☰。出震："帝出乎震"的缩略，有发号施令之意。震，《周易》中的卦名，☳。

⑨习坎：两坎相重，两个坎卦上下相叠。坎，《周易》中的卦名，☵。重坤：两个坤卦上下相叠。坤，《周易》中的卦名，☷。此句中"承乾"与"出震"相对，平平对仄仄；"习坎"与"重坤"相对，仄仄对平平。

⑩犬马：狗和马。此处意为效犬马之劳。

⑪仁王：仁慈的君王。鸡豚：鸡和小猪。宋人陆游《游山西村》："莫笑农家腊酒浑，丰年留客足鸡豚。"此句前后相对，仄仄仄平平仄仄对平平仄仄仄平平。此句与孟子仁政思想有关，《孟子·梁惠王上》中，孟子认为"鸡豚狗彘之畜，无失其时，七十者可以食肉矣"。

⑫远水平沙：形容水边沙滩极为开阔。放舟桃叶渡：在桃叶渡行船。桃叶渡，渡口名，在今江苏南京市内秦淮河、青溪合流处。据传晋人王献之有一爱妾名叫桃叶，爱妾渡江，王献之以歌送之，歌曰："桃叶复桃叶，渡江不用楫。"

⑬榼（kē）：古代一种盛酒器。唐人杜甫《羌村三首》："手中各有携，倾榼浊复清。"杏花村：常指卖酒的地方。唐人杜牧《清明》："借问酒家何处有？牧童遥指杏花村。"此两句前后相对，仄仄平平，仄仄仄平平仄仄对平平仄仄，平平平仄仄平平。

〔译文〕

年幼位低和年长位高相对应，弟弟与兄长相对应，永巷和长门相对应。

山上的小亭和水边的楼阁相对应，旅客夜宿之所和军队驻扎之地相对应。

杨子渡，谢公墩，德高位重和年长位尊相对应。

承乾与出震相对应，习坎与重坤相对应。

有志之士报答君王，意欲为君王效犬马之劳；仁慈之君赡养老者，细察饲养鸡猪的时间管理是否合适。

江面广阔，沙滩平坦，有人划着小舟从桃花渡离开；清风拂面，细雨绵绵，是谁带着酒壶来到了杏花村？

其二

君对相，祖对孙，夕照对朝暾①。
兰台对桂殿②，海岛对山村③。
碑堕泪④，赋《招魂》⑤，报怨对怀恩⑥。
陵埋金吐气⑦，田种玉生根⑧。
相府珠帘垂白昼⑨，边城画角动黄昏⑩。
枫叶半山，秋去烟霞堪倚杖⑪；梨花满地，夜来风雨不开门⑫。

〔注释〕

①夕照：傍晚夕阳的暖光。宋人欧阳修《采桑子》："残霞夕照西湖好。"朝暾（tūn）：早上的阳光。宋人陆游《采药》："丹砂岩际朝暾日，狗杞云间夜吠人。"此句中"君"与"相"相对，平对仄；"祖"与"孙"相对，仄对平；"夕照"与"朝暾"相对，仄仄对平平。

②兰台：战国时楚国台名，亦指汉代宫廷藏书处。唐人李白《赠宣城赵太守悦》云："焚香入兰台，起草多芳言。"桂殿：一般指月宫，或为对宫殿的美称，或指后妃所住的深宫。唐人李白《长门怨》："桂殿长愁不记春，黄金四屋起秋尘。"

③海岛：海中小岛。此句中"兰台"与"桂殿"相对，平平对仄仄；"海岛"与"山村"相对，仄仄对平平。

④碑堕泪：据《晋书·羊祜传》记载，晋人羊祜清廉有德，深受百姓爱

戴。他死后，襄阳百姓在岘山建碑纪念，见到这块碑的人没有不掉眼泪的，所以世人称这块碑为“堕泪碑”。李白《襄阳曲》：“岘山临汉江，水渌沙如雪。上有堕泪碑，青苔久磨灭。”

⑤赋招魂：指《招魂》赋。此赋为屈原流放汉北时期所作，在此期间，楚怀王在一次田猎时遇到青兕而受惊，后身体欠安，屈原故作此赋来招楚怀王之魂。

⑥报怨：以怨相报。清人屈大均《伍子胥》：“箫声凄苦入吴来，隐忍能成报怨才。”怀恩：心怀感恩。南朝梁人吴均《主人池前鹤诗》：“怀恩未忍去，非无江海心。”此句中“碑堕泪”与“赋《招魂》”相对，平仄仄对仄平平；“报怨”与“怀恩”相对，仄仄对平平。

⑦陵埋金吐气：据史料记载，秦始皇南巡时，曾路过金陵（今南京），有一个会望气的人告诉他，这个地方有“王者都邑之气”，于是秦始皇就挖断此地相连的山岗，并且埋下金子，以消除此地的王者气。

⑧田种玉生根：据《搜神记》记载，洛阳人杨伯雍性格忠厚孝顺，父母去世后，他将父母葬在无终山，并在此扎根。无终山上没有水可供饮用，于是杨伯雍从山下挑水，免费给过路的行人喝。三年后，有人路过此地，喝了他的水，并给了他一斗石子去种，告诉他会长出玉石，而他也会娶得贤惠的妻子。杨伯雍悉数照办。后来，种下的石头果然长出了玉石，机缘巧合下，他也靠着种出的玉石娶到了妻子。此句前后相对，平平平仄仄对平仄仄平平。

⑨相府珠帘垂白昼：据《宋书·顾觊之传》记载，顾觊之在做官时，所治之邑山阴人口众多，事务繁忙。因此，他想出了一些简便快捷处理问题的方法“理繁以约”，大大提高了办事效率。因此，前来办事的人少了许多，最终“县用无事，昼日垂帘，门阶闲寂”。

⑩边城：边境之城。唐人张籍《凉州词》：“边城暮雨雁飞低，芦笋初生

渐欲齐。”画角：古代军中常用的一种乐器，形状如同牛、羊角，用竹木、皮革或铜做成，表面绘有彩色的纹饰。唐人李白《出自蓟北门行》：“画角悲海月，征衣卷天霜。”此句前后相对，仄仄平平平仄仄对平平仄仄仄平平。

⑪堪：能够。倚杖：倚靠着手杖。唐人王维《辋川闲居赠裴秀才迪》云：“倚杖柴门外，临风听暮蝉。”

⑫“梨花满地”二句：化用唐人刘方平《春怨》中的句子：“纱窗日落渐黄昏，金屋无人见泪痕。寂寞空庭春欲晚，梨花满地不开门。”此两句前后相对，平仄仄平，平仄平平平仄仄对平平仄仄，仄平平仄仄平平。

〔译文〕

君王与宰相相对，祖辈与孙辈相对，日落夕阳与清晨朝日相对。

兰台与桂殿相对，海中之岛与山中之村相对。

见羊祜碑落泪，赋《招魂》辞招魂，以怨相报与心怀感恩相对应。

在金陵埋下金子，是想要断掉此地的王者之气；在田地内种下石子，居然生根长出昂贵的玉石。

相府中，即便白天也是珠帘低垂，无人惊扰；边城里，日暮时又响起了号角声，一日将尽。

半山尽是红色枫叶，烟霞缭绕山头，这秋景让人忍不住依杖观赏；满地散落雪白梨花，风雨侵袭整夜，这凄风冷雨让人不想开门。

十四　寒

〔题解〕

“寒”部是平水韵三十韵中上平声第十四韵部。“十四寒”中，“十四”为序号，“寒”为上平声十五韵中的代表字之一，亦表示与之同归于此韵部中的字。《笠翁对韵》中所举出这一韵部的字有安、官、盘、寒、弹、单、珊、干、宽、鸾、竿、冠、栏、丹、看、滩、蟠、漫、酸、端、斓。

其一

家对国，治对安，地主对天官①。

坎男对离女②，周诰对殷盘③。

三三暖④，九九寒⑤，杜撰对包弹⑥。

古壁蛩声匝⑦，闲亭鹤影单⑧。

燕出帘边春寂寂⑨，莺闻枕上漏珊珊⑩。

池柳烟飘，日夕郎归青琐闼⑪；砌花雨过，月明人倚玉栏干⑫。

〔注释〕

①地主：主管土地的神。天官：此处指天上的仙官。此句中“家”与“国”相对，平对仄；“治”与“安”相对，仄对平；“地主”与“天官”相对，仄仄对平平。

②坎男、离女：坎、离二字，皆为《周易》中的卦名。其中，坎卦(☵)属于阳卦，离卦(☲)属于阴卦，古人解释说坎属于中男，离属于中女，故有坎男、离女一说。唐人彭晓《参同契明镜图诀诗》云：“离女驾龙为木婿，坎男乘虎作金翁。”

③周诰：指《尚书》中的“周初八诰”，分别为《大诰》《康诰》《酒诰》《梓材》《召诰》《洛诰》《多士》《多方》。明人陶宗仪《送曹士望应聘书诰策》：“佶曲聱牙周诰古，森严开朗晋书精。”殷盘：指《尚书》中的《盘庚》一文。“周诰”“殷盘”常并举，明人杨爵《微饮行》：“《尚书》万古狱中授，周诰殷盘已贯通。”清人曹贞吉《百字令》：“《出师》二表，与殷盘周诰，同铭金石。”此句中“坎男”与“离女”相对，仄平对平仄；“周诰”与“殷盘”相对，平仄对平平。

④三三：指农历三月初三，此日为上巳节，正值暮春时分，古人认为从此日起，气温回暖，天气少寒。古代诗人多有与此日相关的诗，唐人白居易就作有《三月三日》《三月三日祓禊洛滨》等，其中《三月三日》云：“暮春风景初三日，流世光阴半百年。欲作闲游无好伴，半江惆怅却回船。”

⑤九九：指农历九月初九，此日为重阳节，正值秋寒初起，古人认为自此日起，天始转凉，热气消散。此日又有登高、饮菊花酒等习俗。《西京杂记》记载：“九月九日，佩茱萸，食蓬饵，饮菊花酒，令人长寿。”唐人上官婉儿《九月九日上幸慈恩寺登浮图，群臣上菊花寿酒》：“帝里重阳节，香园万乘来。却邪萸入佩，献寿菊传杯。”

⑥杜撰:没有根据的臆造、虚构。包弹:批评,指责。此句中"三三暖"与"九九寒"相对,平平仄对仄仄平;"杜撰"与"包弹"相对,仄仄对平平。

⑦蛩(qióng)声:指蟋蟀的鸣声。清人傅均《蛩声》:"蛩声何切切,不断花深处。夜半寂无人,残月在高树。"匝(zā):指蟋蟀声环绕耳边。

⑧此句前后相对,仄仄平平仄对平平仄仄平。

⑨寂寂:形容寂静冷清。唐人朱庆馀《宫词》云:"寂寂花时闭院门,美人相并立琼轩。"

⑩漏:漏壶,古代的一种计时器。珊珊:形容风雨或水滴漏声。此句前后相对,仄仄平平平仄仄对平平仄仄仄平平。

⑪夕郎:黄门侍郎的别称。《汉官仪》:"黄门郎日暮入,对青琐门拜,名曰夕郎。"青琐闼(tà):指皇宫的宫门。翰林值宿处,门上刻有青色连锁花纹,故名。明人梁辰鱼《采石矶吊李太白》:"飞燕已辞青琐闼,长鲸自上白云乡。"

⑫砌花:台阶上的花。唐人岑参《故河南尹岐国公赠工部尚书苏公挽歌》:"旧堂阶草长,空院砌花开。"此两句前后相对,平仄平平,仄仄平平平仄仄对仄平仄仄,仄平平仄仄平平。

〔译文〕

家与国相对应,治与安相对应,地上神主和天上仙官相对应。

坎男与离女相对应,周代诰文与殷代《盘庚》相对应。

三月初三,天气转暖;九月初九,气温始寒。无端虚构和严厉批评相对应。

古老的墙壁上萦绕着蟋蟀的鸣叫声,江边的小亭中有一只孤鹤形单影只。

春日寂寂无声，燕子从帘边扑棱飞走；漏壶珊珊轻响，莺鸟在枕旁啾啾啼鸣。

池塘边的柳树柳花飘绕，夕阳西下，青年从宫中匆匆回家；台阶上的花被雨冲得净亮，明月朗朗，美人依着玉石栏杆眺望。

其二

肥对瘦，窄对宽，黄犬对青鸾①。
指环对腰带，洗钵对投竿②。
诛佞剑③，进贤冠④，画栋对雕栏⑤。
双垂白玉箸⑥，九转紫金丹⑦。
陕右棠高怀召伯⑧，河南花满忆潘安⑨。
陌上芳春，弱柳当风披彩线⑩；池中清晓，碧荷承露捧珠盘⑪。

〔注释〕

①黄犬：据《晋书·陆机传》记载，陆机在洛阳做官时，曾用身边一条名为黄耳的小犬来传递自己与家中的书信。青鸾：传说中的神鸟，亦可指传递信件的鸟。元人王实甫《西厢记》："我这里青鸾有信频须寄，你却休金榜无名誓不归。"此句中"肥"与"瘦"相对，平对仄；"窄"与"宽"相对，仄对平；"黄犬"与"青鸾"相对，平仄对平平。

②钵：陶制的洗涤或盛放东西的盆状器具。投竿：指垂钓。唐人李白《赠钱征君少阳》："秉烛唯须饮，投竿也未迟。"此句中"指环"与"腰带"相对，仄平对平仄；"洗钵"与"投竿"相对，仄仄对平平。

③诛佞剑：诛杀佞臣贼子的剑。据《汉书》记载，汉人朱云敢于直言进谏，希望汉成帝给他“赐尚方斩马剑，断佞臣一人以厉其余”。朱云欲杀之人即汉成帝的老师安昌侯张禹，原因是张禹“上不能匡主，下无以益民，皆尸位素餐”。皇帝大怒，命令御史将朱云拖出去杀了，于是御史一个劲儿往殿外拉朱云，朱云抓着宫殿的栏杆不松手，连栏杆都被拉折了。

④进贤冠：古时儒者朝见皇帝时戴的一种礼帽，到唐时，百官皆戴用此帽。唐人杜甫《丹青引赠曹将军霸》：“良相头上进贤冠，猛将腰间大羽箭。”

⑤画栋：绘有彩色纹饰的栋梁。宋人辛弃疾《西江月》：“画栋新垂帘幕，华灯未放笙歌。”雕栏：饰有雕花纹饰的精美栏杆。南唐后主李煜《虞美人》：“雕栏玉砌应犹在，只是朱颜改。”此句中“诛佞剑”与“进贤冠”相对，平仄仄对仄平平；“画栋”与“雕栏”相对，仄仄对平平。

⑥白玉箸(zhù)：指佛门中得道高僧坐化时垂下的鼻涕。据史料记载，明人王和卿忽然坐逝，从鼻子里垂下一尺有余的一双鼻涕。关汉卿前来吊唁时，有人以此向他询问，他回答道：“此玉箸也。”

⑦九转紫金丹：经过多次提炼的紫金丹药。古时，紫金丹为可长生不老的神药。宋人张继先有《金丹诗》四十八首，其中第二首有云：“假法人间有万般，君宜求取紫金丹。”此句前后相对，平平仄仄仄对仄仄仄平平。

⑧陕右：陕以西的地方，陕指今日河南陕县。棠高怀召(shào)伯：据《史记·燕召公世家》记载，召公曾经在棠下“决狱政事”，在他的治理下，百姓安居乐业，社会秩序井然。召公死后，人们怀念他，不忍砍去棠树，并作了一首《甘棠》诗纪念召公。《诗经·召南》中即有《甘棠》一诗。

⑨潘安：指西晋人潘岳。潘岳字安仁，故亦称之为“潘安”。潘安是有名的美男子，在古代诗文中常为美男子的代称。河南花满：潘安当河阳县令时，曾在县内种满桃花。南朝诗人庾信《枯树赋》：“若非金谷满园树，即

是河阳一县花。”唐人李白《赠崔秋浦》:“河阳花作县,秋浦玉为人。”此句前后相对,仄仄平平平仄仄对平平平仄仄平平。

⑩披彩线:柳枝被春风吹散飘飞的样子。

⑪承露捧珠盘:此处指荷叶承接清晨的露水,仿佛盛满珍珠的玉盘一般。此两句前后相对,仄仄平平,仄仄平平平仄仄对平平平仄,仄平平仄仄平平。

〔译文〕

肥与瘦相对应,窄与宽相对应,送信黄犬与神鸟青鸾相对应。

手上的指环与腰间的玉带相对应,濯洗钵盆与投竿垂钓相对应。

诛杀佞臣的宝剑,贤能儒者戴的帽子,绘有纹饰的栋梁和雕有花纹的栏杆相对应。

得道高僧坐化时垂下的双玉箸,道教真人炼成的长生不老仙丹。

陕右百姓看着高高的棠树,怀念召伯;河阳民众闻着满城的花香,追忆潘安。

春日的田间小道上,柔嫩的柳枝被风吹起,在空中飞舞如彩线;清晨时分的池塘中央,碧绿的荷叶上散落着露水,仿佛盛着珍珠的玉盘。

其三

行对卧,听对看,鹿洞对鱼滩[①]。

蛟腾对豹变[2]，虎踞对龙蟠[3]。

风凛凛，雪漫漫，手辣对心酸[4]。

莺莺对燕燕[5]，小小对端端[6]。

蓝水远从千涧落，玉山高并两峰寒[7]。

至圣不凡[8]，嬉戏六龄陈俎豆[9]；老莱大孝[10]，承欢七秩舞斑斓[11]。

〔注释〕

①鹿洞：指白鹿洞书院，朱熹曾于此处讲学。鱼滩：指严陵滩，东汉严光曾垂钓于此。此句中“行”与“卧”相对，平对仄；“听”与“看”相对，仄对平；“鹿洞”与“鱼滩”相对，仄仄对平平。

②豹变：《周易》：“君子豹变，其文蔚也。”指君子变化像豹子身上花纹变化那样，越来越有文采。清人戴亨《题王郎中兰谷》：“上都罗俊彦，君子将豹变。”

③虎踞：如老虎一样盘踞，亦形容地势险要。唐人李白《金陵歌送别范宣》：“石头巉岩如虎踞，凌波欲过沧江去。”龙蟠（pán）：如龙盘卧的样子。唐人张籍《行路难》：“龙蟠泥中未有云，不能生彼升天翼。”此句中“蛟腾”与“豹变”相对，平平对仄仄；“虎踞”与“龙蟠”相对，仄仄对平平。

④手辣：手段毒辣。心酸：内心酸楚。宋人蒋捷《一剪梅》：“故乡一望一心酸，云又迷漫，水又迷漫。”此句中“风凛凛”与“雪漫漫”相对，平仄仄对仄平平；“手辣”与“心酸”相对，仄仄对平平。

⑤莺莺、燕燕：本意指春天的鸟，代指春天景物，亦指数量颇多的姬妾或妓女。元人乔吉《天净沙·即事》：“莺莺燕燕春春，花花柳柳真真。事事风风韵韵。娇娇嫩嫩，停停当当人人。”

⑥小小：指南北朝时钱塘名妓苏小小，亦名简简。唐人白居易《简简吟》："苏家小女名简简，芙蓉花腮柳叶眼。"端端：指唐代名妓李端端。此句中"莺莺"与"燕燕"相对，平平对仄仄；"小小"与"端端"相对，仄仄对平平。

⑦"蓝水远从千涧落"二句：直接引用唐人杜甫《九日蓝田崔氏庄》中"蓝水远从千涧落，玉山高并两峰寒"句。蓝水，陕西蓝田县内的水流。此句前后相对，平仄仄平平仄仄对仄平平仄仄平平。

⑧至圣：指孔子，名丘，字仲尼，春秋时期鲁国人。儒家学派创始人。

⑨嬉戏六龄陈俎豆：据《史记·孔子世家》记载，孔子在年幼的时候游戏，就经常模仿一些祭祀等礼仪活动，"孔子为儿嬉戏，常涉俎豆，涉礼容"。

⑩老莱：指老莱子，春秋末年楚国隐士。

⑪承欢七秩舞斑斓：这句话说七十岁的老莱子极为孝顺，穿上五彩斑斓的衣服，欢快地在父母面前跳舞，逗父母开心。七秩，七十岁，一秩十年。此两句前后相对，仄仄仄平，平仄仄平平仄仄对仄平仄仄，平平仄仄仄平平。

〔译文〕

行走和卧下相对应，听声与看物相对应，白鹿洞与严陵滩相对应。

蛟龙腾跃与豹纹变化相对应，老虎盘踞和飞龙盘卧相对应。

寒风凛冽，大雪漫天，手段毒辣与内心酸楚相对应。

莺莺与燕燕相对应，小小与端端相对应。

蓝水从万千山涧中垂落而来，高耸的玉山上两座寒峰对立。

孔子自小便不同于常人，六岁嬉笑游戏时就会模仿礼仪活动；老莱子虽然年迈依旧孝顺，七十岁还身着花衣逗父母开心。

十五　删

〔题解〕

“删”部是平水韵三十韵中上平声第十五韵部。“十五删”中，“十五”为序号，“删”为上平声十五韵中的代表字之一，亦表示与之同归于此韵部中的字。《笠翁对韵》中所举出这一韵部的字有湾、闲、艰、珊、关、弯、顽、间、悭、蛮、鬟、山、颜、还、斑。

其一

林对坞[①]，岭对湾[②]，昼永对春闲[③]。

谋深对望重[④]，任大对投艰[⑤]。

裙袅袅[⑥]，佩珊珊[⑦]，守塞对当关[⑧]。

密云千里合，新月一钩弯[⑨]。

叔宝君臣皆纵逸[⑩]，重华父母是嚚顽[⑪]。

名动帝畿[⑫]，西蜀三苏来日下[⑬]；壮游京洛[⑭]，东吴二陆起云间[⑮]。

〔注释〕

①坞(wù):指四周高中间低陷下去的地方。

②岭:山岭。湾:水湾,峡湾。

③昼永:漫长的白昼。宋人贺铸《薄幸》云:“约何时再,正春浓酒困,人闲昼永无聊赖。”春闲:春日闲时。近人王国维《浣溪沙》:“一生难得是春闲。”此句中“林”与“坞”相对,平对仄;“岭”与“湾”相对,仄对平;“昼永”与“春闲”相对,仄仄对平平。

④谋深:即深谋,指谋划周密。宋人赵抃(biàn)《题陶朱公庙》:“为国谋深身自谋,飘然归泛五湖舟。”望重:指名望大。

⑤任大:责任重大。宋人欧阳修《镇阳读书》:“器小以任大,跻颠理之堂。”投艰:指赋予重要使命。清人陈曾寿《元夕》:“报国投艰知力薄,离家赐食感恩偏。”此句中“谋深”与“望重”相对,平平对仄仄;“任大”与“投艰”相对,仄仄对平平。

⑥袅袅:随风摆动的样子。唐人张仲素《春闺思》:“袅袅城边柳,青青陌上桑。”

⑦珊珊:玉器碰撞发出的叮咚声响。战国楚人宋玉《神女赋》:“动雾縠(hú)以徐步兮,拂墀(chí)声之珊珊。”

⑧守塞:镇守边塞。宋人李曾伯《寿城围解制参向君玉贶以凯歌和韵》:“将军争上平戎捷,老子惭无守塞功。”此句中“裙袅袅”与“佩珊珊”相对,平仄仄对仄平平;“守塞”与“当关”相对,仄仄对平平。

⑨新月:指农历每月初一到初六左右所升起的弯形的月亮。宋人秦观《南歌子》:“乱山何处觅行云?又是一钩新月照黄昏。”此句前后相对,仄平平仄仄对平仄仄平平。

⑩叔宝:指南朝陈后主,是历史上有名的荒淫无度、昏庸至极的君王。

他横征暴敛，大兴土木，严酷刑罚，常召集臣子欢饮达旦，并让嫔妃作伴。纵逸：恣纵放荡。

⑪重华：帝舜之名。嚚（yín）顽：据《史记》记载，帝舜"父顽母嚚"，意思是他的父亲顽固，他的母亲愚蠢。此句前后相对，仄仄平平平仄仄对平平仄仄仄平平。

⑫帝畿（jī）：旧时指京都及其周边的地区。宋人杨申《四登科诗》云："苦学酬身世，佳名播帝畿。"

⑬西蜀三苏：指宋人苏洵、苏轼、苏辙父子，为四川眉山人。眉山童谚云："眉山出三苏，草木尽皆枯。"日下：指京都。唐人钱起《送薛判官赴蜀》云："边陲劳帝念，日下降才杰。"

⑭壮游：心怀壮志地去远游。明人汪广洋《壮游奉柬诸阁老》："壮游吴楚外，扬舲（líng）溯天风。"京洛：指洛阳。三国魏人曹植《名都篇》："名都多妖女，京洛出少年。"

⑮二陆：指西晋文学家陆机、陆云两兄弟。云间：古松江县，今上海。此两句前后相对，平仄仄平，平仄平平平仄仄对仄平平仄，平平仄仄仄平平。

〔译文〕

林和坞相对应，山岭和水湾相对应，漫漫白日和闲散春时相对应。

计谋深和名望重相对应，责任重大和使命艰巨相对应。

裙摆袅袅，玉佩叮咚，镇守边塞和防守边关相对应。

千里浓云在空中聚合，如钩新月倒挂在天边。

陈后主和他的臣子放纵淫逸，帝舜的父母愚蠢顽固。

眉山三苏到京城，声名远扬，轰动帝畿；东吴二陆从松江而来，心存壮志，游学洛阳。

其二

骄对傲，吝对悭[①]，讨逆对平蛮[②]。

忠肝对义胆[③]，雾鬓对云鬟[④]。

埋笔冢[⑤]，烂柯山[⑥]，月貌对天颜[⑦]。

龙潜终得跃[⑧]，鸟倦亦知还[⑨]。

陇树飞来鹦鹉绿[⑩]，湘筠密处鹧鸪斑[⑪]。

秋露横江，苏子月明游赤壁[⑫]；冻云迷岭，韩公雪拥过蓝关[⑬]。

〔注释〕

①吝(lìn)：舍不得。悭(qiān)：小气。

②讨逆：讨伐叛逆的贼人。平蛮：平定野蛮无知的民族。此句中“骄”与“傲”相对，平对仄；“吝”与“悭”相对，仄对平；“讨逆”与“平蛮”相对，仄仄对平平。

③忠肝、义胆：指对人忠心耿耿，做事仗义。明人方孝孺《失砚叹》：“忠肝义胆贯天地，岂忍包羞污凶逆？”

④雾鬓：像黑雾般的鬓发，指头发乌黑浓密。云鬟：如云般的鬟发，亦指头发高耸且乌黑秀美。唐人杜甫《月夜》：“香雾云鬟湿，清辉玉臂寒。”此句中“忠肝”与“义胆”相对，平平对仄仄；“雾鬓”与“云鬟”相对，仄仄对平平。

⑤埋笔冢(zhǒng)：此典与智永禅师有关。陈隋之际的智永禅师是著

名的书法家，王羲之第七世孙。因练习书法用功颇深，写秃的毛笔头积攒起来有数十瓮之多。后来，他将这些秃笔头找地方埋了起来，并为之取名叫“退笔冢”，即此处之“埋笔冢”。

⑥烂柯山：据《述异记》记载，晋人王质去信安郡石室山上砍柴，看到有几个童子在下棋唱歌，于是便驻足观棋听歌。一个童子给了他像枣核一样的东西，他含在嘴里，就不觉得饥饿。过了一会儿，有童子问他：“怎么还不回去？”他才准备返身回家，一看，斧柄已经腐烂了。等下山回到家，他发现山下时光飞逝，已经过了许多年，周围的人与他已经不属同一时代。

⑦月貌：如月之貌，形容女子清丽动人。此句中“埋笔冢”与“烂柯山”相对，平仄仄对仄平平；“月貌”与“天颜”相对，仄仄对平平。

⑧龙潜：《周易》中有“初九，潜龙勿用”“九四，或跃在渊”，故“龙潜”有事物逐渐成长、最终发展壮大之意。

⑨鸟倦亦知还：此句化用陶渊明《归去来兮辞》中“云无心以出岫，鸟倦飞而知还”一句。此句前后相对，平平平仄仄对仄仄仄平平。

⑩陇树：陇山一带的树木。唐人张仲素《塞下曲》：“陇水潺湲陇树秋，征人到此泪双流。”鹦鹉绿：绿色的鹦鹉。明人史谨《送布政李昌祺之广西》：“荔子枝头鹦鹉绿，桄榔叶底鹧鸪斑。”

⑪湘筠(yún)：湘江边的竹子。筠，竹子。鹧鸪斑：鹧鸪鸟胸前有白色斑点，被人认为是湘妃之泪。唐人潘纯《送顾仲父赴广东市舶提举》：“江映蕉花鹦鹉绿，雨昏榕树鹧鸪斑。”此句前后相对，仄仄平平平仄仄对平平仄仄仄平平。

⑫苏子：宋人苏轼。游赤壁：苏轼曾夜游赤壁，并作《赤壁赋》。此处化用《前赤壁赋》中“少焉，月出于东山之上，徘徊于斗牛之间。白露横江，水光接天”句。

⑬韩公雪拥过蓝关：韩公，唐人韩愈。蓝关，即蓝田关，在今陕西蓝田县。此句化用韩愈《左迁至蓝关示侄孙湘》中“云横秦岭家何在，雪拥蓝关马不前”一句。唐宪宗时，韩愈上《论佛骨表》，触怒宪宗，被贬为潮州刺史。在上任的路上，韩愈经过陕西蓝田，路遇大雪，行路困难，故作此诗。此两句前后相对，平仄平平，平仄仄平平仄仄对仄平平仄，平平仄仄仄平平。

〔译文〕

骄与傲相对应，吝啬与小气相对应，讨伐叛逆与平定蛮夷相对应。

忠心耿耿和侠义心肠相对应，如云雾般的鬓发与高高盘起的云鬟相对应。

埋着秃笔头的墓，发生斧柄腐朽之事的山，如月美貌对天仙之颜。

龙潜水底，终有一跃而起之日；林鸟疲倦，就会知道返回巢中。

陇山的树上飞来绿色的鹦鹉，湘竹深处散落着星星鹧鸪斑。

秋日的水汽横贯江面，苏轼在这月明之夜游览赤壁；严冬的阴云弥漫山岭，韩愈在这大雪之时经过蓝关。

下卷

一　先

〔**题解**〕

“先”部是平水韵三十韵中下平声第一韵部。“一先”中，“一”为序号，“先”为下平声十五韵中的代表字之一，亦表示与之同归于此韵部中的字。《笠翁对韵》中所举出这一韵部的字有年、千、烟、娟、笺、蝉、怜、天、坚、钱、仙、莲、田、眠、钿、传、然、弦、绵、边、先、前、川、鞭、筵、权、泉、鹃。

其一

寒对暑，日对年，蹴踘对秋千[①]。

丹山对碧水[②]，淡雨对轻烟[③]。

歌宛转，貌婵娟[④]，《雪赋》对云笺[⑤]。

荒芦栖宿雁[⑥]，疏柳噪秋蝉[⑦]。

洗耳尚逢高士笑[⑧]，折腰肯受小儿怜[⑨]。

郭泰泛舟[⑩]，折角半垂梅子雨[⑪]；山涛骑马[⑫]，接篱倒着杏花天[⑬]。

〔注释〕

①蹴(cù)踘(jū):即"蹴鞠",古代的一种踢球游戏,起源于战国时期。唐人王维《寒食城东即事》:"蹴踘屡过飞鸟上,秋千竞出垂杨里。"此句中"寒"与"暑"相对,平对仄;"日"与"年"相对,仄对平;"蹴踘"与"秋千"相对,仄仄对平平。

②丹山:指红色的山。碧水:绿色的水。明人沈周《题画》:"碧水丹山映杖藜,夕阳犹在小桥西。"宋人李昴英《摸鱼儿》:"丹山碧水含离恨,有脚阳春难驻。"

③此句中"丹山"与"碧水"相对,平平对仄仄;"淡雨"与"轻烟"相对,仄仄对平平。

④貌婵娟:意为样貌美好。

⑤《雪赋》:赋名,南朝宋人谢惠连所作。云笺:唐人韦陟用五彩笺写信,由于他签名中的"陟"像五朵云,故后人称书信为云笺或者五云笺。宋词《鹧鸪天》云:"云窗雾阁深深处,静拂云笺学草书。"此句中"歌宛转"与"貌婵娟"相对,平仄仄对仄平平;"雪赋"与"云笺"相对,仄仄对平平。

⑥荒芦:荒芜的芦苇丛。清人翁心存《栖霞阻风》:"荒芦槭槭战秋雨,衰柳垂垂空夕阳。"宿雁:归巢的大雁。唐人杜甫《遣意》:"野船明细火,宿雁聚圆沙。"

⑦疏柳:枝叶稀疏的柳树。唐人韩翃(hóng)《送冷朝阳还上元》:"落日澄江乌榜外,秋风疏柳白门前。"此句前后相对,平平平仄仄对平仄仄平平。

⑧洗耳尚逢高士笑:此典与先秦隐士许由有关。据记载,帝尧想要将天下让给许由,许由不受,跑去河边洗耳,认为这样的话污染了自己的耳朵。正在他洗耳之时,巢父牵着牛路过河边。巢父听完他洗耳朵的缘由

后，嘲笑他道："你要是居住在深山老林中，谁能见到你呢？你只不过是浮游于世，想要个好名声罢了。你在这儿洗耳朵，别脏了我牛喝水的嘴。"于是牵着他的牛去上游饮水了。高士指巢父。

⑨折腰肯受小儿怜：此典与陶渊明有关。据《晋书·陶潜传》记载，东晋人陶渊明曾为彭泽令，因不肯巴结权贵，直言："吾不能为五斗米折腰，拳拳事乡里小人邪。"辞官而去，归隐田园。此句前后相对，仄仄仄平平仄仄对仄平仄仄仄平平。

⑩郭泰：字林宗，东汉太原介休（今属山西）人。为太学生首领，与李膺等人关系友善。后来不接受官府的征召，回归乡里。

⑪折角半垂梅子雨：据《后汉书·郭泰传》，郭泰在当时是很有名望的人物。有次下雨，他头巾的一个角不经意间被折起，其他人看到后，纷纷效仿，也将自己头巾的一角折起来。

⑫山涛：字巨源，魏晋年间人，竹林七贤之一，喜好老庄。

⑬接篱倒着：倒着戴上白接篱帽。杏花天：杏花开放时节，指春天。此两句前后相对，仄仄仄平，仄仄仄平平仄仄对平平平仄，仄平仄仄仄平平。

〔译文〕

寒日与暑时相对应，日子与年岁相对应，蹴鞠与秋千相对应。

红山对绿水，淡雨与轻烟相对应。

歌声宛转，样貌美好，咏雪之赋与云文之笺相对应。

回归的大雁栖息在荒芜的芦苇丛里，秋天的蝉儿鸣叫在枝叶稀疏的柳条中。

许由洗耳尚且遭到高洁之士的嘲笑，陶潜岂是为五斗米向乡里小儿折腰乞怜之人？

六月梅雨，郭泰在江上泛舟，雨折湿了他头巾的一角；杏花三月，山涛骑马游玩，头上倒戴着白接篱帽。

其二

轻对重，脆对坚，碧玉对青钱①。

郊寒对岛瘦②，酒圣对诗仙③。

依玉树④，步金莲⑤，凿井对耕田⑥。

杜甫清宵立⑦，边韶白昼眠⑧。

豪饮客吞杯底月⑨，酣游人醉水中天⑩。

斗草青郊⑪，几行宝马嘶金勒⑫；看花紫陌⑬，十里香车拥翠钿⑭。

〔注释〕

①碧玉：矿物名，红褐色或者绿色，可做装饰品。宋人辛弃疾《鹧鸪天》："愁边剩有相思句，摇断吟鞭碧玉梢。"一说为对怜爱女子的爱称。青钱：指铜钱。唐人张鷟被认为"文辞犹青铜钱，万选万中"，故被人称为"青钱学士"，后世遂以"青钱"指代优秀的人才。此句中"轻"与"重"相对，平对仄；"脆"与"坚"相对，仄对平；"碧玉"与"青钱"相对，仄仄对平平。

②郊寒、岛瘦：指唐代诗人孟郊和贾岛清寒瘦硬的诗歌风格。贾岛好苦吟，更被人称之为"诗奴"。

③酒圣：指酿酒始祖杜康。诗仙：指唐代诗人李白。此句中"郊寒"与"岛瘦"相对，平平对仄仄；"酒圣"与"诗仙"相对，仄仄对平平。

④玉树:美丽的树,指容貌姣好或者品德美好的少年。《世说新语·言语》云:“谢太傅问诸子侄:‘子弟亦何预人事,而正欲使其佳?’诸人莫有言者。车骑答曰:‘譬如芝兰玉树,欲使其生于阶庭耳。’”故后世以“玉树”称具有美好品德的子弟。

⑤金莲:金子做的莲花,一指旧时女子所缠的小脚,古人认为女子“三寸金莲”为美。元人张可久《湘妃怨·次韵金陵怀古》云:“朝朝琼树后庭花,步步金莲潘丽华。”

⑥凿井、耕田:先秦时期有《击壤歌》,歌云:“日出而作,日入而息。凿井而饮,耕田而食。帝力于我何有哉。”此句中“依玉树”与“步金莲”相对,平仄仄对仄平平;“凿井”与“耕田”相对,仄仄对平平。

⑦杜甫清宵立:此句化用杜甫《恨别》中“思家步月清宵立,忆弟看云白日眠”句。

⑧边韶白昼眠:边韶,字孝先,东汉儒生。才思敏捷,口才好,并以文章知名。边韶曾在白天睡觉,故被弟子嘲笑,他却对弟子说:“我满腹经纶,睡觉的时候也想着学问的事,在梦中和周公、孔子见面呢。”弟子听了都很惭愧。此句前后相对,仄仄平平仄对平平仄仄平。

⑨杯底月:酒杯底中月亮的倒影。

⑩酣游:纵情游玩的人。水中天:水中天空的倒影。元人唐珙《题龙阳县青草湖》云:“醉后不知天在水,满船清梦压星河。”此句前后相对,平仄仄平平仄仄对平平平仄仄平平。

⑪斗草:古代一种游戏,众人比赛采花草,然后以所采花草的优劣、多少来一较高低,也叫斗百草。宋人李清照《浣溪沙》:“海燕未来人斗草,江梅已过柳生绵。”

⑫嘶:马的叫声。金勒:套在马头上以金装饰的笼头。宋人柳开《塞上》:“碧眼胡儿三百骑,尽提金勒向云看。”

⑬紫陌：指京城郊野的道路。唐人刘禹锡《元和十年自朗州至京戏赠看花诸君子》："紫陌红尘拂面来，无人不道看花回。"

⑭翠钿（diàn）：碧玉制成的首饰。此两句前后相对，仄仄平平，仄平仄仄平平仄对仄平仄仄，仄仄平平仄仄平。

〔译文〕

轻与重相对应，脆与坚相对应，碧玉与青钱相对应。

孟郊清寒与贾岛苦瘦相对应，酒圣杜康和诗仙李白相对应。

倚靠着精美的玉树，脚踩着金制的莲花，凿井取水和耕地种田相对应。

杜甫在清夜独自伫立，边韶在白天卧榻酣睡。

举杯豪饮的酒客吞下了杯底的月亮，醉心游玩的客人痴迷于水中倒映的蓝天。

春日里，人们在郊野的青草上玩斗草游戏，戴着金络头的宝马在高声嘶鸣；花开时，佩戴昂贵首饰的女子坐着香车去郊外赏花，车队绵延数十里。

其三

吟对咏，授对传，乐矣对凄然[①]。

风鹏对雪雁[②]，董杏对周莲[③]。

春九十[④]，岁三千[⑤]，钟鼓对管弦[⑥]。

入山逢宰相[⑦]，无事即神仙[⑧]。

霞映武陵桃淡淡[⑨]，烟荒隋苑柳绵绵[⑩]。

七碗月团⑪,啜罢清风生腋下⑫;三杯云液⑬,饮余红雨晕腮边⑭。

〔注释〕

①乐矣:开心快乐的样子。凄然:悲痛伤心的样子。唐人高适《除夜作》:"旅馆寒灯独不眠,客心何事转凄然。"此句中"吟"与"咏"相对,平对仄;"授"与"传"相对,仄对平;"乐矣"与"凄然"相对,仄仄对平平。

②风鹏:随风扶摇而上的大鹏鸟。《庄子·逍遥游》中记载北海有种大鱼,其名为鲲,鲲可以化而为鸟,其名为鹏。鹏有数千里之大,起飞的时候需要借助海上的大风,才可以"抟扶摇而上者九万里"。雪雁:雪中的大雁。

③董杏:据《神仙传》记载,三国东吴人董奉医术高明,为百姓治病时不收取报酬,只要求病重痊愈的人栽五株杏树、病轻痊愈的人栽一株杏树。数年之后,栽下的杏树居然有了十万株之多。周莲:宋代儒生周敦颐喜爱莲花,曾作《爱莲说》一文。此句中"风鹏"与"雪雁"相对,平平对仄仄;"董杏"与"周莲"相对,仄仄对平平。

④春九十:指整个春天。春天共有三个月、九十天。

⑤岁三千:寿命高达三千岁,指高寿。一说为西王母种的蟠桃三千岁一熟。

⑥管弦:指管弦乐器。此句中"春九十"与"岁三千"相对,平仄仄对仄平平;"钟鼓"与"管弦"相对,平仄对仄平。

⑦入山逢宰相:此处"山中宰相"指南朝梁时的道士陶弘景。陶弘景归隐山林,但梁武帝有国之大事依旧会向他咨询,故陶有"山中宰相"之称。

⑧无事即神仙:没有什么事可以做,自由自在、无忧无虑就是神仙。

此句直接引用了宋人王炎《临江仙》中的“拂衣归去好，无事即神仙”句。此句前后相对，仄平平仄仄对平仄仄平平。

⑨武陵：郡名。东晋人陶渊明曾作《桃花源记》一文，其中的渔父为武陵人，在打鱼过程中发现了世外桃源。唐人王维《桃源行》：“居人共住武陵源，还从物外起田园。”

⑩隋苑：隋炀帝修建的花园，也叫“西苑”“上林苑”。唐人杜牧《寄题甘露寺北轩》云：“天接海门秋水色，烟笼隋苑暮钟声。”此句前后相对，平仄仄平平仄仄对平平平仄仄平平。

⑪月团：茶名，团茶的一种。唐人卢仝《走笔谢孟谏议寄新茶》：“开缄宛见谏议面，手阅月团三百片。”宋人秦观《秋日三首》：“月团新碾瀹（yuè）花瓷，饮罢呼儿课楚词。”

⑫啜罢清风生腋下：饮完茶，直觉腋下如有清风吹出。唐人卢仝《走笔谢孟谏议寄新茶》诗中有“七碗吃不得也，唯觉两腋习习清风生”句，称赞饮好茶后的感受。

⑬云液：此处指酒。唐人白居易《对酒闲吟赠同老者》：“云液洒六腑，阳和生四肢。”宋人晏殊《望仙门》：“仙酒斟云液，仙歌转绕梁虹。”

⑭红雨：指喝完酒后腮边泛起的红晕。此两句前后相对，仄仄仄平，仄仄平平平仄仄对平平平仄，仄平平仄仄平平。

〔译文〕

吟与咏相对应，授与传相对应，开心展颜与悲痛凄然相对应。

风中鹏鸟和雪中大雁相对应，董奉的杏林和周敦颐的莲花相对应。

春季三月共有九十天，高寿老者三千岁有余，钟鼓与管弦相对应。

在山林中遇到陶弘景，无事无忧好似神仙。

晚霞满天，照出武陵桃花淡淡粉色；云烟弥漫，绵绵隋苑柳在其中若隐若现。

七碗月团茶喝罢，腋下凉爽仿佛有风生出；三杯云液酒饮下，两腮红晕泛出，好似下了红雨。

其四

中对外，后对先，树下对花前①。
玉树对金屋②，叠嶂对平川③。
孙子策④，祖生鞭⑤，盛席对华筵⑥。
醉解知茶力⑦，愁消识酒权⑧。
彩剪芰荷开冻沼⑨，锦妆凫雁泛温泉⑩。
帝女衔石⑪，海中遗魄为精卫⑫；蜀王叫月⑬，枝上游魂化杜鹃⑭。

〔注释〕

①此句中“中”与“外”相对，平对仄；“后”与“先”相对，仄对平；“树下”与“花前”相对，仄仄对平平。

②玉树：见《一先·其二》注④。金屋：见《四支·其四》注⑨。

③叠嶂：重叠的山峰。宋人苏辙《次韵侯宣城叠嶂楼双溪阁长篇》：“仰攀叠嶂高，俯阅双溪美。”平川：广阔平坦的陆地。明人杨基《春草》：“平川十里人归晚，无数牛羊一笛风。”此句中“玉树”与“金屋”相对，仄仄

对平仄；“叠嶂”与“平川”相对，仄仄对平平。

④孙子策：指春秋时期著名军事家孙武所作的《孙子兵法》十三篇。《孙子兵法》是目前世界上现存最古老的军事著作。

⑤祖生鞭：意为勉励人着手做事、努力进取。东晋人祖逖与好友刘琨每日闻鸡起舞。一日，祖逖先刘琨而起，他催促刘琨起床，说：“鸡鸣不是恶声啊。”刘琨惭愧道：“祖逖你先我一步行动了。”

⑥盛席、华筵：指丰盛的筵席。清人曹雪芹《回前诗》：“浮生着甚苦奔忙，盛席华筵终散场。”此句中“孙子策”与“祖生鞭”相对，平仄仄对仄平平；“盛席”与“华筵”相对，仄仄对平平。

⑦醉解知茶力：醉酒后喝茶解酒，才知道茶水的作用。

⑧愁消识酒权：喝完酒后愁绪暂时散去，才知道酒的功效。此句前后相对，仄仄平平仄对平平仄仄平。

⑨彩剪芰(jì)荷开冻沼：此典与隋炀帝有关。据《大业拾遗记》记载，隋炀帝曾修筑西苑，冬日，大地寒冻，宫树凋零，隋炀帝命人将五色绫锦剪成菱荷模样，放在结冰的池沼内。

⑩锦妆凫雁泛温泉：据《天宝遗事》载，唐代的行宫内有温泉，温泉中以玉莲为喷泉，水流从莲中涌出，人们在沐浴时将锦缎缝制成大雁的模样，放在水上漂浮。此句前后相对，仄仄仄平平仄仄对仄平平仄仄平平。

⑪帝女：指精卫，相传她是炎帝之女女娃化成。

⑫海中遗魄为精卫：此处化用“精卫填海”的典故。据《山海经·北山经》记载，炎帝的小女儿名叫女娃，在一次渡东海时不慎淹死。女娃之精魄化为精卫鸟，常常衔起西山之石投入东海，希望能把东海填平。

⑬蜀王：指东周末年在蜀地称帝的杜宇，其号望帝。

⑭枝上游魂化杜鹃：据《十三州志》记载，蜀帝杜宇曾经让臣子鳖泠治水，鳖泠成功后，杜宇觉得自己的才德比不上鳖泠，于是把蜀国交给了鳖

冷，自己化身为子规（即杜鹃）离开。唐人李商隐《锦瑟》："庄生晓梦迷蝴蝶，望帝春心托杜鹃。"此两句前后相对，仄仄平仄，仄平平仄平平仄对仄平仄仄，平仄平平仄仄平。

〔译文〕

中与外相对应，后与先相对应，树下与花前相对应。

玉树与金屋相对应，重叠的山峰和一马平川相对应。

孙武的《孙子兵法》，祖逖的勤勉之鞭，盛大的酒席和丰盛的筵席相对应。

酒醉后喝茶解酒，才知道茶的功力；愁闷时借酒消愁，才知道酒的妙益。

五彩绫锦剪成的芰荷盛开在冻沼之内，名贵绸缎制成的凫雁浮游于温泉水上。

炎帝女儿的魂魄化成精卫，口中衔石，欲填东海；蜀帝杜宇的游魂变为杜鹃，对月鸣叫，夜夜哀啼。

二　箫

〔题解〕

“箫”部是平水韵三十韵中下平声第二韵部。“二箫”中，“二”为序号，“箫”为下平声十五韵中的代表字之一，亦表示与之同归于此韵部中的字。《笠翁对韵》中所举出这一韵部的字有瓢、妖、绡、朝、腰、箫、烧、潮、霄、韶、苗、萧、镳、蕉、樵、瑶、桡、遥、桥、消。

其一

琴对笛，釜对瓢①，水怪对花妖②。

秋声对春色，白缣对红绡③。

臣五代④，事三朝⑤，斗胆对弓腰⑥。

醉客歌《金缕》⑦，佳人吹玉箫⑧。

风定落花闲不扫⑨，霜余残叶湿难烧⑩。

千载兴周⑪，尚父一竿投渭水⑫；百年霸越⑬，钱王万弩射江潮⑭。

〔注释〕

①釜(fǔ):古代的一种锅。瓢:多用对半剖开的匏瓜或木头制成,用以舀水或者舀取其他物品。

②水怪:水中的鬼怪。花妖:花变成的妖精。此句中“琴”与“笛”相对,平对仄;“釜”与“瓢”相对,仄对平;“水怪”与“花妖”相对,仄仄对平平。

③白缣(jiān):白色的双丝细绢。明人张叔承《仲昭约明岁游天台雁荡先以逍遥衣见赠作张公》云:“苕川小范同我袍,白缣裁寄湖州雪。”红绡(xiāo):指红色的薄绸。宋人丁谓《以诗送宣赐进奉红绡封龙字茶与琏禅师》:“密缄龙焙火前春,翠字红绡熨眼新。”此句中“秋声”与“春色”相对,平平对平仄;“白缣”与“红绡”相对,仄平对平平。

④臣五代:五代时,冯道曾在后唐、后晋、辽、后汉、后周五朝都做过官,后人将其看作是没气节的典型。

⑤事三朝:指南朝沈约曾为宋、齐、梁三朝做事。

⑥斗胆:形容胆子大。宋人杜范《十二月初六日栖嬾和方山》:“一醉不敢辞,斗胆破崖岸。”弓腰:弯腰如弓形。明人刘基《次韵和谦上人秋兴》:“无客金戈桩凿齿,有人玉帐舞弓腰。”此句中“臣五代”与“事三朝”相对,平仄仄对仄平平;“斗胆”与“弓腰”相对,仄仄对平平。

⑦《金缕》:一说为词牌《贺玉郎》之别名,一说为唐人杜秋娘所作《金缕衣》。

⑧玉箫:精美玉石制成的箫。唐人李白《江上吟》:“木兰之枻(yì)沙棠舟,玉箫金管坐两头。”此句前后相对,仄仄平平仄对平平平仄平。

⑨风定:风停。宋人李清照《好事近》:“风定落花深,帘外拥红堆雪。”

⑩霜余残叶:指地上落下被霜打过的残败树叶。此句前后相对,平仄

仄平平仄仄对平平平仄仄平平。

⑪千载兴周：周朝兴盛千年。

⑫尚父(fǔ)一竿投渭水：尚父，姜尚，俗称姜太公，周武王尊其为尚父。据《史记·齐太公世家》记载，姜太公曾在渭水边垂钓，遇到周文王，被聘为太师，后辅佐周武王灭掉了殷商。

⑬百年霸越：吴越称霸百年。

⑭钱王万弩射江潮：据《吴越备史》记载，吴越王钱镠(liú)在修建海塘时，曾因江涛昼夜冲刷，无法在沙岸上筑板，所以他命弓箭手们以五百强弩射向潮头，迫使潮头转向，最终得以将海塘建成。此两句前后相对，平仄平平，仄仄仄平平仄仄对仄平仄仄，平平仄仄仄平平。

〔译文〕

琴与笛相对应，釜与瓢相对应，水中怪物与花中妖精相对应。

秋日之声与春日景色相对应，白色细绢与红色薄绸相对应。

冯道曾做过五个朝代的臣子，沈约曾为三个朝代做事，胆大如斗和弓身弯腰相对应。

酒醉的客人唱着《金缕衣》，美丽的女子吹着玉做的箫。

大风过后，虽有闲时却不想扫一地落花；秋霜打完，地上积下的残枝败叶潮湿难烧。

周朝的千年兴盛，和太公在渭水垂钓遇文王相关；吴越的百年霸业，也有吴越王钱镠怒射江潮的功劳。

其二

荣对悴①，夕对朝，露地对云霄②。

商彝对周鼎[3]，殷《濩》对虞《韶》[4]。

樊素口[5]，小蛮腰[6]，六诏对三苗[7]。

朝天车奕奕[8]，出塞马萧萧[9]。

公子幽兰重泛舸[10]，王孙芳草正联镳[11]。

潘岳高怀[12]，曾向秋天吟蟋蟀[13]；王维清兴[14]，尝于雪夜画芭蕉[15]。

〔注释〕

①荣：形容草木茂盛。悴：形容枯槁、憔悴。

②露地：指室外没有遮蔽的地方。此语亦为佛教用语，指人三界烦恼皆无，处于没有覆蔽的地方。宋人释绍昙《偈颂》云："月白风清眠露地，声声牧笛响烟村。"此句中"荣"与"悴"相对，平对仄；"夕"与"朝"相对，仄对平；"露地"与"云霄"相对，仄仄对平平。

③商彝（yí）：指商代的礼器。彝，古时盛酒器具，亦泛指宗庙所用祭器。周鼎：指周代的礼器。鼎，古代烹煮食物的器具，后亦被认为是国之重器。

④殷《濩（huò）》：指商汤的乐舞。虞《韶》：指虞舜的《韶》乐。此句中"商彝"与"周鼎"相对，平平对平仄；"殷《濩》"与"虞《韶》"相对，平仄对平平。

⑤樊素：唐人白居易家的歌伎，嘴小且美丽。

⑥小蛮：白居易家的歌伎，腰细且柔软。唐人孟棨《本事诗·事感》中记载白居易随口小诗云："樱桃樊素口，杨柳小蛮腰。"

⑦六诏：唐代乌蛮六个部落的合称，分别为蒙嶲诏、越析诏、浪穹诏、邆睒诏、施浪诏、蒙舍诏。三苗：古国名，相传尧舜时期生活于我国西南地

区。此句中“樊素口”与“小蛮腰”相对,平仄仄对仄平平;“六诏”与“三苗”相对,仄仄对平平。

⑧朝天车:群臣朝见天子所乘之车。奕奕:形容车辆众多。

⑨萧萧:指马嘶鸣声。唐人李白《送友人》:“挥手自兹去,萧萧班马鸣。”此句前后相对,平平平仄仄对仄仄仄平平。

⑩公子:指贵族子弟。重泛舸(gě):多次乘坐大船游玩。战国楚人屈原《九歌·湘夫人》中有“沅有芷兮澧有兰,思公子兮未敢言”句。

⑪王孙:亦指贵族子弟。联镳(biāo):一起策马前行。镳,指马辔头。西汉人淮南小山《招隐士》:“王孙游兮不归,春草生兮萋萋。”此句前后相对,平仄平平平仄仄对平平平仄仄平平。

⑫潘岳:见《十四寒·其二》注⑨。

⑬曾向秋天吟蟋蟀:晋人潘岳写过《秋兴赋》,其中有“熠耀粲于阶闼兮,蟋蟀鸣乎轩屏”句。

⑭王维:字摩诘,山西太原人。唐代著名诗人。在唐玄宗时,王维曾官至尚书右丞,故亦被称为“王右丞”。擅长作画,苏东坡称其诗画为“诗中有画,画中有诗”。

⑮尝于雪夜画芭蕉:指王维所作《袁安卧雪图》。该画画中有雪,亦有绿芭蕉,将不同时令出现的景物放在一起,曾引起后人争执。此两句前后相对,平仄平平,平仄平平平仄仄对平平平仄,平平仄仄仄平平。

〔译文〕

繁茂与枯萎相对应,日暮和清晨相对应,坦露的大地与高远的天空相对应。

商代的彝与周代的鼎相对应,殷汤的《濩》舞与虞舜的《韶》乐相对应。

樊素的樱桃小口，小蛮的纤纤细腰，六诏与三苗相对应。

群臣朝见天子的车众多，出塞将士的战马嘶鸣。

佩戴兰草的公子多次泛舟游玩，春草地里的王孙一起策马前行。

潘岳志向高远，曾在秋天作赋来咏蟋蟀；王维兴致清雅，曾于大雪之夜画下芭蕉。

其三

耕对读，牧对樵，琥珀对琼瑶[①]。

兔毫对鸿爪[②]，桂棹对兰桡[③]。

鱼贯柳[④]，鹿藏蕉[⑤]，水远对山遥[⑥]。

湘灵能鼓瑟[⑦]，嬴女解吹箫[⑧]。

雪点寒梅横小院[⑨]，风吹弱柳覆平桥[⑩]。

月牖通宵[⑪]，绛蜡罢时光不减[⑫]；风帘当昼[⑬]，雕盘停后篆难消[⑭]。

〔注释〕

①琥珀：松柏等树脂的化石，半透明固体，色淡黄，或褐或赤，光泽美丽，燃烧有香气，可做饰物。琼瑶：指美玉。《诗经・卫风・木瓜》："投我以木桃，报之以琼瑶。"此句中"耕"与"读"相对，平对仄；"牧"与"樵"相对，仄对平；"琥珀"与"琼瑶"相对，仄仄对平平。

②兔毫：用兔毛制成的笔。唐人李白《醉后赠王历阳》："书秃千兔毫，诗裁两牛腰。"鸿爪：雁爪，比喻事物留下的痕迹。明人吴与弼《小儿鸣

琴》："雪泥鸿爪他年梦，记得从容抱此琴。"

③桂棹（zhào）：桂木制的船桨。金人李晏《白云亭》："白云亭上白云秋，桂棹兰桨记昔游。"兰桡（ráo）：小舟的美称。桡，小船。唐人贾岛《忆江上吴处士》："兰桡殊未返，消息海云端。"此句中"兔毫"与"鸿爪"相对，仄平对平仄；"桂楫"与"兰桡"相对，仄仄对平平。

④鱼贯柳：指用柳条将鱼从鱼鳃处串起来，方便提拎。宋人崔敦礼《何家港舍舟步至新河口》："隔江唤得渔船过，贯柳双鲈自买归。"

⑤鹿藏蕉：指将鹿藏在芭蕉叶下。《列子》中曾记有这样一则小故事：一个郑国人曾打死一头鹿，他害怕被人看见，就在这头鹿身上盖上芭蕉叶作为伪装。后来，他自己也忘了盖好芭蕉叶的鹿藏在了何处。明人周鼎《杂兴》："藏蕉野鹿春无迹，剪雨银灯夜未央。"

⑥此句中"鱼贯柳"与"鹿藏蕉"相对，平仄仄对仄平平；"水远"与"山遥"相对，仄仄对平平。

⑦湘灵：湘江的神灵，指投江而死的帝舜的两位夫人娥皇和女英。鼓瑟：弹起瑟。东汉人曹操《短歌行》："我有嘉宾，鼓瑟吹笙。"

⑧嬴女：指秦穆公女儿弄玉。参《一东·其三》注⑬。此句前后相对，平平平仄仄对平仄仄平平。

⑨雪点：小雪零星。唐人温庭筠《和道溪君别业》："风飘弱柳平桥晚，雪点寒梅小苑春。"

⑩弱柳：柔弱的柳树。唐人贾至《早朝大明宫呈两省僚友》："千条弱柳垂青琐，百啭流莺满建章。"覆：覆盖。此句前后相对，仄仄平平平仄仄对平平仄仄仄平平。

⑪月牖（yǒu）：月光照进窗户。宋人王之道《追和韩退之雪韵》："月牖潜争入，风帘静自摇。"

⑫绛蜡：深红色的蜡烛。元人虞集《听雨》："屏风围坐鬓毵（sān）毵，

绛蜡摇光照暮酣。”

⑬风帘:即窗帘。唐人李商隐《银河吹笙》:“月榭故香因雨发,风帘残烛隔霜清。”

⑭雕盘:指雕盘中的盘香。篆难消:指盘香烧时的烟浮在空中像篆字一般,难以消散。此两句前后相对,仄仄平平,仄仄仄平平仄仄对平平平仄,平平平仄仄平平。

〔译文〕

耕田与读书相对应,放牧与砍柴相对应,琥珀与琼瑶相对应。

兔子的毛与大雁的爪相对应,桂木船桨与华美小舟相对应。

用柳条把鱼穿起,用蕉叶将鹿遮蔽,水远与山遥相对应。

湘水神灵可以弹瑟,秦穆公女儿善于吹箫。

小雪零星,几枝寒梅横生在小院中;清风徐来,数棵春柳覆满整座平桥。

月光从窗外洒进,屋内红烛燃尽却依旧明亮;窗帘在白天低垂,雕盘中的盘香烧尽后,余烟难去。

三　肴

〔题解〕

“肴”部是平水韵三十韵中下平声第三韵部。“三肴”中，“三”为序号，“肴”为下平声十五韵中的代表字之一，亦表示与之同归于此韵部中的字。《笠翁对韵》中所举出这一韵部的字有爻、肴、巢、獒、梢、筲、交、嘲、胶、抛、胞、袍、敲、茅、庖、铙、蛟、郊、嘐。

其一

《诗》对《礼》①，卦对爻②，燕引对莺调③。

晨钟对暮鼓，野蔌对山肴④。

雉方乳⑤，鹊始巢⑥，猛虎对神獒⑦。

疏星浮荇叶⑧，皓月上松梢⑨。

为邦自古推瑚琏⑩，从政于今愧斗筲⑪。

管鲍相知⑫，能结忘形胶漆友⑬；蔺廉有隙⑭，终为刎颈死生交⑮。

〔注释〕

①《诗》:指《诗经》。《礼》:指“三礼”,分别为《周礼》《仪礼》《礼记》。

②卦:《周易》中用来占卜、有象征意义的符号,由阳爻“▬”和阴爻“▬ ▬”组成。每卦三爻,组成八卦;八卦相互重叠,组成六十四卦。爻:构成卦的符号,有阳爻“▬”和阴爻“▬ ▬”。

③引:指歌曲。莺调:莺鸟鸣叫的调子。宋人曾协《和陈晞颜春尽思归》:“柳边初见莺调舌,树底俄惊鹿养茸。”此句中“诗”与“礼”相对,平对仄;“卦”与“爻”相对,仄对平;“燕引”与“莺调”相对,仄仄对平平。

④野蔌(sù):指野菜。宋人陆游《食野菜》:“野蔌山蔬次第尝,超然气压太官羊。”山肴:指山间的佳肴,意为用在山林间猎得的鸟兽做的美味。陆游《新辟小园》亦云:“席地幕天君勿嘲,随宜野蔌与山肴。”此句中“晨钟”与“暮鼓”相对,平平对仄仄;“野蔌”与“山肴”相对,仄仄对平平。

⑤雉方乳:雉鸟刚刚产下幼子。

⑥鹊始巢:雀鸟才开始筑巢。

⑦神獒:指猛犬。此句中“雉方乳”与“鹊始巢”相对,仄平仄对仄仄平;“猛虎”与“神獒”相对,仄仄对平平。

⑧荇:水生植物,根生于底,叶浮于水面,开黄色花,可入药。

⑨皓月:明亮皎洁的月亮。宋人柳永《倾杯乐》云:“皓月初圆,暮云飘散,分明夜色如晴昼。”此句前后相对,平平平仄仄对仄仄仄平平。

⑩为邦:指治理国家。推瑚琏(liǎn):指推选贤能。瑚、琏皆为古代祭祀时盛粮食的礼器,十分贵重,故也以此比喻可堪大任的才俊。《论语·公冶长》中,孔子曾赞许端木赐为“瑚琏”。

⑪斗筲(shāo):斗与筲都是容量小的器皿,故用来比喻人学识浅薄,

气量狭小。《论语·子路》中,孔子曾评价当时的从政者:“斗筲之人,何足算也。”此句中为谦称。此句前后相对,平平仄仄平平仄对平仄平平仄仄平。

⑫管鲍:指春秋时管仲和鲍叔牙。管、鲍两人情谊深厚,患难与共,所以后世常用“管鲍之交”来比喻交谊深厚的好友。唐人杜甫《贫交行》云:“君不见管鲍贫时交,此道今人弃如土。”

⑬胶漆友:指亲密无间的好友。《古诗十九首》中《客从远方来》云:“以胶投漆中,谁能别离此?”唐人杜甫《忆昔》云:“宫中圣人奏云门,天下朋友皆胶漆。”

⑭蔺廉:指战国时赵国上卿蔺相如和大将廉颇。廉颇因不服蔺相如,曾放言要羞辱蔺相如,但蔺相如为了国家利益,将私仇置之度外。廉颇明白蔺相如不和他相争的原因后,十分羞愧,背着荆条前去向蔺相如请罪。

⑮刎颈死生交:指同生共死的交情。此两句前后相对,仄仄平平,平仄仄平平仄仄对仄平仄仄,平平仄仄仄平平。

〔译文〕

《诗》与《礼》相对应,卦与爻相对应,燕引与莺调相对应。

清晨钟声和日暮鼓声相对应,野菜与山肴相对应。

雉鸟刚刚产下幼鸟,喜鹊才开始筑巢,猛虎和神獒相对应。

稀疏的星光照在水面的荇叶上,皎洁的月亮刚刚爬上松树的树梢。

自古以来,治理国家就需要推选贤才;直到今天,治理政事还是无法尽善,愧为斗筲之人。

管仲、鲍叔牙彼此熟知,能结为忘形胶漆之友;蔺相如、廉颇本有嫌隙，却终能结下刎颈死生的交情。

其二

歌对舞，笑对嘲，耳语对神交[①]。
焉乌对亥豕[②]，獭髓对鸾胶[③]。
宜久敬[④]，莫轻抛[⑤]，一气对同胞[⑥]。
祭遵甘布被[⑦]，张禄恋绨袍[⑧]。
花径风来逢客访[⑨]，柴扉月到有僧敲[⑩]。
夜雨园中，一颗不凋王子柰[⑪]；秋风江上，三重曾卷杜公茅[⑫]。

〔注释〕

①耳语：对耳低语。神交：在精神层面上交往。此句中“歌”与“舞”相对，平对仄；“笑”与“嘲”相对，仄对平；“耳语”与“神交”相对，仄仄对平平。

②焉乌、亥豕：“焉”“乌”二字，“亥”“豕”二字，常因形状相似而被混淆。古谚有云：“书经三写，乌焉成马。”“亥”“豕”相混的典故出自《吕氏春秋·察传》篇，据其记载，有读史书者将“晋师己亥渡河”误认为“晋师三豕渡河”，贻笑大方，后为子夏所纠正。

③獭(tǎ)髓：指水獭的骨髓。相传，水獭的骨髓和玉石碎屑、琥珀混在一起，可以做成消除疤痕的名贵药物。宋人刘辰翁《水调歌头》：“玉箸残妆谁见，獭髓轻痕妙补，粉黛不须浓。”鸾胶：据《海内十洲记》记载，海上有凤麟洲，洲上多凤麟，亦多仙人。将凤喙、麟角一起煎作膏，名叫“续弦

胶”或“连金泥”，可以“续弓弩已断之弦、刀剑断折之金”，而且不会再折断。此句中“焉乌”与“亥豕”相对，平平对仄仄；“獭髓”与“鸾胶”相对，仄仄对平平。

④久敬：长久地相互敬爱。

⑤轻抛：轻易地抛弃。

⑥一气：指同伙，声气相通的一伙人。此句中“宜久敬”与“莫轻抛”相对，平仄仄对仄平平；“一气”与“同胞”相对，仄仄对平平。

⑦祭（zhài）遵甘布被：祭遵心甘情愿盖布制的被子。祭遵，东汉名将。据《后汉书》记载，祭遵为人清廉，克己奉公，有赏赐便与士兵分尽，家里面没有一点儿私财，身上穿的衣物很朴素，盖的被子也是布做的。

⑧张禄恋绨（tí）袍：据《史记·范雎蔡泽列传》记载，魏人范雎随须贾出使齐国，齐王赠给了范雎一些财物，范雎不受。须贾知道后，将此事告于魏相魏齐，范雎因此受鞭刑，险些丢命。后范雎改名为张禄，到秦国任宰相。须贾出使秦国时，范雎着破衣前去见他。须贾见旧人，动了故人之情，云：“范叔一寒如此哉。”便送给他一件绨袍。范雎本想惩罚须贾，但看在他念旧情、送绨袍的份上，便原谅了须贾。此句前后相对，仄平平仄仄对平仄仄平平。

⑨花径：开满花的小路。唐人杜甫《客至》：“花径不曾缘客扫，蓬门今始为君开。”

⑩柴扉：柴门。唐人贾岛《题李凝幽居》：“鸟宿池边树，僧敲月下门。”此句前后相对，平仄平平平仄仄对平平仄仄仄平平。

⑪“夜雨园中”二句：王子，指王祥。王祥是古代著名的孝子，被世人评价为“笃孝”。据《晋书》记载，他的继母曾让他守护一棵结了果实的柰树，每当有风雨之时，他就抱着树哭泣，害怕果实被吹落下来。柰（nài），苹果的一种，亦被称为“沙果”。

⑫“秋风江上”二句：唐人杜甫《茅屋为秋风所破歌》：“八月秋高风怒号，卷我屋上三重茅。茅飞渡江洒江郊，高者挂罥长林梢，下者飘转沉塘坳。”写出杜甫居住条件差，常被秋风刮去屋顶茅草的情况。此两句前后相对，仄仄平平，仄仄仄平平仄仄对平平平仄，平平平仄仄平平。

〔译文〕

唱歌与跳舞相对应，笑与嘲相对应，低声耳语与精神交往相对应。

焉乌与亥豕相对应，獭髓与鸾胶相对应。

要长久地相互敬爱，不要轻易地抛弃彼此，声气相通的好友与同胞兄弟相对应。

祭遵甘愿盖布被子，张禄顾念绨袍情谊。

清风吹过开满鲜花的小路，恰逢此时客人来访；月光照在柴门之上，正有僧人将其轻轻叩响。

风雨交加的夜晚，王祥在院中抱树痛哭，居然没有一颗果子被风雨打落；秋风萧瑟的江边，杜甫的房子惨遭重创，呼啸的狂风卷走了房顶上的三层茅草。

其三

衙对舍[①]，廪对庖[②]，玉磬对金铙[③]。
竹林对梅岭[④]，起凤对腾蛟[⑤]。
鲛绡帐[⑥]，兽锦袍[⑦]，露叶对风梢[⑧]。
扬州输橘柚[⑨]，荆土贡菁茅[⑩]。

断蛇埋地称孙叔[11]，渡蚁编桥识宋郊[12]。

好梦难成，蛩响阶前偏唧唧[13]；良朋远至，鸡声窗外正嘐嘐[14]。

〔注释〕

①衙：衙门。舍：房屋，此处指民舍。

②廪(lǐn)：粮仓。庖(páo)：厨房。

③玉磬：玉石制作的一种乐器。宋人杨万里《稚子弄冰》："敲成玉磬穿林响，忽作玻璃碎地声。"金铙(náo)：一种铜制的打击乐器。明人李同芳《拟艳歌行》："越女秦筝手自调，阿欢按节奏金铙。"此句中"衙"与"舍"相对，平对仄；"廪"与"庖"相对，仄对平；"玉磬"与"金铙"相对，仄仄对平平。

④梅岭：即大庾岭，在今江西、广东交界处，古时此岭上多种梅，故名。唐人柳宗元《柳州寄丈人周韶州》："梅岭寒烟藏翡翠，桂江秋水露鳂鳙。"

⑤起凤：凤凰起舞。腾蛟：蛟龙腾飞。宋人颜奎《忆秦娥》："龙吟杳杳天悠悠，腾蛟起舞鸣箜篌。"此句中"竹林"与"梅岭"相对，仄平对平仄；"起凤"与"腾蛟"相对，仄仄对平平。

⑥鲛绡(xiāo)：传说为鲛人所织的绡。宋人陆游《钗头凤》："春如旧，人空瘦，泪痕红浥鲛绡透。"

⑦兽锦：指织有兽形纹饰的锦绣。唐人杜甫《寄李十二白二十韵》："龙舟移棹晚，兽锦夺袍新。"

⑧露叶：沾上露水的叶子。宋人苏轼《荔枝叹》："飞车跨山鹘(gǔ)横海，风枝露叶如新采。"风梢：随风摇摆的树梢。苏轼《次韵子由绿筠堂》："风梢千纛(dào)乱，月影万夫长。"此句中"鲛绡帐"与"兽锦袍"相对，平

平仄对仄仄平;“露叶”与“风梢”相对,仄仄对平平。

⑨橘柚:橘子和柚子。据《尚书·禹贡》记载,扬州需要上供的物产中就有橘子和柚子。输:进贡。

⑩荆土:荆州,古九州之一。菁(jīng)茅:古代祭祀活动中用于缩酒的一种香草。清人旻(mín)宁《五贤咏·管仲》云:“菁茅贡不至,成周祭不共。”此句前后相对,平平平仄仄对平仄仄平平。

⑪断蛇埋地称孙叔:据史料记载,楚令尹孙叔敖幼时玩耍,遇见了两头蛇,将蛇杀死后掩埋。回家后,孙叔敖母亲见他哭泣,便问原因,孙叔敖如实回答,并云:“我害怕别人再看见它,因此就把它杀掉埋了。”

⑫渡蚁编桥识宋郊:宋人宋郊曾看到一个蚁穴被暴雨所浸,因此编了竹桥来让其中的蚂蚁渡水而出。宋郊此举行善积德,最后他高中状元。此句前后相对,仄平平仄平平仄对仄仄平平仄仄平。

⑬蛩响:指蟋蟀叫声。唧唧:形容虫叫声。唐人白居易《闻虫》:“暗虫唧唧夜绵绵,况是秋阴欲雨天。”

⑭嘐(jiāo)嘐:指动物叫声。唐人柳宗元《游朝阳岩遂登西亭二十韵》:“晨鸡不余欺,风雨闻嘐嘐。”此两句前后相对,仄仄平平,平仄平平平仄仄对平平仄仄,平平平仄仄平平。

〔译文〕

衙门与民舍相对应,粮仓和厨房相对应,玉磬与金铙相对应。

竹林和梅岭相对应,飞起的凤凰和腾空的蛟龙相对应。

鲛人织出的绡制成帐子,纹满野兽图案的衣袍,沾着露水的树叶和风中摇摆的树梢相对应。

扬州进贡橘与柚,荆州进贡菁茅。

孙叔敖砍断邪蛇埋入地，备受人们称赞；宋郊编好竹桥渡群蚁，行善积德，高中状元。

好梦难以做成，只因台阶前蟋蟀叫个不停；良友从远方来，恰好窗户外鸡鸣响起。

四　豪

〔题解〕

“豪”部是平水韵三十韵中下平声第四韵部。“四豪”中，“四”为序号，“豪”为下平声十五韵中的代表字之一，亦表示与之同归于此韵部中的字。《笠翁对韵》中所举出这一韵部的字有蒿、皋、涛、毛、褒、韬、萄、滔、桃、旄、膏、刀、劳、高、号、豪、曹、袍、舠、醪、羔、骚。

其一

茭对茨[1]，荻对蒿[2]，山麓对江皋[3]。

莺簧对蝶板[4]，麦浪对松涛[5]。

骐骥足[6]，凤凰毛，美誉对嘉褒[7]。

文人窥蠹简[8]，壮士学龙韬[9]。

马援南征装薏苡[10]，张骞西使进葡萄[11]。

辩口悬河，万语千言常亹亹[12]；词源倒峡[13]，连篇累牍自滔滔[14]。

〔注释〕

①②茭、芡、荻、蒿：皆为蒿草名称，其中芡身有刺，叶如荷花，果实为芡实；荻状如芦苇，一般长在水旁；蒿叶如丝，开黄绿色小花，有特殊气味。

③山麓：山脚下。江皋：江岸边。唐人李商隐《访秋》："江皋当落日，帆席见归风。"此句中"茭"与"芡"相对，平对仄；"荻"与"蒿"相对，仄对平；"山麓"与"江皋"相对，平仄对平平。

④莺簧：指黄莺的叫声。蝶板：指张合中的蝴蝶翅膀，如同乐器拍板。清人刘育英《百花生日》："众芳国里寿称觥，蝶板莺簧作贺声。"

⑤麦浪：指麦子被风吹时，起伏如浪的样子。金人元好问《过晋阳故城书事》："望川亭上阅今古，但有麦浪摇春风。"松涛：风吹松林，发出的声音如同涛响。元人成廷圭《万壑松涛为郜彦清赋》："草堂夜夜听松涛，谁挽沧溟压树梢。"此句中"莺簧"与"蝶板"相对，平平对仄仄；"麦浪"与"松涛"相对，仄仄对平平。

⑥骐（qí）骥（jì）：善于奔跑的骏马。

⑦嘉褒：嘉奖褒赏。此句中"骐骥足"与"凤凰毛"相对，平仄仄对仄平平；"美誉"与"嘉褒"相对，仄仄对平平。

⑧蠹（dù）简：指被虫蛀坏的破旧书籍。宋人陆游《夜读岑嘉州诗集》："至今蠹简传，多昔横槊赋。"

⑨龙韬：指太公望兵法《六韬》之一。泛指兵法、战略。唐人李白《送外甥郑灌从军三首》："破胡必用龙韬策，积甲应将熊耳齐。"此句前后相对，平平平仄仄对仄仄仄平平。

⑩马援南征装薏苡：据《后汉书·马援列传》记载，汉人马援在交趾时，常吃薏苡的果实，并认为此物对防瘴气等大有裨益。因此，他回北地时带了一车薏苡果实，希望能够在北方种植。

⑪张骞西使进葡萄：据《史记·大宛列传》《汉书·西域传》记载"汉使采蒲桃、苜蓿种归"，说西汉人张骞出使西域后，为中原引进了葡萄等物。此句前后相对，仄平平平平仄仄对平平平仄仄平平。

⑫亹（wěi）亹：此处指人的谈论极有吸引力，使听众不知疲倦。

⑬倒峡：如江峡中的水倾倒出来，比喻文辞连绵不绝、气势磅礴。

⑭连篇累牍：指文章篇幅冗长，读之令人生厌。此两句前后相对，仄仄平平，仄仄平平平仄仄对平平仄仄，平平仄仄仄平平。

〔译文〕

茭与芡相对应，荻与蒿相对应，山脚下与江岸边相对应。

黄莺啼叫如簧与蝴蝶振翅如板相对应，视之如浪的麦地与闻之如涛的松林相对应。

骐骥的马蹄，凤凰的羽毛，赞美与褒奖相对应。

文人翻看破旧的书籍，壮士学习兵书中的韬略。

马援南征交趾，装回一车薏苡果实；张骞出使西域，引进甘甜可食的葡萄。

能言善辩，口若悬河，口才好的人纵有千言万语也能吸引人听；词出如源，连绵不绝，能长篇大论的人写起文章来真是才思不绝。

其二

梅对杏，李对桃，棫朴对旌旄[①]。

酒仙对诗史[②]，德泽对恩膏[③]。

悬一榻[4]，梦三刀[5]，拙逸对贤劳[6]。

玉堂花烛绕[7]，金殿月轮高[8]。

孤山看鹤盘云下[9]，蜀道闻猿向月号[10]。

万事从人[11]，有花有酒应自乐；百年皆客，一丘一壑尽吾豪[12]。

〔注释〕

①棫（yù）朴：两种树的名称，指白桵（ruǐ）和枹（bāo）木。旌（jīng）旄（máo）：用于指挥的军旗，泛指旗子。此句中“梅”与“杏”相对，平对仄；“李”与“桃”相对，仄对平；“棫朴”与“旌旄”相对，仄仄对平平。

②酒仙：指李白。诗史：杜甫所写之诗被人称为“诗史”。

③德泽：恩德如泽。汉乐府《长歌行》：“阳春布德泽，万物生光辉。”恩膏：即恩泽。清人屈大均《赠徐顺德》云：“大令仁风扇海涛，凤城沐浴尽恩膏。”此句中“酒仙”与“诗史”相对，仄平对平仄；“德泽”与“恩膏”相对，仄仄对平平。

④悬一榻：喻以礼待贤才。据史书记载，东汉徐孺为当时名士，家贫，有德行，陈蕃为豫章太守时，不接待宾客，但只为徐孺特设一榻，徐孺来时就放下，徐孺走后马上收起。

⑤梦三刀：据《晋书·王濬传》记载，王濬曾做梦，梦到在卧室梁上有三把刀，不一会儿又多了一把。主簿李毅为他解梦说：“三刀为‘州’字，再多一把则应为‘益州’，说不定这预示着你要调去益州。”后果如李毅所云。

⑥拙逸：笨拙的人可得安逸。贤劳：有贤能的人劳苦。此句中“悬一榻”与“梦三刀”相对，平仄仄对仄平平；“拙逸”与“贤劳”相对，仄仄对平平。

⑦玉堂:豪华的居室。

⑧金殿:指宫殿。月轮:月亮。此句前后相对,仄平平仄仄对平仄仄平平。

⑨孤山看鹤盘云下:孤山,在今杭州西湖旁。此句与北宋隐逸诗人林逋有关。林逋隐逸在西湖旁的孤山中,无妻无子,好植梅养鹤,常泛舟于湖中。有客人来就放鹤去引路。因其好梅好鹤,故人称其为“梅妻鹤子”。

⑩蜀道:进入四川的路。唐人李白云:“蜀道难,难于上青天。”此句前后相对,平平仄仄平平仄对仄仄平平仄仄平。

⑪万事从人:意为万事都随心所欲,不用顾及其他。

⑫尽吾豪:意为尽情地让我豪情相对、无拘无束。此两句前后相对,仄仄平平,仄平仄仄平仄仄对仄平平仄,仄平仄仄仄平平。

〔译文〕

梅与杏相对应,李与桃相对应,棫朴与旌旄相对应。

李白与杜甫相对应,德泽与恩膏相对应。

陈蕃悬榻礼待贤才,王濬梦刀另任他职,笨拙的人安逸与贤能的人辛劳相对应。

华丽的居室内花烛环绕,威严的宫殿上月亮升高。

隐居孤山的林逋看鹤从云端盘旋而下,经过蜀道的旅人听着猿猴对着月亮号叫。

世间万事皆可随心所欲,人生在世就应当有花有酒,自得其乐;人生百年皆是过客,要在一丘一壑的山水间遨游,以尽我豪情壮意。

其三

台对省①,署对曹②,分袂对同袍③。

鸣琴对击剑④,返辙对回舠⑤。

良借箸⑥,操捉刀⑦,香茗对醇醪⑧。

涓泉归海大⑨,寸壤积山高⑩。

石室客来煎雀舌⑪,画堂宾至饮羊羔⑫。

被谪贾生,湘水凄凉吟《鹏鸟》⑬;遭谗屈子,江潭憔悴著《离骚》⑭。

〔注释〕

①台:古代中央政府的官署,常指御史台。省:中央官署名。

②署:公署,古代办理公务的机关。曹:古代分科办事的官署。

③分袂(mèi):离别。袂,衣物的袖口。同袍:同穿一件袍子,比喻关系十分亲密的人。《诗经 · 秦风 · 无衣》云:"岂曰无衣?与子同袍。王于兴师,修我戈矛,与子同仇。"此句中"台"与"省"相对,平对仄;"署"与"曹"相对,仄对平;"分袂"与"同袍"相对,平仄对平平。

④鸣琴:即弹琴。"竹林七贤"之一的阮籍曾作《咏怀》,诗中云:"夜中不能寐,起坐弹鸣琴。"

⑤返辙:乘车返行。回舠(dāo):乘舟返航。明人姚道衍《重经常熟县》云:"重游逢日暮,惆怅促回舠。"此句中"鸣琴"与"击剑"相对,平平对仄仄;"返辙"与"回舠"相对,仄仄对平平。

⑥良借箸:指张良借着刘邦的筷子,为刘邦指出郦食其之策不可用一事。楚汉相争,刘邦处于劣势时,谋士郦食其曾为刘邦出谋划策,让刘邦

立六国之后，进而可以使得六国之人追随刘邦。张良听到这个计谋后，对刘邦说：“如果您真用郦食其的计谋，那您争霸一事绝无胜算。”张良用刘邦的筷子，为他筹算清楚不可用郦食其计谋的原因。刘邦听后恍然大悟，骂道：“竖儒！几败而公事。”

⑦操捉刀：据《世说新语·容止》《三国志·魏书·武帝纪》记载，曹操曾在接见匈奴使者时，让崔琰假装成自己，而自己假装成侍卫。接见完使者后，曹操派人去问匈奴使者有何感受，使者说：“魏王很有气度，雅望非常，但旁边持刀的那位侍卫，才是真的英雄。”曹操听闻，马上派人追上使者，并杀掉了他。

⑧香茗：指香茶。唐人白居易《晚起》：“融雪煎香茗，调酥煮乳糜。”醇醪(láo)：滋味醇厚的美酒。清人袁枚《周瑜墓》云：“我有醇醪半尊酒，为公惆怅奠斜阳。”此句中“良借箸”与“操捉刀”相对，平仄仄对平仄平；“香茗”与“醇醪”相对，平仄对平平。

⑨涓泉：涓涓泉水，形容水流小。宋人卫宗武《春山》云：“涓泉幽响生，鸣鸟繁声脆。”

⑩寸壤：体积极小的土壤，即寸土。此句前后相对，平平平仄仄对仄仄仄平平。

⑪煎雀舌：煎煮雀舌茶。雀舌，指用嫩芽焙制的上等好茶。

⑫饮羊羔：饮羊羔酒。羊羔酒，产于汾州，颜色白莹。元杂剧中有“渴饮羊羔酒，饥食鹿脯干”的记载。此句前后相对，仄仄仄平平仄仄对仄平平仄仄平平。

⑬“被谪(zhé)贾生”二句：用典与西汉贾谊有关。西汉贾谊年少时就有很高的才名，后被贬谪为长沙王太傅，内心积郁难消。一日，有只猫头鹰飞进了贾谊的屋内，他借此写了一篇《鹏鸟赋》，抒发自己内心的苦闷之情。鹏鸟，指猫头鹰一类的鸟，古时人们认为鹏鸟为不祥之鸟。

⑭“遭谗屈子”二句:写战国时期楚人屈原。屈原心怀美政之志,希望楚国可以富强。他曾官至高位,得到楚怀王的信任,后遭人谗言,两度被流放。被流放时,屈原内心极度痛苦,形貌憔悴,“披发行吟泽畔”。周赧王三十七年(前278),楚国的都城郢都为秦国所破,屈原亦投汨罗江而亡。著《离骚》:指屈原所写下的抒情长诗《离骚》。此两句前后相对,仄仄仄平,平仄平平平仄仄对平平仄仄,平平平仄仄平平。

〔译文〕

台与省相对应,署与曹相对应,分袂与同袍相对应。

弹琴与击剑相对应,驱车返回与乘船返航相对应。

张良借刘邦的筷子来分析局势,曹操拿着刀站立一旁假装侍卫,香气四溢的茶与滋味醇美的酒相对应。

涓涓细流可以汇聚成海,寸寸土壤可以积成高山。

石室内来了客人,要煎煮上好的茶招待;画堂中宾客刚至,要畅饮别有风味的羊羔酒。

贾谊被贬后,在湘水边凄凉地吟诵《鹏鸟赋》;屈原被诬陷后,颜色憔悴地在湘江边写下《离骚》。

五　歌

〔题解〕

“歌”部是平水韵三十韵中下平声第五韵部。“五歌”中，“五”为序号，“歌”为下平声十五韵中的代表字之一，亦表示与之同归于此韵部中的字。《笠翁对韵》中所举出这一韵部的字有多、柯、蓑、酡、歌、罗、何、梭、苛、娑、莎、戈、波、鹅、河、荷、萝、坡、窝、磨、囮、科、和、娥。

其一

微对巨，少对多，直干对平柯[1]。

蜂媒对蝶使[2]，雨笠对烟蓑[3]。

眉淡扫[4]，面微酡[5]，妙舞对清歌[6]。

轻衫裁夏葛[7]，薄袂剪春罗[8]。

将相兼行唐李靖[9]，霸王杂用汉萧何[10]。

月本阴精，岂有羿妻曾窃药[11]；星为夜宿，虚传织女漫投梭[12]。

〔注释〕

①直干:笔直的树干。平柯:横着的树枝。柯,树枝。明人孙绪《寒鸦万点图二绝》:“高树平柯满上林,夕阳未下昼阴阴。”此句中“微”与“巨”相对,平对仄;“少”与“多”相对,仄对平;“直干”与“平柯”相对,仄仄对平平。

②蜂媒、蝶使:指在男女之间传递信息、撮合二人的人。宋人朱淑真《恨春》:“蝶使蜂媒传客恨,莺梭柳线织春愁。”

③雨笠:用笠做的遮雨的帽子。烟蓑:挡雨用的蓑衣。此句中“蜂媒”与“蝶使”相对,平平对仄仄;“雨笠”与“烟蓑”相对,仄仄对平平。

④淡扫:轻轻描画。

⑤微酡(tuó):微微泛红。

⑥清歌:清亮的歌声。此句中“眉淡扫”与“面微酡”相对,平仄仄对仄平平;“妙舞”与“清歌”相对,仄仄对平平。

⑦夏葛:适合夏天穿的葛布做的衣裳。明人刘璟《月夜醉歌》:“冬裘复夏葛,自乐无妄逞。”

⑧袂(mèi):衣袖。春罗:春天穿的绫罗。明人何乔新有诗云:“天公应欲行勋赏,故剪春罗制绛袍。”此句前后相对,平平平仄仄对仄仄仄平平。

⑨将相兼行唐李靖:据《旧唐书》记载,王珪曾对唐太宗言李靖“才兼文武,出将入相”,并自愧不如。李靖是唐初著名的军事家,他精通兵法,唐太宗时曾任兵部尚书等职,后被封为卫国公。

⑩霸王杂用:指王道与霸道杂用。统治者治国时,用武力强硬的方法叫作“霸道”,用以德服人的方法叫作“王道”。萧何:秦末沛县人,追随刘邦起义,后为汉朝相国。此句前后相对,仄仄平平平仄仄对仄平仄仄仄

平平。

⑪窃药:指嫦娥偷了后羿的仙药。据传说,后羿向西王母求得长生不死之药,后被自己的妻子嫦娥偷服,飞上月宫,成了仙女。

⑫投梭:古代女子织布时需要来回投递织布梭,故此词指织布。宋人梅尧臣《依韵吴冲卿秋虫》:“织妇中夕起,投梭重徊徨。”此两句前后相对,仄仄平平,仄仄仄平平仄仄对平平仄仄,平平仄仄仄平平。

〔译文〕

微小与巨大相对应,少与多相对应,笔直的树干与横躺的树枝相对应。

蜂媒与蝶使相对应,雨笠与蓑衣相对应。

轻轻描画好的眉毛,微微泛红的脸庞,美妙的舞蹈与清亮的歌声相对应。

用夏葛裁好的轻便衣衫,由春罗剪出的薄薄轻衣。

唐人李靖能文能武,将相兼行;汉人萧何王霸杂用,国泰安宁。

月亮本为阴气精华,哪有后羿之妻偷服仙药成月神一事;织女当是夜空星宿,其投梭织布之说当为虚妄之谈。

其二

慈对善,虐对苛[1],缥缈对婆娑[2]。
长杨对细柳,嫩蕊对寒莎[3]。
追风马[4],挽日戈[5],玉液对金波[6]。

紫诏衔丹凤⑦，黄庭换白鹅⑧。

画阁江城梅作调⑨，兰舟野渡竹为歌⑩。

门外雪飞，错认空中飘柳絮⑪；岩边瀑响，误疑天半落银河⑫。

〔注释〕

①虐：暴虐。苛：过于严厉。

②缥缈：指事物在高远隐约间，看不清楚。宋人苏轼《卜算子》："谁见幽人独往来，缥缈孤鸿影。"婆娑（suō）：跳舞时身姿优美的样子。宋人辛弃疾《破阵子》："明日扶头颠倒，倩谁伴舞婆娑。"此句中"慈"与"善"相对，平对仄；"虐"与"苛"相对，仄对平；"缥缈"与"婆娑"相对，平仄对平平。

③寒莎（suō）：秋天的莎草。明人金大舆《幽居五首》："微云翻早雁，轻雨滴寒莎。"此句中"长杨"与"细柳"相对，平平对仄仄；"嫩蕊"与"寒莎"相对，仄仄对平平。

④追风马：可以追上风的马，指速度极快之马。

⑤挽日戈：据《淮南子·览冥训》记载，战国时，鲁阳公和韩国交战，正打到难解难分时，日薄西山，天快要黑了。于是鲁阳公向太阳挥戈，太阳"为之返三舍"。

⑥玉液：指美酒。金波：阳光照在水面上反射回来的光线。此句中"追风马"与"挽日戈"相对，平平仄对仄仄平；"玉液"与"金波"相对，仄仄对平平。

⑦紫诏衔丹凤：据《竹书纪年》记载，周文王曾梦到自己身上有异象，后来，有凤凰衔着诏书走在文王之都，诏书上写着："殷帝无道，虐乱天下，皇命已移，不得复久。"果然，周文王的儿子周武王灭了殷商，建立了周朝。

⑧黄庭换白鹅：此典故与晋人王羲之写经换鹅的故事有关。据《晋

书·王羲之传》记载,山阴有位道士,鹅养得十分好,王羲之前去观赏,特别喜欢道士养的鹅。他提出要出钱买鹅,道士不肯,并说:“你为我写一部《黄庭经》,我就把整笼的鹅送给你。”王羲之欣然答应。最后,王羲之用一部《黄庭经》换得一笼好鹅,开心地回去了。此句前后相对,仄仄平平仄对平平仄仄平。

⑨画阁:画有精美纹饰的阁楼。梅:指汉乐府横吹曲名《梅花落》。

⑩野渡:荒野之处的渡口。唐人韦应物《滁州西涧》:“春潮带雨晚来急,野渡无人舟自横。”竹为歌:指用来歌咏民俗风土人情的《竹枝词》。此句前后相对,仄仄平平平仄仄对平平仄仄仄平平。

⑪“门外雪飞”二句:柳絮,指柳树种子上白色绒状物,春天时漫天飞舞,也叫柳花。据《世说新语》记载,晋人谢奕的女儿谢道韫曾回答叔叔谢安问“白雪纷纷何所似”时云:“未若柳絮因风起。”得到了谢安的称赞。

⑫“岩边瀑响”二句:唐人李白《望庐山瀑布》:“飞流直下三千尺,疑是银河落九天。”此两句前后相对,平仄仄平,仄仄平平平仄仄对平平仄仄,仄平平仄仄平平。

〔译文〕

心慈与人善相对应,暴虐与严苛相对应,缥缈与婆娑相对应。

长杨宫和细柳营相对应,娇嫩的花蕊和秋天的莎草相对应。

迅疾的骏马,挽日的宝弓,玉液与金波相对应。

丹凤口中衔着皇帝的诏书,王羲之用《黄庭经》换回了一笼白鹅。

阁楼坐落在江城之中,上面传来《梅花落》的音调;小舟停泊在野外渡口,《竹枝词》的歌声从里面飘出。

门庭外雪花飘飘，谢道韫将其视为柳絮在空中飞扬；岩崖边瀑布声响，李太白将其比拟为银河水坠落人间。

其三

松对竹，荇对荷，薜荔对藤萝①。
雕云对镂月②，樵唱对渔歌③。
升鼎雉④，听经鹅⑤，北海对东坡⑥。
吴郎哀《废宅》⑦，邵子乐行窝⑧。
丽水良金皆待冶⑨，昆山美玉总须磨⑩。
雨过皇州，琉璃色灿华清瓦⑪；风来帝苑，荷芰香飘太液波⑫。

〔注释〕

①薜(bì)荔(lì)：常绿灌木，花极小，茎、叶入药，又称“木莲”。宋人欧阳修《踏莎行》：“薜荔依墙，莓苔满地，青楼几处歌声丽。”此句中“松”与“竹”相对，平对仄；“荇”与“荷”相对，仄对平；“薜荔”与“藤萝”相对，仄仄对平平。

②雕云：仿佛雕饰过的云朵，亦指彩色的云。宋人李洪《仲躬示侍郎丈箫字韵咏雪次韵》：“溪汀渺渺跃凫翁，织浪雕云讶许同。”镂月：好似镂刻过的月亮。唐人李义府杂曲歌辞《堂堂》云：“镂月成歌扇，裁云作舞衣。”

③樵唱：樵夫所唱之歌。唐人孟浩然《涧南园即事贻皎上人》云：“钓竿垂北涧，樵唱入南轩。”此句中“雕云”与“镂月”相对，平平对仄仄；“樵

唱”与“渔歌”相对,平仄对平平。

④升鼎雉:飞上鼎的野鸡。据《尚书·高宗肜日》记载,武丁祭祀成汤之日,有一只野鸡跳到祭祀用的鼎上鸣叫,祖己因而告诫武丁要“惟先格王,正厥事”。

⑤听经鹅:听经书的鹅。此类事出现于佛教记载中,《两京记》记载,净因寺的慧远法师曾养有一鹅,鹅“每闻讲经则入堂伏听,泛说他事则鸣翔而出”。

⑥北海:古代文献中常出现的北方大海,也泛指北方最远的地方。东坡:东边的坡地。湖北黄冈有此地名,苏轼尝耕种于此。此句中“升鼎雉”与“听经鹅”相对,平仄仄对平平平;“北海”与“东坡”相对,仄仄对平平。

⑦吴郎:指唐代人吴融,字子华。废宅:指吴融创作的《废宅》一诗,诗云:“风飘碧瓦雨摧垣,却有邻人与锁门。几树好花闲白昼,满庭荒草易黄昏。放鱼池涸蛙争聚,栖燕梁空雀自喧。不独凄凉眼前事,咸阳一火便成原。”

⑧邵子:指宋代经学家邵雍,字尧夫,号安乐先生。乐行窝:邵雍居住在洛阳的时候,自己耕种田地,并将自己的住所称为“安乐窝”,自号为“安乐先生”。邵雍乘车出游之时,士大夫争相迎接他去自己家中做客。此外,邵雍的仰慕者仿照他的屋子盖房,以等候邵雍的到来,并把这一活动称之为“行窝”。此句前后相对,平平平仄仄对仄仄仄平平。

⑨丽水良金:指丽水所出的金沙。丽水,今云南金沙江。冶:冶炼,指从金沙中提炼出金子。

⑩昆山美玉:昆仑山所产的美玉。磨:打磨。此句前后相对,仄仄平平平仄仄对平平仄仄仄平平。

⑪华清瓦:华清宫的瓦。华清,指唐代行宫临潼华清池,在今西安临潼区。宋人杜常《题华清宫》云:“行尽江南数十程,晓星残月入华清。”

⑫荷芰(jì):指荷花与菱。清人王士祯《即事》:“十里田田荷芰风,渔舠如叶出花中。”太液:太液池,古池名,汉代和唐代皆有太液池。唐人白居易《长恨歌》:“归来池苑皆依旧,太液芙蓉未央柳。”此两句前后相对,仄仄平平,平平仄仄平平仄对平平仄仄,平仄平平仄仄平。

〔译文〕

松与竹相对应,荇与荷相对应,薜荔与藤萝相对应。

雕云与镂月相对应,樵夫唱歌与渔人放歌相对应。

飞上鼎的野鸡,听讲经的鹅,北方的大海与东面的山坡相对应。

吴融作《废宅》诗寄托哀思,邵雍有“行窝之游”,乐在其中。

丽水所产的金沙也需要冶炼,昆仑山所产的美玉要经过打磨。

雨水洗刷后的皇城,琉璃色的瓦片在华清宫上光彩耀眼;清风吹过皇家庭苑,荷花的香气飘荡在太液池的上空。

其四

笼对槛[①],饵对囮[②],及第对登科[③]。
冰清对玉润,地利对人和[④]。
韩擒虎[⑤],荣驾鹅[⑥],青女对素娥[⑦]。
破头朱泚笏[⑧],折齿谢鲲梭[⑨]。
留客酒杯应恨少,动人诗句不须多[⑩]。
绿野凝烟[⑪],但听村前双牧笛;沧江积雪,惟看滩上一渔蓑[12]。

〔注释〕

①槛(jiàn):栏杆,圈着猛兽的栅栏。

②饵:捕鱼所用的鱼食。囮(é):引诱物,指一种作为诱饵的引诱鸟。

③及第:指科举中选。第,次第。登科:亦称登第,指科举考试后被录取。此句中“笼”与“槛”相对,平对仄;“饵”与“囮”相对,仄对平;“及第”与“登科”相对,仄仄对平平。

④冰清、玉润:指人品德高洁。据《晋书》记载,卫玠和他的岳父乐广,被时人称为“玉润”“冰清”。此句中“冰清”与“玉润”相对,平平对仄仄;“地利”与“人和”相对,仄仄对平平。

⑤韩擒虎:字子通,河南东垣(今河南新安)人,隋代名将。韩擒虎容貌伟岸,为人慷慨,有胆略,喜好读书,经史百家均有所涉猎。

⑥荣驾鹅:春秋时期鲁国大臣。据《左传·定公元年》记载,他曾劝谏过季孙不要将鲁昭公的灵柩和其祖坟隔开,认为“后必或耻之”。

⑦青女:传说中的霜雪女神。素娥:即嫦娥,传说中月宫的女神。唐人李商隐《霜月》:“青女素娥俱耐冷,月中霜里斗婵娟。”其《十一月中旬至扶风界见梅花》亦云:“素娥惟与月,青女不饶霜。”清人钱谦益《和盛集陶落叶》云:“倚月素娥徒有树,履霜青女正无衣。”此句中“韩擒虎”与“荣驾鹅”相对,平平仄对平仄平;“青女”与“素娥”相对,平仄对仄平。

⑧破头朱泚(cǐ)笏(hù):打破朱泚额头的笏。此处讲的是唐代名将段秀实的故事。唐德宗时期,京城内发生兵变,德宗出逃,朱泚占领了长安城,并想让段秀实帮助他。段秀实表面听从朱泚的话,暗地里与大将刘海滨等人密谋杀掉朱泚,迎回德宗。一日,朱泚召集段秀实等商议事情,段秀实听到朱泚说到僭位之言时,忍不住拿起手中的笏击打朱泚的头,并

骂道:“狂贼,吾恨不得斩汝万段,我岂助汝反耶!”朱泚猝不及防,被打到“流血匍匐而走”。随后朱泚的帮凶一拥而上,杀死了段秀实。

⑨折齿谢鲲梭:打掉谢鲲牙齿的梭。此处讲的是晋人谢鲲的故事。据《晋书》记载,谢鲲觊觎邻家高氏女的美色,曾用言语调戏她,结果被高氏女扔过来的织布梭打断了两颗牙齿。此句前后相对,仄平平仄仄对仄仄仄平平。

⑩此句前后相对,平仄仄平平仄仄对仄平平仄仄平平。

⑪绿野凝烟:绿色的田野上覆盖着凝结如云烟般的水汽。

⑫渔蓑:渔翁身上披着的蓑衣。宋人陆游《留题云门草堂》云:“他年游宦应无此,早买渔蓑未老归。”此两句前后相对,仄仄平平,仄仄平平平仄仄对平平仄仄,平平平仄仄平平。

〔译文〕

笼子与栅栏相对应,钓鱼的饵与捕鸟的罔相对应,及第与登科相对应。

如冰般清洁与如玉般温润相对应,地形有利与人心归一相对应。

韩擒虎,荣驾鹅,冰霜神女和月宫女神相对应。

打破朱泚额头的笏,打断谢鲲牙齿的梭。

劝客人留下的美酒只恨太少,能打动人心的诗句不需过多。

绿色田野上水雾缭绕,却听得村前两个牧童吹笛而过;苍茫江面上白雪茫茫,只看到江滩上独坐着一位蓑衣渔翁。

六　麻

〔题解〕

“麻”部是平水韵三十韵中下平声第六韵部。“六麻”中，“六”为序号，“麻”为下平声十五韵中的代表字之一，亦表示与之同归于此韵部中的字。《笠翁对韵》中所举出这一韵部的字有嘉、夸、牙、槎、华、砂、笳、家、霞、衙、茶、花、葭、涯、斜、嗟、蛇、沙、纱、鸦、麻、叉、哗、瓜。

其一

清对浊，美对嘉，鄙吝对矜夸①。

花须对柳眼②，屋角对檐牙③。

志和宅④，博望槎⑤，秋实对春华⑥。

乾炉烹白雪⑦，坤鼎炼丹砂⑧。

深宵望冷沙场月⑨，绝塞听残野戍笳⑩。

满院松风，鱼声隐隐为僧舍⑪；半窗花月，鹤影依依是道家⑫。

〔注释〕

①鄙吝：小气，也形容人心胸狭窄。矜夸：骄傲地自夸。此句中“清”与“浊”相对，平对仄；“美”与“嘉”相对，仄对平；“鄙吝”与“矜夸”相对，仄仄对平平。

②花须：指花蕊。柳眼：人刚睡醒的眼睛像是初春的柳叶，称为“柳眼”。唐人李商隐《二月二日》云：“花须柳眼各无赖，紫蝶黄蜂俱有情。”

③檐牙：房檐翘起伸出来的部分。宋人张耒《夏日三首》云：“长夏江村（也作‘村墟’）风日清，檐牙燕雀已生成。”此句中“花须”与“柳眼”相对，平平对仄仄；“屋角”与“檐牙”相对，仄仄对平平。

④志和宅：张志和的宅子。据史料记载，张志和曾为待诏翰林，后遭到贬黜，正好碰上大赦，终得还家。后来他不再出仕，而是浪迹江湖，“以太虚为庐，明月为伴”，并且“自称烟波钓徒”。由此可见，“志和宅”有隐逸天地间、以天地为宅的意味。

⑤博望槎（chá）：据《博物志》记载，汉武帝曾命令张骞去探究黄河的源头，故张骞“乘槎经月而去”。博望，张骞曾被汉武帝封为博望侯。

⑥秋实：秋日的果实。宋人喻良能《自入新安境中鸭脚千树罗生道傍秋实离离低拂》：“离离秋实压枝柔，带露含烟烂不收。”春华：春天盛开的花朵。唐人杜甫《春归》：“别来频甲子，倏忽又春华。”此句中“志和宅”与“博望槎”相对，仄平仄对仄仄平；“秋实”与“春华”相对，平仄对平平。

⑦乾炉：道家炼仙丹的炼丹炉。烹白雪：指炼丹炉中所炼着的白色丹药。

⑧坤鼎：亦指炼丹炉。炼丹砂：炼丹炉中炼制着红色丹药。此句前后相对，平平平仄仄对平仄仄平平。

⑨深宵：深夜。沙场月：战场中的月亮。

⑩绝塞：即指边塞。野戍(shù)：指在野外驻扎防守的地方。笳(jiā)：胡笳，北方民族所使用的一种管乐器，形似笛子。此句前后相对，平平仄仄平平仄对仄仄平平仄仄平。

⑪鱼声：敲木鱼的声音。

⑫鹤影：仙鹤的影子。此两句前后相对，仄仄平平，平平仄仄平平仄对仄平平仄，仄仄平平仄仄平。

〔译文〕

清澈与混浊相对应，美好与善美相对应，心胸狭窄和骄傲自夸相对应。

花蕊和柳眼相对应，房屋边角和房檐翘牙相对应。

张志和的宅子，博望侯的木槎，秋天的果实与春天的花朵相对应。

乾炉里炼着白色丹药，坤鼎里炼着红色仙丹。

在深夜中的战场上望着月光慢慢变冷，在边塞上的野外军营里听着胡笳声慢慢消散。

清风吹过满院松树，僧房中传来若有若无的木鱼声；月光照亮半窗花影，道观内鹤影依依，隐约可见。

其二

雷对电，雾对霞，蚁阙对蜂衙[①]。

寄梅对怀橘[②]，酿酒对烹茶[③]。

宜男草[④]，益母花[⑤]，杨柳对蒹葭[⑥]。

班姬辞帝辇[7]，蔡琰泣《胡笳》[8]。

舞榭歌楼千万户[9]，竹篱茅舍两三家[10]。

珊枕半床[11]，月明时梦飞塞外[12]；银筝一奏，花落处人在天涯[13]。

〔注释〕

①蚁阙：蚂蚁住的宫阙，指蚁巢。蜂衙：指蜂巢。此句中“雷”与“电”相对，平对仄；“雾”与“霞”相对，仄对平；“蚁阙”与“蜂衙”相对，仄仄对平平。

②寄梅：寄赠梅花。据史料记载，南朝宋人陆凯和范晔是好朋友，后来陆凯在江南，范晔在长安，陆凯便给范晔寄赠一枝梅花，表达自己对好友的真挚感情。同时，陆凯还写有一诗，诗云：“折花逢驿使，寄与陇头人。江南无所有，聊赠一枝春。”怀橘：据史料记载，三国吴人陆绩六岁时曾见到袁术，袁术给陆绩橘子吃，他却偷偷藏了三个橘子在怀中。临行前，陆绩向袁术拜辞，一不小心将怀中橘子掉了出来。袁术看到后就问他为什么这么做，陆绩跪着回答道：“欲归遗母。”是想要带回家给母亲吃。袁术对年幼的陆绩如此孝顺十分惊奇。

③此句中“寄梅”与“怀橘”相对，仄平对平仄；“酿酒”与“烹茶”相对，仄仄对平平。

④宜男草：即萱草，古人认为孕妇身上佩戴萱草可以帮助生出男孩子。

⑤益母花：益母草的花。益母，草药名。

⑥蒹(jiān)葭(jiā)：指芦苇。唐人许浑《咸阳城东楼》：“一上高城万里愁，蒹葭杨柳似汀洲。”此句中“宜男草”与“益母花”相对，平平仄对仄仄平；“杨柳”与“蒹葭”相对，平仄对平平。

⑦班姬辞帝辇(niǎn):据《汉书》记载,班婕妤曾拒绝汉成帝邀请她同乘一车的要求,并告诉汉成帝说:“我看古代的画作,贤明圣君身旁站的都是名臣,只有夏、商、周三代末年的亡国之君身旁才站着嬖女。今天您邀请我和您同车,岂不是和那三代末年的君王很相似了吗?”汉成帝认为她说得很对,就停止了这一行为。

⑧蔡琰泣《胡笳(jiā)》:据《后汉书》记载,汉末才女蔡文姬曾被匈奴人掠去,嫁给了南匈奴左贤王,为其生两子,并在匈奴生活了十二年。后来,曹操用金子和玉璧将她赎回,又将其嫁给了董祀。蔡文姬曾作《胡笳十八拍》,写尽她的悲惨遭遇,读之令人涕下。此句前后相对,平平平仄仄对仄仄仄平平。

⑨舞榭歌楼:指人们唱歌跳舞的娱乐场所。榭,建在台子上的房屋。

⑩竹篱茅舍:竹篱笆围绕起来的茅草小屋,指乡村内简陋的小屋。元人白朴《天净沙·冬》云:“竹篱茅舍,淡烟衰草孤村。”此句前后相对,仄仄平平平仄仄对仄平平仄仄平平。

⑪珊枕:用珊瑚做成的枕头。明人高濂词云:“一枝偏倚,珊枕玉温香腻。”

⑫塞外:边塞之外。唐人王勃《采莲曲》云:“塞外征夫犹未还,江南采莲今已暮。”唐人王翰《凉州词》云:“秦中花鸟已应阑,塞外风沙犹自寒。”

⑬此两句前后相对,平仄仄平,仄平平仄平仄仄对平平仄仄,平仄仄平仄平平。

〔译文〕

雷与电相对应,雾与霞相对应,蚁窝与蜂巢相对应。

寄梅赠友和怀橘遗母相对应,酿造美酒和烹煮好茶相对应。

宜男草,益母花,杨柳与芦苇相对应。

班婕妤婉拒汉成帝的同车之邀，蔡文姬在《胡笳十八拍》中悲声哭泣。

舞台歌楼有千万户之多，篱笆小屋却只有两三家。

枕着半床的珊瑚枕，睡着的人在明朗月光中梦飞塞外；听到银筝奏起乐声，于花朵凋落处思念的情人远在天涯。

其三

圆对缺，正对斜，笑语对咨嗟①。

沈腰对潘鬓②，孟笋对卢茶③。

百舌鸟④，两头蛇⑤，帝里对仙家⑥。

尧仁敷率土⑦，舜德被流沙⑧。

桥上授书曾纳履⑨，壁间题句已笼纱⑩。

远塞迢迢，露碛风沙何可极⑪；长沙渺渺，雪涛烟浪信无涯⑫。

〔注释〕

①咨嗟（jiē）：叹息。宋人苏轼《望江南》云："寒食后，酒醒却咨嗟。"唐人杜甫《负薪行》云："更遭丧乱嫁不售，一生抱恨长咨嗟。"此句中"圆"与"缺"相对，平对仄；"正"与"斜"相对，仄对平；"笑语"与"咨嗟"相对，仄仄对平平。

②沈腰：沈约的纤细之腰。沈约为南朝梁文学家，他曾表示自己身体不好，腰围日减，"外观傍览，尚似全人，而形骸力用，不相综摄"，故"冒欲表闻，乞归老之秩"，想要告老还乡。潘鬓：潘岳花白的鬓发。西晋文学家

潘岳在其《秋兴赋》中言自己三十二岁时即“始见二毛”“素发垂领”。南唐后主李煜《破阵子》云:“一旦归为臣虏,沈腰潘鬓销磨。”

③孟笋:孟宗孝顺母亲的笋。三国吴人孟宗是有名的孝子,他每次得到好吃的食物,从不自己先吃,一定要留给母亲享用。据传,他的母亲喜欢吃竹笋,有次他母亲想吃时,正好赶上冬天,竹笋未出,于是孟宗在竹林中伤痛悲哀,竟然感化了上天,让竹笋在冬日生长了出来。卢茶:卢仝的茶。唐人卢仝嗜茶,据传每次喝茶定要喝七碗。其诗《走笔谢孟谏议寄新茶》中有“七碗吃不得也,唯觉两腋习习清风生”一句,写出饮好茶后的感受。此句中“沈腰”与“潘鬓”相对,仄平对平仄;“孟笋”与“卢茶”相对,仄仄对平平。

④百舌鸟:鸟名,又名乌鸫(dōng),叫声圆滑好听。

⑤两头蛇:蛇名,因尾巴圆润如头,故被称为“两头蛇”。据传,楚令尹孙叔敖幼时出去玩,遇见了两头蛇,因恐他人再遇此蛇,故杀而埋之。

⑥帝里:帝都。仙家:仙界。此句中“百舌鸟”与“两头蛇”相对,仄仄仄对仄平平;“帝里”与“仙家”相对,仄仄对平平。

⑦敷率土:遍及所有的地方。

⑧被流沙:(德泽)到达了极西的流沙之地。此句前后相对,平平平仄仄对仄仄仄平平。

⑨桥上授书曾纳履:此处涉及张良的典故。《史记》中记载有“黄石公授书”一事。书中记载,张良曾在桥上遇到一位老人,老人将自己的鞋扔到桥下,并让张良去捡,张良照做。老人又让张良将鞋给自己穿上,张良一一照做。老人哈哈大笑,说道:“孺子可教,五天后你我在这儿见面,我有东西要送给你。”随后又经历数次考验后,老人传给张良《太公兵法》,并告诉他:“读此则为王者师矣。”后来,张良果然成为刘邦建立汉朝的股肱之臣。

⑩壁间题句已笼纱：此处涉及唐人王播的典故。王播年少时家中贫困，常不能饱腹。因此，他曾寄食在扬州惠昭寺木兰院，随着僧人一起吃饭。但这些僧人不喜欢王播，常常在他吃饭前就将饭食吃得干净。后来王播做了大官，再去惠昭寺时，发现自己之前题在寺院墙壁上的诗已经被人恭恭敬敬地用碧纱笼罩起来，他感慨万分，写下了“二十年来尘扑面，如今始得碧纱笼”一句。此句前后相对，平仄仄平平仄仄对仄平平仄仄平平。

⑪碛（qì）：原指水中沙堆，此处指沙漠。

⑫雪涛烟浪：如雪的波涛，如烟的水浪。信：确实。此两句前后相对，仄仄平平，仄仄平平平仄仄对平平仄仄，仄平平仄仄平平。

〔译文〕

圆与缺相对应，正与斜相对应，欢声笑语和长吁短叹相对应。

沈约纤细的腰与潘岳花白的头发相对应，孟宗孝顺母亲的竹笋与卢仝喜爱的茶相对应。

百舌鸟，两头蛇，帝都与仙界相对应。

帝尧的仁爱遍及天下各处，帝舜的德泽延及极西之地。

张良为黄石公穿鞋，黄石公授奇书于张良；王播在寺院题诗，显赫后诗句也被人用碧纱珍罩。

边塞之路千里迢迢，戈壁滩的砂石什么时候是尽头；水面之上烟雾笼罩，浪涛如雪如烟，实在是无涯无际。

其四

疏对密，朴对华，义鹘对慈鸦[①]。

鹅群对雁阵[2]，白苎对黄麻[3]。

读三到[4]，吟八叉[5]，肃静对喧哗[6]。

围棋兼把钓[7]，沉李并浮瓜[8]。

羽客片时能煮石[9]，狐禅千劫似蒸沙[10]。

党尉粗豪[11]，金帐笼香斟美酒[12]；陶生清逸[13]，银铛融雪啜团茶[14]。

〔注释〕

①义鹘(hú)：讲义气的鹘鸟。唐人杜甫有《义鹘》诗，记载了一只鹘行侠仗义之事，并认为"物情有报复，快意贵目前""人生许与分，只在顾盼间"。杜甫想要"聊为义鹘行，用激壮士肝"，故作此诗来激励众人。慈鸦：古人认为乌鸦有慈爱之心，在老乌鸦年迈无法进食时，它的子女就会反哺老乌鸦，故称之为"慈鸦"。此句中"疏"与"密"相对，平对仄；"朴"与"华"相对，仄对平；"义鹘"与"慈鸦"相对，仄仄对平平。

②雁阵：大雁飞行中排列的雁阵。清人曹雪芹《残菊》云："半床落月蛩声病，万里寒云雁阵迟。"

③白苎(zhù)：白色的苎麻。黄麻：大麻，一种草本植物，花黄色，茎部皮韧，可制麻袋、绳索等。此句中"鹅群"与"雁阵"相对，平平对仄仄；"白苎"与"黄麻"相对，仄仄对平平。

④三到：宋人朱熹制定的读书法则，即心到、眼到、口到。

⑤八叉：唐代诗人温庭筠极有诗才，相传其作诗时一韵一叉手，双手相叉八次，即可得好诗一首，故又被人称为"温八叉"。

⑥肃静：严肃安静。喧哗：声音吵闹。此句中"读三到"与"吟八叉"相对，仄平仄对平仄平；"肃静"与"喧哗"相对，仄仄对平平。

⑦把钓：用手抓着钓鱼竿，指钓鱼。

⑧沉李、浮瓜：古人消暑，将李子和瓜都放在冰水中，李子下沉，瓜上浮，故云“沉李浮瓜”。此句前后相对，平平平仄仄对平仄仄平平。

⑨羽客：指神仙。煮石：道教传说中，神仙以煮熟的白石作为饭。晋人葛洪《神仙传》中记载，有一个两千余岁的人，“常煮白石以为粮”，所以当时的人称他为“白石生”。唐人韦应物《寄全椒山中道士》：“涧底束荆薪，归来煮白石。”

⑩狐禅千劫似蒸沙：狐禅者，即便是经历过千万次劫难，也如同希望把沙子蒸成熟饭，毫无意义。狐禅：禅门中指妄称自己开悟的、走入歪门邪道的人，后泛指外教异端。千劫：经历上千次劫难。蒸沙：把沙子蒸成饭，比喻做完全不可能之事。此句前后相对，仄仄仄平平仄仄对平平平仄仄平平。

⑪党尉：宋人党进，曾担任忠武军节度使。

⑫金帐笼：金色帐子搭成的屋子。

⑬陶生：宋人陶谷，曾担任北宋礼部、刑部尚书。

⑭银铛：银制的温茶器。团茶：用圆形器具制作的、模样类似圆饼的茶。此两句前后相对，仄仄平平，平仄平平平仄仄对平平平仄，平平平仄仄平平。

〔译文〕

稀疏与茂密相对应，朴实与华美相对应，讲义气的鹘与有慈爱的鸦相对应。

鹅群与雁阵相对应，白苎与黄麻相对应。

读书要讲求“三到”法则，吟诗“八叉”即成是为才子，肃静与喧哗相对应。

娱乐时,一边下围棋一边垂钓;冰镇果物时,李子下沉瓜浮上。

神仙在片刻之间就能把白石煮成饭,邪人历经千万劫难也如蒸沙成饭,得道只可为妄念。

党进粗犷豪迈,在销金帐中酣饮美酒;陶谷清雅闲逸,用银铛融化雪水,烹煮好茶。

七　阳

〔题解〕

“阳”部是平水韵三十韵中下平声第七韵部。“七阳”中，“七”为序号，“阳”为下平声十五韵中的代表字之一，亦表示与之同归于此韵部中的字。《笠翁对韵》中所举出这一韵部的字有塘、阳、娘、肠、浆、香、床、常、黄、长、樯、乡、凰、觞、廊、强、妆、杨、羊、光、粱、墙、王、霜、堂、房、梁、凉。

其一

台对阁[1]，沼对塘[2]，朝雨对夕阳[3]。

游人对隐士，谢女对秋娘[4]。

三寸舌[5]，九回肠[6]，玉液对琼浆[7]。

秦皇照胆镜[8]，徐肇返魂香[9]。

青萍夜啸芙蓉匣[10]，黄卷时摊薜荔床[11]。

元亨利贞[12]，天地一机成化育[13]；仁义礼智[14]，圣贤千古立纲常[15]。

〔注释〕

①台:既高且平的建筑物。阁:一种高层建筑物,可供人远眺、游戏、藏书等用。

②沼:天然的水池。塘:水塘。

③朝雨:清晨的雨。唐人王维《送元二使安西》:"渭城朝雨浥轻尘,客舍青青柳色新。"此句中"台"与"阁"相对,平对仄;"沼"与"塘"相对,仄对平;"朝雨"与"夕阳"相对,平仄对仄平。

④谢女:指东晋人谢道韫,她曾以"未若柳絮因风起"妙答其叔谢安。秋娘:指唐人杜秋娘,曾作《金缕衣》诗。此句中"游人"与"隐士"相对,平平对仄仄;"谢女"与"秋娘"相对,仄仄对平平。

⑤三寸舌:三寸不烂之舌,比喻人能说会道。《史记》中曾记载战国时期赵国平原君称赞毛遂道:"毛先生以三寸之舌,强于百万之师。"元人胡奎《张良》云:"一掉三寸舌,名高万户侯。"

⑥九回肠:比喻内心积郁极深,无法消解。汉人司马迁在《报任安书》中曾云:"是以肠一日而九回。"宋人周弼《孙伯符墓下》:"梧叶萧萧墓草长,梦魂曾断九回肠。"

⑦玉液、琼浆:皆指美酒。此句中"三寸舌"与"九回肠"相对,平仄仄对仄平平;"玉液"与"琼浆"相对,仄仄对平平。

⑧秦皇照胆镜:此句涉及秦始皇"照胆镜"的典故。据《西京杂记》记载,刘邦在咸阳宫内发现一面宽四尺、高五尺九寸的镜子,人在这面镜子前,照出的镜像是倒着的。照的时候用手遮住心,能清晰地看到五脏六腑;如果有病的时候,捂住心照镜子,就能找到病灶。如果女子有邪心,一照镜子则"胆张心动"。所以秦始皇经常用这个镜子来测试宫中之人,有邪念的就杀掉。

⑨徐肇返魂香:此句涉及与徐肇有关的典故。据记载,徐肇曾遇到一个叫苏德哥的人,此人自称会做“返魂香”,可以引导生者见到亡者的魂灵。但他也说,如果人已经逝去八十年以上,则无能为力。此句前后相对,平平仄仄仄对平仄仄平平。

⑩青萍:古宝剑名。唐人李白曾有诗云:“吾家青萍剑,操割有余闲。”夜啸芙蓉匣:夜晚在雕饰有芙蓉的剑匣中发出吟啸之声。

⑪黄卷:书,古代多指佛、道两家的书籍。宋人曾巩《凝香斋》:“沉心细细临黄卷,疑在香炉最上头。”薜荔床:草木制成的床。此句前后相对,平平仄仄平平仄对平仄平平仄仄平。

⑫元亨利贞:《周易·乾》卦中的卦辞。元,善之长。亨,嘉之会。利,义之和。贞,事之干。天地间有此四者,方可维护世间秩序、化生万物。

⑬化育:化生养育万物。宋人有诗云:“化育黎民臻大道,安宁家国享长年。”

⑭仁义礼智:仁爱,正义,有礼,智慧,这四者是儒家对人品德和行为的要求。

⑮立纲常:确立了人与人之间社会关系的规则。纲常,三纲五常。此两句前后相对,平平仄平,平仄仄平平仄仄对平仄仄仄,仄平平仄仄平平。

〔译文〕

高台与阁楼相对应,池沼与水塘相对应,清晨的雨与傍晚的落日相对应。

游人与隐士相对应,谢道韫与杜秋娘相对应。

三寸不烂之舌,九转回肠之愁,玉液与琼浆相对应。

秦始皇的照胆镜,徐肇的返魂香。

藏于芙蓉匣中的青萍宝剑在深夜低啸,散放在薜荔床上的古旧书卷不时被摊开。

元亨利贞，天地由此化生出世间万物；仁义礼智，圣人立下了千古不易的人伦纲常。

其二

红对白，绿对黄，昼永对更长[①]。

龙飞对鲤跃[②]，锦缆对牙樯[③]。

云弁使[④]，雪衣娘[⑤]，故国对他乡[⑥]。

雄文能徙鳄[⑦]，艳曲为求凰[⑧]。

九日高峰惊落帽[⑨]，暮春曲水喜流觞[⑩]。

僧占名山，云绕双林藏古殿[⑪]；客栖胜地[⑫]，风飘万叶响空廊[⑬]。

〔注释〕

①昼永：白昼漫长。更长：即夜长。古时一更约为今两个小时，一晚五更。此句中“红”与“白”相对，平对仄；“绿”与“黄”相对，仄对平；“昼永”与“更长”相对，仄仄对平平。

②鲤跃：鲤鱼跃起，有“鱼跃龙门”之意，比喻事业成功或地位高升。

③锦缆：锦制成的缆绳。唐人孟浩然《鹦鹉洲送王九之江左》：“舟人牵锦缆，浣女结罗裳。”牙樯（qiáng）：用象牙装饰的桅杆，有时借指小舟。唐人杜甫《秋兴八首》云：“珠帘绣柱围黄鹄，锦缆牙樯起白鸥。”此句中“龙飞”与“鲤跃”相对，平平对仄仄；“锦缆”与“牙樯”相对，仄仄对平平。

④云弁（biàn）使：即蜻蜓。

⑤雪衣娘:即白鹦鹉。明人吴孺子《范司马东先生怜仆羁孤客旅邀仆观白鹦鹉复饮》:“尊浮桑落酒,鸟出雪衣娘。”

⑥此句中“云弁使”与“雪衣娘”相对,平仄仄对仄平平;“故国”与“他乡”相对,仄仄对平平。

⑦雄文能徙鳄:此处所言为唐人韩愈的典故。据《新唐书》记载,韩愈刚任职潮州刺史时,见当地鳄鱼肆虐成患,便写了一篇《祭鳄鱼文》来驱赶鳄鱼,令其在三日内“率丑类南徙于海”,不然他就要“选材技民,操强弓毒矢”,将不肯迁徙的鳄鱼“尽杀乃至”。当晚,天起异象,电闪雷鸣。几日后,鳄鱼尽数迁徙离开。

⑧艳曲为求凰:此处所言为西汉司马相如和卓文君的典故。司马相如倾心于卓王孙的女儿卓文君,在一次宴会时,他弹奏了一首《凤求凰》,卓文君便在一旁偷听。卓文君本就对司马相如有好感,一曲终了,司马相如果然赢得美人芳心。后来卓文君和司马相如连夜私奔。此句前后相对,平平平仄仄对仄仄仄平平。

⑨九日高峰惊落帽:此处所言为晋人孟嘉的典故。孟嘉是桓温的参军,九月九日,桓温带着众人去游燕龙山。一阵风吹过,将孟嘉的帽子吹落,桓温示意旁人不要告诉孟嘉。少顷,孟嘉去厕所,桓温让人去把帽子还给孟嘉,并让孙盛作文嘲笑孟嘉,将文章放在孟嘉凳子上。孟嘉回来后看到短文,挥笔即成一篇文章应对之,文采飞扬,词句华美,四座皆惊叹。

⑩暮春曲水喜流觞:此处所言与东晋王羲之“兰亭雅集”有关。晋永和九年的三月三日,王羲之召集文人雅士在会稽山阴之兰亭,曲水流觞,畅叙幽情,袚除不祥。流觞,古人将酒斟好后,浮在水流上游,任其顺流而下,众人取而饮之。宋人陈岩《流觞濑》:“天荒地老人间世,醉把流觞一笑春。”此句前后相对,仄仄平平平仄仄对仄平仄仄仄平平。

⑪双林:指茂密的树林。

⑫胜地:有名的风景优美之地。

⑬空廊:空旷的长廊。此两句前后相对,平仄平平,平仄平平平仄仄对仄平仄仄,平平仄仄仄平平。

〔译文〕

红与白相对应,绿与黄相对应,悠长白昼与漫漫黑夜相对应。

龙飞与鲤跃相对应,锦制缆绳和象牙桅杆相对应。

云弁使,雪衣娘,故国与他乡相对应。

韩愈的《祭鳄鱼文》可以吓退鳄鱼,司马相如弹奏《凤求凰》只为吸引卓文君。

九月九日重阳节,众人在山峰上惊讶于孟嘉的落帽之文;三月三日上巳节,文人雅士在暮春时分的曲水旁流觞赋诗。

高僧住在名山之上,云雾环绕的密林中藏着古老的寺庙;游客栖息在风景优美处,秋风卷起树叶,簌簌声响彻空廊。

其三

衰对壮,弱对强,艳饰对新妆①。
御龙对司马②,破竹对穿杨③。
读班马④,识求羊⑤,山色对江光⑥。
仙棋藏绿橘⑦,客枕梦黄粱⑧。
池草入诗因有梦⑨,海棠带恨为无香⑩。
风起画堂,帘箔影翻青荇沼⑪;月斜金井⑫,辘轳声度碧梧墙⑬。

〔注释〕

①艳饰:浓妆艳抹。新妆:女子刚化好妆,或指女子新颖别致的打扮。唐人刘禹锡《和乐天春词》:"新妆宜面下朱楼,深锁春光一院愁。"此句中"衰"与"壮"相对,平对仄;"弱"与"强"相对,仄对平;"艳饰"与"新妆"相对,仄仄对平平。

②御龙:驾驭龙。据传夏代时,刘累曾为孔甲豢养龙,被赐为御龙氏。司马:古官名,亦为复姓。

③破竹:劈开竹子。成语"势如破竹",形容事情进行顺畅无碍。穿杨:用箭射中杨树树叶,比喻射技十分精湛。此句中"御龙"与"司马"相对,仄平对平仄;"破竹"与"穿杨"相对,仄仄对平平。

④读班马:读班固的《汉书》和司马迁的《史记》。

⑤识求羊:认识求仲和羊仲。此句与西汉人蒋诩有关。据记载,蒋诩辞官归田后,隐居在杜陵。他的家中有三条路,只与隐士求仲、羊仲交往。东晋谢灵运《田南树园激流植援》云:"唯开蒋生径,永怀求羊踪。"

⑥山色:山光景色。唐人王维《汉江临眺》:"江流天地外,山色有无中。"江光:江面的风光,或江面的水光。唐人杜甫《通泉驿南去通泉县十五里山水作》:"山色远寂寞,江光夕滋漫。"此句中"读班马"与"识求羊"相对,仄平仄对仄平平;"山色"与"江光"相对,平仄对平平。

⑦仙棋藏绿橘:据唐人牛僧孺《玄怪录》记载,古代一户巴邛人家的树上结出了特别大的橘子。把橘子剖开后,人们发现里面坐着两位老人正在下象棋。

⑧客枕梦黄粱:此处涉及"一枕黄粱"的典故。据唐人沈既济《枕中记》记载,少年卢生在旅店遇到仙人吕翁,恰好此时卢生有倦意,吕翁便让

他枕着自己的枕头入眠。在梦中，卢生享尽人生的荣华富贵。等到他梦醒之时，店家在他梦初时蒸煮的黄粱米都尚未煮熟。卢生迷茫地问吕翁，刚才一切是否只是梦？吕翁告诉他："人生之适，亦如是矣。"卢生大悟。此句前后相对，平平平仄仄对仄仄仄平平。

⑨池草入诗因有梦：此句与东晋诗人谢灵运有关。据《南史》记载，谢灵运十分欣赏他的族弟谢惠连。有一次，谢灵运在永嘉西堂琢磨诗句，终日无所得，忽然在睡着的时候梦到谢惠连，即得出"池塘生春草"一句，十分工巧。

⑩海棠带恨为无香：据《冷斋夜话》记载，彭渊林有五件恨事，分别是："一恨鱼多骨，二恨橘多酸，三恨莼菜性淡，四恨海棠无香，五恨曾子固不能诗。"此句前后相对，平仄仄平平仄仄对仄平仄仄仄平平。

⑪帘箔（bó）：指多用竹、苇编成的帘子。明人徐庸《大堤曲》云："暖雾散香尘，春风动帘箔。"

⑫金井：一般指庭院中井栏上装有精美雕饰的井。清人纳兰性德《如梦令》："正是辘轳金井，满砌落花红冷。"

⑬辘轳：安置在井上的取水器。碧梧：碧绿色的梧桐树。唐人杜甫《秋兴八首》云："香稻啄余鹦鹉粒，碧梧栖老凤凰枝。"此两句前后相对，平仄仄平，平仄仄平平仄仄对仄平平仄，仄平平仄仄平平。

〔译文〕

衰颓与强壮相对应，弱小与强大相对应，浓艳装扮和新颖妆容相对应。

御龙氏和司马氏相对应，破开竹子与箭穿杨树叶相对应。

读班固的《汉书》和司马迁的《史记》，结识求仲和羊仲，山之景色与江面水光相对应。

剖开绿橘，橘中藏着两位下棋的仙人；客人梦中享尽富贵，起身发现黄粱米都未蒸熟。

谢灵运梦中得佳句，“池塘生春草”因此入诗；彭渊林生平有五恨，一恨即为海棠开花却无香。

清风吹过画堂，帘箔的影子在吹皱的青荇中随波摇曳；月影斜映金井，辘轳打水声早已传出碧绿梧桐旁的高墙。

其四

臣对子，帝对王，日月对风霜①。

乌台对紫府②，茆屋对岩廊③。

香山社④，昼锦堂⑤，雪牖对云房⑥。

芬椒涂内壁⑦，文杏饰高梁⑧。

贫女幸分东壁影⑨，幽人高卧北窗凉⑩。

绣阁探春⑪，丽日半笼青镜色⑫；水亭醉夏，熏风常透碧筒香⑬。

〔注释〕

①风霜：风和霜，比喻生活中的艰难困苦。元人杨维桢《题苏武牧羊图》：“旄尽风霜节，心悬日月光。”此句中“臣”与“子”相对，平对仄；“帝”与“王”相对，仄对平；“日月”与“风霜”相对，仄仄对平平。

②乌台：古代御史台。据汉代史料记载，御史台中古柏参天，常有乌鸦成群结队地栖息于此，故又称御史台为乌台。紫府：修道之人对神仙住处的称呼。唐人李商隐《无题》云：“紫府仙人号宝灯，云浆未饮结成冰。”

③蔀(bù)屋:用草席作为屋顶的房屋,指贫寒人家的简陋小屋。明人庞嵩《洗兵马行》:“峻宇层楼已毁坚,荜门蔀屋空灾连。”岩廊:高峻的走廊,指富贵人家的房子,亦可指朝廷。唐人杜牧《送牛相出镇襄州》:“紫殿辞明主,岩廊别旧交。”此句中“乌台”与“紫府”相对,平平对仄仄;“蔀屋”与“岩廊”相对,仄仄对平平。

④香山社:白居易在洛阳时与他人在香山结社,故名。明人胡俨《题胡学士长林书屋图》:“乐天有约香山社,却待他年老拂衣。”

⑤昼锦堂:宋代宰相韩琦告老还乡后,曾在家乡相州修了一座堂,名为昼锦堂。宋人欧阳修曾有《相州昼锦堂记》一文。

⑥雪牖:映着白雪的窗户。唐人姚鹄《题终南山隐者居》:“夜吟明雪牖,春梦闭云房。”云房:道士隐居的地方。唐人刘得仁《山中寻道人不遇》:“石路特来寻道者,云房空见有仙经。”此句中“香山社”与“昼锦堂”相对,平平仄对仄仄平;“雪牖”与“云房”相对,仄仄对平平。

⑦芬椒:气味芳香的花椒。

⑧文杏:银杏。唐人王维《文杏馆》云:“文杏裁为梁,香茅结为宇。”此句前后相对,平平平仄仄对平仄仄平平。

⑨贫女幸分东壁影:据《战国策》记载,有几位女子常在一起,其中家中贫穷的女子晚上没钱点蜡烛,一直蹭用有钱点蜡女子的烛光。因此,有钱点蜡的女子就想把贫穷女子赶出去。贫穷女子争辩说她虽没钱点蜡,但每次来“常先至,扫室布席”,对她们也算是有用的,为什么要赶她走呢?唐人李白《陈情赠友人》云:“愿假东壁辉,余光照贫女。”

⑩幽人:指隐居之人。高卧:悠闲地躺着。晋人陶潜《与子俨等疏》云:“常言五六月中,北窗下卧,遇凉风暂至,自谓是羲皇上人。”唐人白居易《竹窗》云:“清风北窗卧,可以傲羲皇。”此句前后相对,平仄仄平平仄仄对平平平仄仄平平。

⑪绣阁:指女子华美的绣房。唐人韦庄《清平乐》:“莺啼残月,绣阁香灯灭。”

⑫青镜:青铜镜。宋人王安石《木芙蓉》:“正似美人初醉著,强抬青镜欲妆慵。”

⑬熏风:夏日温暖和煦的风。唐人白居易《首夏南池独酌》:“熏风自南至,吹我池上林。”碧筒:用荷叶制成的酒杯,一说为贯通荷柄而成。此两句前后相对,仄仄仄平,仄仄仄平平仄仄对仄平仄仄,平平平仄仄平平。

〔译文〕

臣与子相对应,帝与王相对应,日月与风霜相对应。

御史台与仙人府相对应,草屋与高廊相对应。

白居易的香山社,韩琦的昼锦堂,映着白雪的窗户和道士隐居的房屋相对应。

芳香的花椒涂满房间的内壁,漂亮的银杏做成屋子的房梁。

贫穷的女子有幸分得他人半壁烛光,隐居的高士闲适地躺在北窗下乘凉。

女子在绣房中向外探春,明媚的阳光半笼着房内的青铜镜;人们在夏日水亭内酣饮,温热的风中常透出碧筒杯内的酒香。

八　庚

〔题解〕

“庚”部是平水韵三十韵中下平声第八韵部。“八庚”中，“八”为序号，“庚”为下平声十五韵中的代表字之一，亦表示与之同归于此韵部中的字。《笠翁对韵》中所举出这一韵部的字有声、京、筝、卿、莺、茎、笙、兵、情、行、瀛、评、成、城、清、英、明、晴、兄、生、鸣、平、耕、名。

其一

形对貌，色对声，夏邑对周京①。
江云对渭树②，玉磬对银筝③。
人老老④，我卿卿⑤，晓燕对春莺⑥。
玄霜舂玉杵⑦，白露贮金茎⑧。
贾客君山秋弄笛⑨，仙人缑岭夜吹笙⑩。

帝业独兴，尽道汉高能用将⑪；父书空读⑫，谁言赵括善知兵⑬。

〔注释〕

①夏邑:夏代的都城。周京:周朝的京邑。此句中“形”与“貌”相对,平对仄;“色”与“声”相对,仄对平;“夏邑”与“周京”相对,仄仄对平平。

②江云、渭树:浙江一带的云,长安一带的树。江云渭树,比喻两人分离时浓厚的离别愁绪。唐人杜甫《春日忆李白》:“渭北春天树,江东日暮云。”

③玉磬:用玉做成的磬。磬,一种打击乐器。银筝:用银装饰的古筝。此句中“江云”与“渭树”相对,平平对仄仄;“玉磬”与“银筝”相对,仄仄对平平。

④老老:尊重老人。

⑤卿卿:卿卿我我,形容男女之间关系亲密。

⑥晓燕:清晨的燕子。清人苏穆《菩萨蛮》云:“晓燕出雕梁,啄泥知更忙。”春莺:春天的莺鸟。南朝人谢庄《怀园引》云:“夭桃晨暮发,春莺旦夕喧。”此句中“人老老”与“我卿卿”相对,平仄仄对仄平平;“晓燕”与“春莺”相对,仄仄对平平。

⑦玄霜舂玉杵:此处所言与唐人裴航有关。据唐书《传奇》记载,裴航曾经在船上遇到女子樊夫人,夫人赠予他一首诗,诗云:“一饮琼浆百感生,玄霜捣尽见云英。蓝桥便是神仙路,何用崎岖上玉京?”后来,裴航经过蓝桥驿,果真遇到了一个名叫云英的女子,云英生得十分漂亮,裴航一眼就喜欢上了她。但云英的奶奶要求裴航找到一个玉杵臼,并为她捣药,才可以把孙女嫁给他。裴航一一照办后,惊奇地发现云英和她奶奶都是神仙。最终,裴航娶到了云英。

⑧白露贮金茎:此处所言与汉武帝有关。据《汉书》《史记》等记载,汉武帝曾设铜承露盘于建章宫,用以接清晨的露水,再将玉屑拌在露水里喝

下，以希冀可以长生不老。金茎，指承接铜承露盘的铜柱。此句前后相对，平平平仄仄对仄仄仄平平。

⑨贾(gǔ)客君山秋弄笛：此处所言与唐代商人吕卿筠有关。据《博异志》记载，吕卿筠于月夜在湖上吹笛，吸引来一位老神仙，老神仙也用自己携带的笛子吹奏一曲，结果湖上风声大作，波浪起伏，鸟兽惊恐，鱼鳖不时跃出水面，月光也变得昏暗起来。贾客，商人。

⑩仙人缑岭夜吹笙：此处所言与周灵王太子晋有关。据传说，周灵王太子晋喜欢吹笙，遇到仙人浮丘公，浮丘公将他接到了嵩高山上。三十年后，他与家人在缑氏山顶告别，驾鹤而去。此句前后相对，仄仄平平平仄仄对平平平仄仄平平。

⑪"帝业独兴"二句：所言与汉高祖刘邦有关。据《史记》记载，韩信曾回答刘邦所问时答："陛下不善于带兵打仗，但是陛下善于任用将领。"刘邦自己也曾说过："夫运筹策帷帐之中，决胜于千里之外，吾不如子房。镇国家，抚百姓，给馈饷，不绝粮道，吾不如萧何。连百万之军，战必胜，攻必取，吾不如韩信。此三者，皆人杰也，吾能用之，此吾所以取天下也。"

⑫父书空读：指赵括白读了父亲赵奢的兵书。

⑬谁言赵括善知兵：此处所言与赵括有关。赵括是赵国名将赵奢之子，自幼就熟读兵书，论起兵法来头头是道，连他父亲也说不过他。但他率领赵国四十万大军抵抗秦军，却最终全军覆没，惨败于秦人之手，自己也身死战场。"纸上谈兵"即指此事。此两句前后相对，仄仄仄平，仄仄仄平平仄仄对仄平平仄，平平仄仄仄平平。

〔译文〕

外形与样貌相对应，颜色与声音相对应，夏代的都城与周代的京邑相对应。

江云与渭树相对应,玉石做的磬与银饰的古筝相对应。

人应尊重老人,男女卿卿我我,早晨的燕子和春日的黄莺相对应。

玉杵舂碎了神药玄霜,铜柱托住了承着白露的铜盘。

秋日里,商人吕卿筠停船于君山旁,听仙人吹笛;深夜中,周灵王太子晋在缑岭上告别家人,深情吹笙。

刘邦成就了千古帝业,都说是他善于任贤选能;赵括白读了父亲的兵书,谁说他善于带兵打仗?

其二

功对业,性对情,月上对云行①。

乘龙对附骥②,阆苑对蓬瀛③。

春秋笔④,月旦评⑤,东作对西成⑥。

隋珠光照乘⑦,和璧价连城⑧。

三箭三人唐将勇⑨,一琴一鹤赵公清⑩。

汉帝求贤,诏访严滩逢故旧⑪;宋廷优老⑫,年尊洛社重耆英⑬。

〔注释〕

①月上:月亮上升。宋人欧阳修《生查子·元夕》:“月上柳梢头,人约黄昏后。”云行:云在天空中飘行。唐人施肩吾《同诸隐者夜登四明山》云:“半夜寻幽上四明,手攀松桂触云行。”此句中“功”与“业”相对,平对仄;“性”与“情”相对,仄对平;“月上”与“云行”相对,仄仄对平平。

②乘龙：乘着好时机行动。《周易·乾》卦："时乘六龙以御天。"附骥：附在骥的尾巴上。骥，好马。宋人喻良能《伏日陪府公侍御登四望亭分韵得四字》云："吾辈亦何为，虽驽犹附骥。"

③阆(làng)苑：传说为昆仑山上的神仙居所。蓬瀛：神山蓬莱与瀛洲，据传此两地亦为神仙住处。此句中"乘龙"与"附骥"相对，平平对仄仄；"阆苑"与"蓬瀛"相对，仄仄对平平。

④春秋笔：春秋笔法。孔子修《春秋》时，秉笔直书，一字褒贬，因此乱臣贼子都惧怕自己会留下恶名。此处即指根据史料直书的史官笔法。

⑤月旦评：指品评人物。清人简钧培《过溱头桥读桥上碑记知为郭林宗访汝南处》云："朝廷自著钩党籍，乡里终留月旦评。"

⑥东作：指在春天耕种。西成：指在秋日收获。此句中"春秋笔"与"月旦评"相对，平平仄对仄仄平；"东作"与"西成"相对，平仄对平平。

⑦隋珠：传说中春秋时期隋侯的宝珠。光照乘：光芒照亮整辆车。明人王慎中《送陈学颜辞亲应举》："明珠光照乘，莫向暗中求。"

⑧和璧：指和氏璧。参《七虞·其二》注释⑤。此句前后相对，平平平仄仄对平仄仄平平。

⑨三箭三人唐将勇：此处所言与唐人薛仁贵有关。据《旧唐书》记载，薛仁贵武艺高强，神勇过人。在领兵攻打九姓突厥时，曾三箭射死三人，其余同来向薛仁贵挑战的人吓得"一时下马请降"，故军中传歌曰："将军三箭定天山，壮士长歌入汉关。"

⑩一琴一鹤赵公清：此处所言与宋人赵抃有关。据《宋史》记载，赵抃做官为政清廉，颇有美名。他在赴蜀地做官时，只身骑马，仅带着一把琴和一只鹤前去上任。此句前后相对，平仄平平平仄仄对仄平仄仄仄平平。

⑪"汉帝求贤"二句：所言与东汉严光有关。据《后汉书》记载，汉光武帝寻求贤才，曾下诏征召自己的老同学严光为谏议大夫。严光不从，依旧

耕田隐居在富春山。严滩:严光钓鱼的地方,亦被称为“严陵滩”。

⑫宋廷优老:北宋朝廷优待老年人。

⑬年尊洛社重耆英:据《宋史》记载,北宋文彦博与富弼、司马光等十三人,仿照白居易在洛阳创立的“香山九老会”,在洛阳成立“耆英社”,排列座位时只按照年纪大小排列,不问官职高低,一时传为美谈。此两句前后相对,仄仄平平,仄仄平平平仄仄对仄平平仄,平平仄仄仄平平。

〔译文〕

功劳与业绩相对应,性格与情绪相对应,月亮上升与浮云飘行相对应。

乘着飞升的神龙与附在骏马的尾巴相对应,阆风之苑与蓬瀛仙山相对应。

春秋笔法,月旦品评,春日耕作与秋日丰收相对应。

隋侯的宝珠光亮,可以照亮整辆车;和氏的玉璧价贵,足以换来连片的城池。

唐将薛仁贵三支箭射死三敌,英勇无比;宋人赵抃只携一把琴一只鹤上任,为官清廉。

汉光武帝寻求贤才,下诏让使者在严滩拜访自己的故友严光;北宋朝廷优待老人,尊重长者,故洛阳耆老聚首于“耆英会”。

其三

昏对旦①,晦对明②,久雨对新晴③。

蓼湾对花港[4]，竹友对梅兄[5]。

黄石叟[6]，丹丘生[7]，犬吠对鸡鸣[8]。

暮山云外断[9]，新水月中平[10]。

半榻清风宜午梦[11]，一犁好雨趁春耕[12]。

王旦登庸[13]，误我十年迟作相[14]；刘蕡下第[15]，愧他多士早成名[16]。

〔注释〕

①昏：日暮黄昏时。旦：朝阳初升时。

②晦：光线昏暗时。明：光线明亮时。

③久雨：下了许久的雨。新晴：雨后初晴。此句中"昏"与"旦"相对，平对仄；"晦"与"明"相对，仄对平；"久雨"与"新晴"相对，仄仄对平平。

④蓼(liǎo)湾：长满蓼草的水湾。花港：开满鲜花的小河。

⑤竹友：以竹为好友。梅兄：以梅为兄。此句中"蓼湾"与"花港"相对，仄平对平仄；"竹友"与"梅兄"相对，仄仄对平平。

⑥黄石叟：指让张良为其穿鞋，并最终授予张良《太公兵法》的黄石公。参《六麻·其三》注⑨。

⑦丹丘生：指道教传说中的神仙。丹丘，指传说中的神仙之地，此地无夜，整日长明。

⑧犬吠：狗叫声。唐人皎然《寻陆鸿渐不遇》云："扣门无犬吠，欲去问西家。"宋人苏轼《倦夜》："孤村一犬吠，残月几人行。"此句中"黄石叟"与"丹丘生"相对，平仄仄对平平平；"犬吠"与"鸡鸣"相对，仄仄对平平。

⑨暮山：日暮时分的山。明人崔允《花马池咏》："慷慨十年长剑在，登楼一笑暮山横。"

⑩新水：新打的水，或指春水。此句前后相对，仄平平仄仄对平仄仄平平。

⑪半榻：半床。

⑫一犁好雨：指下够了可以开垦春田水量的好雨。此句前后相对，仄仄平平平仄仄对仄平仄仄仄平平。

⑬王旦：字子明，北宋宰相。登庸：选拔任用。

⑭误我十年迟作相：据记载，宋真宗曾想立王钦若为宰相，但遭到了王旦的阻挠。等王旦逝世后，王钦若始得重用，因而王钦若云："为王公迟我十年作宰相。"

⑮刘蕡（fén）：见《十二文·其二》注⑬。下第：科考落榜。

⑯愧他多士早成名：此句与唐人刘蕡有关。据记载，刘蕡在参加科举考试时，直言要杀掉宦官，解除危机，"言词激切，士林感动"。但因主考官软弱，终不被录取。一起科考的河南府参军李郃知道后，大声疾呼："刘蕡不中而我辈登科，实在是太厚脸皮了！"此两句前后相对，平仄平平，仄仄仄平平仄仄对平平仄仄，仄平平仄仄平平。

〔译文〕

黄昏与清晨相对应，晦暗与光明相对应，阴雨连绵与天空刚放晴相对应。

长满蓼草的水湾与开满鲜花的小河相对应，竹与梅相对应。

黄石公，丹丘先生，狗叫与鸡鸣相对应。

傍晚的山被白云围绕着山腰，初春的水在月光下平整无痕。

清风吹过床榻，凉爽舒适，正是睡午觉的好时机；春雨下了几日，雨量正宜，趁着此时要抓紧春耕。

王旦选拔人才，王钦若说白白耽误了他十年做宰相的时间；刘蕡科举不中，李郃认为考中之人愧对刘蕡而早早成名。

九　青

〔题解〕

“青”部是平水韵三十韵中下平声第九韵部。“九青”中，“九”为序号，“青”为下平声十五韵中的代表字之一，亦表示与之同归于此韵部中的字。《笠翁对韵》中所举出这一韵部的字有丁、庭、屏、汀、鸰、星、铃、青、宁、萍、亭、型、经、馨、婷。

其一

庚对甲①，巳对丁②，魏阙对彤庭③。

梅妻对鹤子④，珠箔对银屏⑤。

鸳浴沼⑥，鹭飞汀⑦，鸿雁对鹡鸰⑧。

人间寿者相，天上老人星⑨。

八月好修攀桂斧⑩，三春须系护花铃⑪。

江阁秋登，一水净连天际碧⑫；石栏晓倚，群山秀向雨余青⑬。

〔注释〕

①②:庚、甲、巳、丁均为干支的内容,庚、甲、丁在天干中,巳在地支中。

③魏阙:位于高大宫门两旁的城阙。彤庭:指帝王宫殿。此句中"庚"与"甲"相对,平对仄;"巳"与"丁"相对,仄对平;"魏阙"与"彤庭"相对,仄仄对平平。

④梅妻、鹤子:北宋诗人林逋曾孤身隐逸在西湖旁的孤山中,因他好植梅养鹤,以梅为妻,以鹤为子,故人称"梅妻鹤子"。

⑤珠箔:珍珠缀成的帘子。银屏:镶嵌着银饰的屏风。唐人白居易《长恨歌》云:"揽衣推枕起徘徊,珠箔银屏迤逦开。"此句中"梅妻"与"鹤子"相对,平平对仄仄;"珠箔"与"银屏"相对,平仄对平平。

⑥鸳浴沼:鸳鸯沐浴在水沼中。

⑦鹭飞汀(tīng):白鹭从水边平地上飞起。

⑧鹡鸰(líng):鸟名,尾长体细。此句中"鸳浴沼"与"鹭飞汀"相对,平仄仄对仄平平;"鸿雁"与"鹡鸰"相对,平仄对仄平。

⑨老人星:《史记·天官书》记载,南方天空极处有老人星,古人认为这颗星象征着长寿。此句前后相对,平平仄仄仄对平仄仄平平。

⑩攀桂斧:攀折桂枝的斧子,比喻科考高中。古代科举考试多在八月举行,故云"八月修攀桂斧"。

⑪三春:指春天。唐人李白《宣城见杜鹃花》:"一叫一回肠一断,三春三月忆三巴。"护花铃:指绑在花枝上,用来发声驱散鸟儿的铃铛。清人纳兰性德《临江仙》:"几回肠断处,风动护花铃。"清人严绳孙《浣溪沙》:"安得手持修月斧,愿将身作护花铃。"此句前后相对,仄仄仄平平仄仄对平平平仄仄平平。

⑫天际：天边。唐人李白《黄鹤楼送孟浩然之广陵》："孤帆远影碧空尽，唯见长江天际流。"

⑬石栏晓倚：在清晨时分倚靠着雕石栏杆。雨余：雨后。宋人秦观《画堂春》："东风吹柳日初长，雨余芳草斜阳。"此两句前后相对，平仄平平，仄仄仄平平仄仄对仄平仄仄，平平仄仄仄平平。

〔译文〕

庚与甲相对应，巳与丁相对应，宫门旁的城阙与帝王宫庭相对应。

娶梅为妻与待鹤为子相对应，珍珠帘与镶银屏相对应。

鸳鸯在水沼中沐浴，白鹭在水岸边飞鸣，大雁与鹡鸰相对应。

人间有预示长寿的相貌，天上有象征长寿的星宿。

八月中正是学子科举夺魁的时候，春天里定要记得系好护花的铃铛。

秋天登上江边楼阁，水天相接，江面碧绿亦连天；清晨倚靠石头栏杆，群山秀丽，雨后竞相展翠颜。

其二

危对乱，泰对宁①，纳陛对趋庭②。
金盘对玉箸③，泛梗对浮萍④。
群玉圃⑤，众芳亭⑥，旧典对新型⑦。
骑牛闲读史⑧，牧豕自横经⑨。

秋首田中禾颖重[10],春余园内菜花馨[11]。

旅次凄凉[12],塞月江风皆惨淡;筵前欢笑,燕歌赵舞独娉婷[13]。

〔注释〕

①泰:安定。

②纳陛:登上台阶。纳陛为“九赐”之一,是古代帝王赐予功臣的一种特殊待遇。趋庭:小快步走过庭院。此句中“危”与“乱”相对,平对仄;“泰”与“宁”相对,仄对平;“纳陛”与“趋庭”相对,仄仄对平平。

③金盘:金制的盘子。玉箸:玉石做成的筷子。

④泛梗:漂浮起的桃梗。唐人李德裕《秋日登郡楼望赞皇山感而成咏》:“顾我飘蓬者,长随泛梗移。”浮萍:浮在水面上的萍,比喻人生漂泊不定。三国魏曹植《浮萍篇》云:“浮萍寄清水,随风东西流。”此句中“金盘”与“玉箸”相对,平平对仄仄;“泛梗”与“浮萍”相对,仄仄对平平。

⑤群玉圃:群玉山上的园圃。

⑥众芳亭:生长着百花的亭子。

⑦旧典:旧的法则。新型:新的类型。此句中“群玉圃”与“众芳亭”相对,平仄仄对仄平平;“旧典”与“新型”相对,仄仄对平平。

⑧骑牛闲读史:此处所言与唐人李密有关。据《新唐书》记载,李密曾骑在牛背,将《汉书》挂在牛角上,一边读书,一边驱牛去山中寻找包恺。

⑨牧豕(shǐ)自横经:此处所言与汉人公孙弘有关。据记载,公孙弘年少时家中贫困,但好学。他替别人放猪时,常带经书习读。最终,公孙弘五十岁时做了丞相。此句前后相对,平平平仄仄对仄仄仄平平。

⑩秋首:秋季初始之时。东晋人谢灵运《七夕咏牛女诗》云:“月弦光照户,秋首风入隙。”禾颖:带芒的谷穗。

⑪春余:春季末尾。此句前后相对,平仄平平平仄仄对平平平仄仄平平。

⑫旅次:旅途中住宿的地方。惨淡:凄凉惨淡。

⑬燕歌赵舞:燕地的歌谣,赵国女子的舞蹈。古时,燕赵两地的人擅长歌舞,故"燕歌赵舞"形容动人的歌声、优美的舞姿。娉婷:形容女子仪态或舞姿优美。此两句前后相对,仄仄平平,仄仄平平平仄仄对平平平仄,平平仄仄仄平平。

〔译文〕

危急与混乱相对应,康泰与安宁相对应,登上台阶与快步过庭相对应。

金制的盘子与玉制的筷子相对应,漂浮着的桃梗与漂在水面的浮萍相对应。

群玉山上的园圃,百花盛开的小亭,旧的法则与新的类型相对应。

李密骑在牛背上闲读《汉书》,公孙弘放猪时横握经卷。

秋天到来,田地中稻谷丰收;暮春时节,菜园内菜花散香。

旅居外地的人内心凄凉,塞外的月,江上的风,所遇所见皆凄惨冷淡;宴席之中的人欢声笑语,燕地歌谣,赵姬舞姿,所听所视皆优美迷醉。

十　蒸

〔题解〕

“蒸”部是平水韵三十韵中下平声第十韵部。“十蒸”中，“十”为序号，“蒸”为下平声十五韵中的代表字之一，亦表示与之同归于此韵部中的字。《笠翁对韵》中所举出这一韵部的字有菱、罾、绫、升、征、僧、绳、灯、称、曾、登、朋、蝇、兴、丞。

其一

蘋对蓼[①]，芡对菱[②]，雁弋对鱼罾[③]。

齐纨对鲁缟[④]，蜀锦对吴绫[⑤]。

星渐没，日初升，九聘对三征[⑥]。

萧何曾作吏[⑦]，贾岛昔为僧[⑧]。

贤人视履循规矩[⑨]，大斧挥斤按准绳[⑩]。

野渡春风[⑪]，人喜乘潮移酒舫[⑫]；江天暮雨[⑬]，客愁隔岸对渔灯[⑭]。

〔注释〕

①蘋(pín):水生植物名,四叶合成一叶,如田字形,春秋间开白色小花,又称白蘋。蓼(liǎo):植物名,生于水边或水中,叶针形,花小,呈浅红色或白色,可入药。

②芡(qiàn):水生植物名,茎叶有刺,叶似荷叶,果实称为“芡实”。菱:水生植物名,果实外包有带角硬壳。

③弋(yì):指尾巴上系有绳子的箭。雁弋:即指用来射大雁的这种箭。鱼罾(zēng):方形的渔网。清人朱彝尊《鸳鸯湖棹歌》:“茅屋东溪兴可乘,竹篱随意挂鱼罾。”此句中“蘋”与“蓼”相对,平对仄;“芡”与“菱”相对,仄对平;“雁弋”与“鱼罾”相对,仄仄对平平。

④齐纨(wán):古时齐地产的白色绢布。明人黄淮《客从远方来六首》:“客从远方来,遗我齐纨素。”鲁缟(gǎo):古代鲁国产的一种白色薄生绢。唐人李白《寄远》云:“鲁缟如玉霜,笔题月氏书。”

⑤蜀锦:蜀地产的锦。吴绫:吴地所产的绫。唐人齐己《读李贺歌集》:“清晨醉起临春台,吴绫蜀锦胸襟开。”此句中“齐纨”与“鲁缟”相对,平平对仄仄;“蜀锦”与“吴绫”相对,仄仄对平平。

⑥九聘:指多次聘请。三征:指多次征召。此句中“星渐没”与“日初升”相对,平仄仄对仄平平;“九聘”与“三征”相对,仄仄对平平。

⑦萧何曾作吏:汉人萧何也曾做过小吏。萧何为汉初名相,他最早在沛县只为小吏,后辅佐刘邦夺取天下。

⑧贾岛昔为僧:唐人贾岛也曾经削发为僧。唐代诗人贾岛曾经出家为僧,法名无本。此句前后相对,平平平仄仄对仄仄仄平平。

⑨视履:《尔雅》中云:“履,礼也。”礼是可以履行的,故此处云圣人履行礼法的规矩。

⑩大斧挥斤按准绳：此处所言“运斤成风”与《庄子》有关。据《庄子·徐无鬼》记载，郢人鼻尖上有一点儿白灰，一位擅长运用斧头的人，挥舞着斧子向郢人的鼻尖削去，白灰瞬间被砍下，而郢人的鼻子毫发无损。此句前后相对，平平仄仄平平仄对仄仄平平仄仄平。

⑪野渡：野外的渡口。唐人韦应物《滁州西涧》有“春潮带雨晚来急，野渡无人舟自横”。

⑫乘潮：乘着潮水。唐人刘方平《采莲曲》：“采莲从小惯，十五即乘潮。”酒舫：可以供客人喝酒游乐的船只。宋人程公许《留别李贯之大著二首》：“酒舫湖光滟，书灯夜雨昏。”

⑬暮雨：傍晚时分下起的雨。宋人苏轼《浣溪沙》：“松间沙路净无泥，萧萧暮雨子规啼。”

⑭渔灯：渔船上夜晚亮起的灯。清人查慎行《舟夜书所见》：“月黑见渔灯，孤光一点萤。”此两句前后相对，仄仄平平，平仄平平平仄仄对平平仄仄，仄平仄仄仄平平。

〔译文〕

蘋与蓼相对应，芡与菱相对应，射雁用的弋箭与捕鱼用的渔网相对应。

齐地的细丝绢与鲁地的白生绢相对应，蜀地的锦与吴地的绫相对应。

星星逐渐消失，旭日冉冉升起，多次聘请和多次征召相对应。

萧何曾经做过小吏，贾岛昔日是佛门子弟。

圣贤的人做事遵循规则，匠人挥动斧子依照准绳。

春风吹过郊外的渡口，人们开心地顺着潮水驶向酒舫；江面的天空暮雨沉沉，游子在对岸忧愁地看着江上渔灯。

其二

谈对吐，谓对称，冉闵对颜曾①。
侯嬴对伯嚭②，祖逖对孙登③。
抛白纻④，宴红绫⑤，胜友对良朋⑥。
争名如逐鹿⑦，谋利似趋蝇⑧。
仁杰姨惭周不仕⑨，王陵母识汉方兴⑩。
句写穷愁，浣花寄迹传工部⑪；诗吟变乱，凝碧伤心叹右丞⑫。

〔注释〕

①冉闵：指孔子学生冉有与闵子骞。颜曾：指孔子学生颜回和曾参。此句中“谈”与“吐”相对，平对仄；“谓”与“称”相对，仄对平；“冉闵”与“颜曾”相对，仄仄对平平。

②侯嬴（yíng）：战国时期魏国人，有贤德。他曾做过看门的小吏，后为信陵君所重用，并助其退秦救赵，最终为信陵君殉身。伯嚭（pǐ）：春秋时楚人，吴国奸贼，曾被吴王夫差任为太宰，后被越国用重金贿赂，助越灭吴，最终亦被越所诛。

③祖逖：字士稚，东晋时人。青年时曾与好友刘琨发奋用功，有“闻鸡起舞”之美谈。后祖逖为豫州刺史，英勇善战，将黄河以南大片土地收复回晋朝。但终因与他人不和，受人陷害，郁愤而终。孙登：字公和，晋初隐士。此句中“侯嬴”与“伯嚭”相对，平平对仄仄；“祖逖”与“孙登”相对，仄

仄对平平。

④白纻(zhù):白色的粗麻布衣,古代学子未得功名前穿的衣服。

⑤宴红绫:据史料记载,唐代的御膳中,用红绫包起的饼食是一种很贵重的食物。唐昭宗时,有次放榜,裴格等二十八人榜上有名,因此在曲江亭中宴会之时,昭宗命人做了二十八个红绫饼给他们。

⑥胜友、良朋:皆指好友的意思。此句中"抛白纻"与"宴红绫"相对,平仄仄对仄平平;"胜友"与"良朋"相对,仄仄对平平。

⑦争名:争夺名利。逐鹿:意为争夺天下。《史记·淮阴侯列传》载蒯通言云:"秦失其鹿,天下共逐之。"

⑧谋利:谋算利益。趋蝇:趋附上来的苍蝇,比喻小人厚着脸皮上来夺取利益。此句前后相对,平平平仄仄对平仄仄平平。

⑨仁杰姨惭周不仕:此处所言与唐朝名臣狄仁杰有关。据史料记载,狄仁杰做宰相时,曾对自己的卢氏堂姨说:"我现在做宰相了,如果表弟有什么要做的事,我一定尽力助他。"堂姨却说道:"宰相您保重自己,我就这么一个儿子,可不想让他去侍奉女皇帝。"

⑩王陵母识汉方兴:此处所言与跟随刘邦打天下的王陵有关。王陵和刘邦为沛县同乡,刘邦未起事前二人即为兄弟。后来,王陵聚集数千人守在南阳,未与刘邦共事。刘邦开始要打项藉之时,王陵才归属刘邦。此时,项羽抓住了王陵的母亲,意欲要挟王陵归顺于他。但王陵母亲有大义,偷偷告诉刘邦的使者说:"告诉我儿子,好好追随汉王,不要因为我的缘故,让他有二心。"说罢,便持剑自杀。项羽大怒,便把王陵的母亲烹煮了。自此,王陵死心塌地地追随刘邦。此句前后相对,平仄平平平仄仄对平平仄仄仄平平。

⑪"句写穷愁"二句:所言与诗圣杜甫有关。杜甫晚年曾避乱住在成都,自筑草堂,生活困顿,著名的《茅屋为秋风所破歌》即写于此时。穷愁:

穷困愁绪。浣花：杜甫曾于浣花溪上建草堂以居。工部：指杜甫，他曾为检校工部员外郎，人称之为杜工部。

⑫“诗吟变乱”二句：所言与唐代诗人王维有关。安史之乱时，王维未能逃出长安城，为安禄山所获，被迫接受了安禄山指派的新职。当他听到安禄山在凝碧宫用玄宗时的梨园弟子和教坊工人奏乐时，内心凄怆，哀思难平，写下了诗作《凝碧池》。右丞：指王维，其曾官至尚书右丞，故名之。凝碧：指王维在安史之乱时创作的《凝碧池》一诗。此两句前后相对，仄仄平平，仄平仄仄平平仄对平平仄仄，平仄平平仄仄平。

〔译文〕

谈与吐相对应，谓与称相对应，冉有、闵子骞和颜回、曾参相对应。

侯嬴与伯嚭相对应，祖逖与孙登相对应。

抛去粗布麻衣，宴赐红绫之饼，挚友与良朋相对应。

争夺名利如同逐鹿一般，营谋私利好似蜂拥而至的苍蝇。

狄仁杰的堂姨羞惭于武则天的周朝，不让自己的儿子出仕；王陵的母亲认识到刘邦大汉将兴，不让自己的儿子有二心。

杜甫筑草堂于浣花溪上，写出了许多积郁愁苦的千古名句；王维被困于普施寺中，创作了斥责贼人、思念玄宗的佳篇。

十一　尤

〔题解〕

“尤”部是平水韵三十韵中下平声第十一韵部。“十一尤”中，“十一”为序号，“尤”为下平声十五韵中的代表字之一，亦表示与之同归于此韵部中的字。《笠翁对韵》中所举出这一韵部的字有忧、缪、鸥、愁、头、秋、钩、畴、裘、幽、筹、流、丘、讴、悠、鸠、楼、牛、侯、游、洲、舟。

其一

荣对辱，喜对忧，缱绻对绸缪①。

吴娃对越女②，野马对沙鸥③。

茶解渴，酒消愁，白眼对苍头④。

马迁修《史记》⑤，孔子作《春秋》⑥。

莘野耕夫闲举耜⑦，磻溪渔父晚垂钩⑧。

龙马游河，羲圣因图而画卦⑨；神龟出洛，禹王取法以明畴⑩。

〔注释〕

①缱(qiǎn)绻(quǎn):形容感情深厚,纠缠难分。宋人朱淑真《元夜三首》:“但愿暂成人缱绻,不妨常任月朦胧。”绸(chóu)缪(móu):情意缠绵,无法分开。唐人高适《哭单父梁九少府》:“契阔多离别,绸缪到生死。”此句中“荣”与“辱”相对,平对仄;“喜”与“忧”相对,仄对平;“缱绻”与“绸缪”相对,仄仄对平平。

②吴娃:吴地的美女,古代吴地习俗,称呼好看的女子为娃。唐人韦庄《陪金陵府相中堂夜宴》:“满耳笙歌满眼花,满楼珠翠胜吴娃。”越女:越地的美女。唐人鲍溶《越女词》:“越女芙蓉妆,浣纱清浅水。”

③沙鸥:栖息在沙滩上的鸥鸟。宋人陆游《秋思》:“利欲驱人万火牛,江湖浪迹一沙鸥。”此句中“吴娃”与“越女”相对,平平对仄仄;“野马”与“沙鸥”相对,仄仄对平平。

④白眼:用眼白看人,表示轻蔑。据传晋人阮籍可以以青白眼看人,遇到礼俗之士,就用白眼视之。清人黄景仁《杂感》:“十有九人堪白眼,百无一用是书生。”苍头:用青色头巾裹住头的将士。此句中“茶解渴”与“酒消愁”相对,平仄仄对仄平平;“白眼”与“苍头”相对,仄仄对平平。

⑤马迁:西汉人司马迁。《史记》:司马迁所作,为我国历史上第一部纪传体通史。

⑥《春秋》:指鲁国的《春秋》,我国古代的编年体史书,孔子曾做过修订。此句前后相对,仄平平仄仄对仄仄仄平平。

⑦莘(shēn)野耕夫:指商代伊尹在有莘国郊野耕地一事。《孟子·万章上》云:“伊尹耕于有莘之野,而乐尧舜之道焉。”举耜(sì):举起耜头。耜,一种铲土的农具,类似于今天的锹。

⑧磻(pán)溪渔父:指周人姜太公。磻溪,水名,在今陕西宝鸡东南,

传说为姜太公未遇文王时候的垂钓之所。此句前后相对，平仄平平平仄仄对平平平仄仄平平。

⑨“龙马游河”二句：据传说，黄河里曾跑出一匹龙马，背上负着图，称为“河图”，伏羲根据这幅画，创造出了八卦。

⑩“神龟出洛”二句：据传说，洛水中曾经游出一只神龟，神龟背上刻有文字，大禹根据这些文字创造出了治理天下的九类法则，即《洪范》中的“九畴”。此两句前后相对，平仄平平，平仄平平平仄仄对平平仄仄，仄平仄仄仄平平。

〔译文〕

荣耀与耻辱相对应，欢喜与忧愁相对应，缱绻与绸缪相对应。

吴地的美女与越国的美女相对应，野性的马儿和沙滩上的鸥鸟相对应。

喝茶解渴，借酒消愁，用白眼看人和裹着青头巾的将士相对应。

司马迁写出了《史记》，孔夫子修订了《春秋》。

伊尹在有莘国的野外举着耜头耕田，姜太公在磻溪的河滩上举着鱼竿垂钓。

背上负着河图的龙马游出黄河，圣人伏羲据此画出了八卦；壳上列着《洛书》的神龟游出洛水，圣王大禹据此制定出《洪范》“九畴”。

其二

冠对履[1]，舄对裘[2]，院小对庭幽[3]。

面墙对膝地④，错智对良筹⑤。

孤嶂耸⑥，大江流，方泽对圜丘⑦。

花潭来越唱⑧，柳屿起吴讴⑨。

莺懒燕忙三月雨⑩，蛩摧蝉报一天秋⑪。

钟子听琴⑫，荒径入林山寂寂；谪仙捉月⑬，洪涛接岸水悠悠⑭。

〔注释〕

①冠：帽子。履：鞋。

②舄(xì)：鞋底上垫着木板的鞋。裘：皮衣。

③院小：院子小巧。庭幽：庭院幽静。唐人杜甫《晚晴》："村晚惊风度，庭幽过雨沾。"此句中"冠"与"履"相对，平对仄；"舄"与"裘"相对，仄对平；"院小"与"庭幽"相对，仄仄对平平。

④面墙：面对墙壁，指才识短浅、思路闭塞。《论语·阳货》记载孔子曾对伯鱼说："人而不为《周南》《召南》，其犹正墙面而立也与。"清人顾炎武《与友人书》云："若既不出户，又不读书，则是面墙之士，虽有子羔、原宪之贤，终无济于天下。"膝地：双膝跪地。

⑤错智：汉人晁错多智慧。良筹：汉初人张良的筹策，指张良的谋略。唐人郑谷《送人游边》云："将军方破虏，莫惜献良筹。"此句中"面墙"与"膝地"相对，仄平对仄仄；"错智"与"良筹"相对，仄仄对平平。

⑥孤嶂：孤立高耸的山峰。明人何景明《登钓台四首》云："碧潭寒吐月，孤嶂晚生云。"

⑦方泽：古代夏至时祭地祇的方坛。据《周礼》记载，此方坛放在泽中，故称之为"方泽"。圜(yuán)丘：古代冬至时祭祀天神之处，后来也被

用于祭祀天地。此句中“孤嶂耸”与“大江流”相对，平仄仄对仄平平；“方泽”与“圜丘”相对，平仄对平平。

⑧越唱：越地的唱曲小调。明人霍与瑕《藕花亭杂咏为梁浮山中书》：“越唱翻淘浪，吴讴杂采樵。”

⑨柳屿：种满柳树的岛屿。明人欧大任《鄚州城春望》：“柳屿芦汀帆数舟，燕南今似五湖秋。”吴讴(ōu)：吴地的民歌。明人张宁《题刘公瑞松琴卷》：“蒿莱满地迷烟雨，一曲吴讴乱宫羽。”此句前后相对，平平平仄仄对仄仄仄平平。

⑩莺懒燕忙：莺鸟懒散，燕子忙碌，描绘春天之貌。

⑪蛩摧蝉报：蟋蟀催促，秋蝉鸣报，指秋天即将来到。此句前后相对，平仄仄平平仄仄对平平平仄仄平平。

⑫钟子听琴：钟子期听俞伯牙的琴声。据传，古时俞伯牙善于弹琴，钟子期善于听音。俞伯牙每次弹琴，钟子期总能听出其所弹的深意。

⑬谪仙捉月：据《唐才子传》记载，李白喝酒后泛舟于江上，醉眼看到水中明月，探身去捉月，不慎跌入水中，“乘酒捉月，沉水中”。

⑭洪涛：巨大的波涛。此两句前后相对，平仄平平，平仄仄平平仄仄对仄平仄仄，平平仄仄仄平平。

〔译文〕

冠与履相对应，舄与裘相对应，宅院小巧与庭院幽静相对应。

面对墙壁和双膝跪地相对应，晁错的智慧和张良的计谋相对应。

孤立的山峰高耸，宽阔的江水奔流，泽中方坛与圆形天坛相对应。

开满鲜花的水塘处传来越地的唱调，遍布绿柳的岛屿上响起吴地的民歌。

莺鸟懒散燕儿忙，初春三月的小雨已经下了起来；蟋蟀催促蝉鸣叫，寒秋的脚步已经一天天来到。

钟子期听着琴声，如同由荒径走入山林，空山寂静；李白水中捉月，层层浪涛拍击着水岸，江水悠悠。

其三

鱼对鸟，鸽对鸠①，翠馆对红楼②。

七贤对三友③，爱日对悲秋④。

虎类狗⑤，蚁如牛⑥，列辟对诸侯⑦。

陈唱《临春乐》⑧，隋歌《清夜游》⑨。

空中事业麒麟阁⑩，地下文章鹦鹉洲⑪。

旷野平原，猎士马蹄轻似箭⑫；斜风细雨，牧童牛背稳如舟⑬。

〔注释〕

①鸠(jiū)：鸟类一种，外形像鸽子。

②翠馆、红楼：皆指青楼妓院。此句中"鱼"与"鸟"相对，平对仄；"鸽"与"鸠"相对，仄对平；"翠馆"与"红楼"相对，仄仄对平平。

③七贤：指魏晋时期的"竹林七贤"，分别是阮籍、嵇康、山涛、向秀、阮咸、王戎、刘伶。三友：指松、竹、梅，三者合称为"岁寒三友"。

④爱日：爱惜时光。悲秋：悲伤秋日。因秋日天气转寒，花草开始凋

零，令人视之悲伤。此句中“七贤”与“三友”相对，仄平对平仄；“爱日”与“悲秋”相对，仄仄对平平。

⑤虎类狗：此处所言与东汉人马援告诫自己侄儿一事有关。在《诫兄子严敦书》中，马援告诫侄儿，不要轻易去学习豪侠仗义的杜季良，因为一旦学而不得，就会被视为轻薄之人，即“学杜季良不成，为天下轻薄子，所谓画虎不成反类狗”。

⑥蚁如牛：据《世说新语》记载，东晋人殷仲堪的父亲殷师得了“虚悸症”，一听到床下的蚂蚁动静，就以为是斗牛之声。

⑦列辟：指诸侯王。此句中“虎类狗”与“蚁如牛”相对，仄仄仄对仄平平；“列辟”与“诸侯”相对，仄仄对平平。

⑧陈唱《临春乐》：此处所言与南朝陈后主有关。陈后主追求享乐，曾令贵人、女学士与狎客相互以诗作赠答，并将其中艳丽的作品拿去“以为曲调，持以相乐”。《临春乐》就是他们所创作浓词艳曲中的一首。

⑨隋歌《清夜游》：此处所言与隋炀帝有关。据史料记载，隋炀帝喜欢在西苑宴游，夏日则放萤火虫照明，唱清夜之曲；冬日则将彩色锦缎剪成花的样子，装饰庭苑。《清夜游曲》即为夏日宴游创作。此句前后相对，平仄平平仄，平平平仄平。

⑩空中事业：指麒麟阁内所挂画像的功臣们的事业终不过是过眼云烟，无法长久。麒麟阁：汉代阁楼名，建在未央宫中。汉宣帝为了表彰霍光等十一人的功绩，将他们的画像挂在了此阁内。

⑪地下文章：指祢衡虽已身死，但他的文章依旧被世人传诵。鹦鹉洲：长江中的洲名，在今湖北武汉。相传祢衡曾在此挥笔立就一篇《鹦鹉赋》，文采斐然，令世人称赞，故此洲被称为“鹦鹉洲”。此句前后相对，平平仄仄平平仄对仄仄平平平仄平。

⑫猎士：猎人。清人诗云：“猛兽不除人必残，猎士鼓勇如林攒。”

⑬牧童:放牛的孩童。宋人雷震《村晚》:“牧童归去横牛背,短笛无腔信口吹。”此两句前后相对,仄仄平平,仄仄仄平平仄仄对平平仄仄,仄平平仄仄平平。

〔译文〕

鱼与鸟相对应,鸽与鸠相对应,翠馆与红楼相对应。

竹林七贤与岁寒三友相对应,爱惜时光与悲伤秋日相对应。

画虎不成反类狗,闻蚁声动如斗牛,列辟与诸侯相对应。

陈后主命人唱《临春乐》,隋炀帝让人歌《清夜游》。

麒麟阁上功臣的事业如过眼云烟,鹦鹉洲上祢衡的文章千古流芳。

空旷无垠的平原上,猎人骑马奔驰,马蹄轻快好似离弦之箭;微风轻拂雨绵密,牧童横坐牛背,稳如江中小舟。

十二　侵

〔题解〕

“侵”部是平水韵三十韵中下平声第十二韵部。“十二侵”中，“十二”为序号，“侵”为下平声十五韵中的代表字之一，亦表示与之同归于此韵部中的字。《笠翁对韵》中所举出这一韵部的字有吟、今、岑、林、金、砧、针、临、霖、深、擒、音、骎、心、阴。

其一

歌对曲，啸对吟[①]，往古对来今[②]。

山头对水面，远浦对遥岑[③]。

勤三上[④]，惜寸阴[⑤]，茂树对平林[⑥]。

卞和三献玉[⑦]，杨震四知金[⑧]。

青皇风暖催芳草[⑨]，白帝城高急暮砧[⑩]。

绣虎雕龙[⑪]，才子窗前挥彩笔[⑫]；描鸾刺凤，佳人帘下度金针[⑬]。

〔注释〕

①啸：指人将自己的嘴撮住后发声而形成的声音。吟：有声调、有感情地念。

②往古：过去的时间，指从前。来今：当下的时间，指现今。此句中"歌"与"曲"相对，平对仄；"啸"与"吟"相对，仄对平；"往古"与"来今"相对，仄仄对平平。

③远浦(pǔ)：远处的水湾。明人王恭《远浦归帆》："远浦归舟鸟外还，棹歌迢递过前滩。"遥岑：远处的小山崖。宋人辛弃疾《水龙吟·登建康赏心亭》云："遥岑远目，献愁供恨，玉簪螺髻。"此句中"山头"与"水面"相对，平平对仄仄；"远浦"与"遥岑"相对，仄仄对平平。

④勤三上：枕上、马上、厕上，此三者为古人认为善读书人抓紧时间读书思考之处。典故出自宋人欧阳修《归田录》。

⑤惜寸阴：珍惜宝贵的每分每秒。

⑥茂树：茂密的树。宋人朱熹《南安道中》："高蝉多远韵，茂树有余阴。"平林：平原上的树林。唐人李白《菩萨蛮·平林漠漠烟如织》云："平林漠漠烟如织，寒山一带伤心碧。"此句中"勤三上"与"惜寸阴"相对，平平仄对仄仄平；"茂树"与"平林"相对，仄仄对平平。

⑦卞和三献玉：此处所言与楚人卞和献和氏璧的故事有关。据《韩非子·和氏》记载，卞和得到一块玉原石，献给楚厉王，厉王的匠人告诉他这是石头，于是厉王不收璧，并砍去了他的左脚。后来，卞和又将其献给楚武王，武王匠人仍旧视之为石，于是楚武王又砍掉了他的右脚。最后，在文王即位时，卞和抱着和氏璧在楚山下大哭。于是，文王让人切开了原石，果然得到了价值连城的宝玉。

⑧杨震四知金：此处所言与汉人杨震有关。据《后汉书》记载，杨震赴

任荆州刺史时，荆州茂才王密曾于深夜拜会。王密意欲以十斤黄金贿赂杨震，并言夜中无人知晓。杨震说道："天知，神知，我知，你知，怎么能说没人知道?"王密羞愧地离开了。此句前后相对，仄平平仄仄对平仄仄平平。

⑨青皇：又名青帝、东皇，是传说中位于东方、主管春天的神灵。明人庞嵩《立春两首》云："青皇出震春光路，碧眼窥人柳色鲜。"

⑩白帝城高急暮砧(zhēn)：此句出自唐人杜甫《秋兴八首》。《秋兴八首·其一》云："寒衣处处催刀尺，白帝城高急暮砧。"白帝城，古代城名，位于今重庆奉节。砧，捶洗衣物时垫在下面的石板。此句前后相对，平平平仄平平仄对仄仄平平仄仄平。

⑪绣虎：指作诗文辞藻华丽。雕龙：指作诗文善于修饰文辞。清人顾太清词中有："绣虎雕龙天付与，好是骊珠一串。"

⑫彩笔：指郭璞给江淹的五色笔，参《四支·其一》注⑤。

⑬度金针：把刺绣的方法传授给他人。此两句前后相对，仄仄平平，平仄平平平仄仄对平平仄仄，平平平仄仄平平。

〔译文〕

歌与曲相对应，啸与吟相对应，往昔与今日相对应。

山头与水面相对应，远处的水湾与远处的小山崖相对应。

勤奋到不浪费枕上、马上、厕上的时间，珍惜每分每秒的光阴，茂密的大树与平原上的树林相对应。

卞和三次进献美玉，杨震以"四知"怒退贿金。

主管春天的神灵用暖风催生出芬芳绿草，高高的白帝城在日暮时传来急促的捣衣声。

绣虎雕龙，才子在窗前挥笔写下华美辞章；描鸾刺凤，美人在帘下穿针引线缝制衣裳。

其二

登对眺[1]，涉对临[2]，瑞雪对甘霖[3]。

主欢对民乐[4]，交浅对言深[5]。

耻三战[6]，乐七擒[7]，顾曲对知音[8]。

大车行槛槛[9]，驷马骤骎骎[10]。

紫电青虹腾剑气[11]，高山流水识琴心[12]。

屈子怀君[13]，极浦吟风悲泽畔[14]；王郎忆友[15]，扁舟卧雪访山阴[16]。

〔注释〕

①眺：眺望，向远处去看。

②涉：涉水，渡过水。临：靠着，从上往下看。

③瑞雪：预示祥瑞的大雪。甘霖：一场及时好雨。此句中“登”与“眺”相对，平对仄；“涉”与“临”相对，仄对平；“瑞雪”与“甘霖”相对，仄仄对平平。

④主欢：君主欢乐，泛指居于上位的人开心。民乐：百姓欢乐。

⑤交浅：交情浅薄。言深：推心置腹的对话。此句中“主欢”与“民乐”相对，仄平对平仄；“交浅”与“言深”相对，平仄对平平。

⑥耻三战：此处所言与鲁人曹沫有关。据《史记》记载，鲁国将领曹沫三次与齐军作战，均以失败告终，曹沫以此为耻。最终，在齐鲁柯地会盟时，他用匕首要挟齐桓公，使后者尽数归还了所占鲁国的土地。

⑦乐七擒：指诸葛亮七擒孟获一事。据史料记载，诸葛亮曾七次生擒西南一部落首长孟获，最终使孟获心服口服，并追随诸葛亮去蜀地做官。

⑧顾曲：回头看弹奏曲子的人。据《三国志·吴志·周瑜传》记载，三国吴周瑜善审音律，曲中有阙误之处，周瑜一下就能听出来，然后就会回头看演奏之人。所以那个时候有民谣曰："曲有误，周郎顾。"后来"顾曲"引申为欣赏音乐，对所听乐曲流连忘返。知音：懂得音律，后指十分了解自己的好友。此句中"耻三战"与"乐七擒"相对，仄平仄对仄仄平；"顾曲"与"知音"相对，仄仄对平平。

⑨大车行槛(jiàn)槛：此句出自《诗经·王风·大车》中"大车槛槛"句，意思是负重的牛车槛槛而行。槛槛，车前行时发出的声音。

⑩驷马骤骎(qīn)骎：此句出自《诗经·小雅·四牡》中"驾彼四骆，载骤骎骎"句，意思是驷马车跑得飞快。驷，古代四马所驾之车称为驷。骎骎，马极速奔驰的样子。此句前后相对，仄平平仄仄对仄仄仄平平。

⑪紫电、青虹：皆为宝剑名。

⑫高山流水识琴心：此处所言与俞伯牙和钟子期有关。俞伯牙、钟子期二人是挚友，俞伯牙弹琴，钟子期总能理解琴声中的深意。有次俞伯牙弹琴，钟子期听后说："这一曲想要表达的是高山之情。"又一曲后，钟子期又说："这一曲想要表达的是流水之情。"皆得琴旨。琴心：琴声中的深意。此句前后相对，仄仄平平平仄仄对平平平仄仄平平。

⑬屈子怀君：屈原内心牵挂着楚王。屈子，屈原。

⑭极浦吟风悲泽畔：据《楚辞·渔父》所云，屈原被流放后，披发行吟于泽畔，颜色憔悴，形容枯槁。极浦，极遥远的水湾边。

⑮王郎：指东晋人王徽之，王羲之之子。

⑯扁舟卧雪访山阴：据《世说新语·任诞》记载，王徽之曾在雪夜中思念好友戴逵，于是便乘着小舟，深夜前往。等到了戴逵门前时，一宿已尽。

这时，王徽之突然感觉自己已经没了访友的兴致，于是他没有登门拜访戴逵，就径直回家去了。此两句前后相对，仄仄平平，仄仄平平平仄仄对平平仄仄，平平仄仄仄平平。

〔译文〕

登高与远眺相对应，涉水与身临相对应，祥瑞之雪与适时好雨相对应。

主上欢欣与民众喜乐相对应，交情浅薄与言谈深入相对应。

曹沫耻于三战三败，孟获曾被七次擒获，周瑜精通音律与伯牙子期相知相对应。

牛车负重，槛槛而行；马车疾驰，骎骎如影。

紫电、青虹两把宝剑剑气冲天，钟子期听俞伯牙弹琴之音就知他心中志向。

屈原内心惦念楚王，独自在江畔悲痛低吟；王徽之思念戴逵，于雪夜乘舟拜访老友。

十三　覃

〔题解〕

“覃”部是平水韵三十韵中下平声第十三韵部。“十三覃”中，“十三”为序号，“覃”为下平声十五韵中的代表字之一，亦表示与之同归于此韵部中的字。《笠翁对韵》中所举出这一韵部的字有龛、南、谈、楠、三、簪、蓝、酣、谙、柑、男、岚、眈、聃、贪。

其一

宫对阙[①]，座对龛[②]，水北对天南[③]。

蜃楼对蚁郡[④]，伟论对高谈[⑤]。

遴杞梓[⑥]，树楩楠[⑦]，得一对函三[⑧]。

八宝珊瑚枕[⑨]，双珠玳瑁簪[⑩]。

萧王待士心惟赤[⑪]，卢相欺君面独蓝[⑫]。

贾岛诗狂[⑬]，手拟敲门行处想[⑭]；张颠草圣[⑮]，头能濡墨写时酣[⑯]。

〔注释〕

①阙:高大宫门两旁供瞭望的城阙,也泛指皇帝住所。

②座:托住物体的底座。龛(kān):供奉着佛像、牌位的小阁。

③此句中“宫”与“阙”相对,平对仄;“座”与“龛”相对,仄对平;“水北”与“天南”相对,仄仄对平平。

④蜃(shèn)楼:即“海市蜃楼”,指由于光线折射在空旷无物处产生的城市、楼阁等幻象,古人认为这是蜃吐气而成。蚁郡:蚂蚁的郡城,即指蚁巢。

⑤伟论:宏伟的言论,指见识广博或者立意宏大的言论。高谈:高明的言谈。此句中“蜃楼”与“蚁郡”相对,仄平对仄仄;“伟论”与“高谈”相对,仄仄对平平。

⑥遴杞(qǐ)梓(zǐ):遴选杞与梓。杞、梓都是上佳的木材,比喻贤能良才。

⑦树楩(pián)楠:种植黄楩木与楠木,二者都是高大乔木,比喻能够治国的栋梁之材。

⑧得一:得到天下至道。《老子》云:“天得一以清,地得一以宁,神得一以灵,谷得一以盈,万物得一以生,侯王得一而以为正。”函三:包含着天、地、人三才。此句中“遴杞梓”与“树楩楠”相对,平仄仄对仄平平;“得一”与“函三”相对,仄仄对平平。

⑨八宝:众多奇珍异宝。珊瑚枕:可参《六麻·其二》注⑪。

⑩双珠:两颗珍珠。玳瑁簪:用玳瑁做成的簪子。玳(dài)瑁(mào):爬行动物,像龟,甲壳光滑,上有花纹。此句前后相对,仄仄平平仄对平平仄仄平。

⑪萧王待士心惟赤:此处所言与汉光武帝刘秀有关。据记载,刘秀在

做萧王时,招兵买马,收拢人心。他在收降敌军时,封降军首领为列侯,以诚相待,深得拥护。因此说他“赤心待士”,用赤诚之心来对待众人。

⑫卢相欺君面独蓝:此处所言与唐人卢杞有关。据《新唐书》记载,卢杞能言善辩,但是体貌丑陋,面色发蓝,被人称为“鬼貌”。他善于伪装,“不耻恶衣菲食”,因此,人们称赞他“有祖风节”。而他任宰相之后,便树立威风,攥紧手中的权力,同时妒忌贤能,党同伐异,陷害不和自己站在一边的人。此句前后相对,平平仄仄平平仄对平仄平平仄仄平。

⑬贾岛:晚唐诗人,好苦吟,被人称之为“诗奴”,常与孟郊并称。成语“郊寒岛瘦”,即指唐代诗人孟郊和贾岛清寒瘦硬的诗歌风格。

⑭手拟敲门行处想:据《唐诗纪事》《夜航船》记载,有一次,贾岛坐在驴背上于京城内游走,突然得出“鸟宿池边树,僧推月下门”一句,但用“推”还是“敲”,贾岛内心举棋不定。在思忖恍惚间,贾岛用手模拟这两种姿势,不知不觉,冲撞到了当时京兆尹韩愈的车队,被领到了韩愈面前。在问清缘由后,韩愈告诉他:“‘敲’字更佳。”

⑮张颠:即唐人张旭,因其草书冠绝天下,被称为“草圣”。张旭好饮酒,醉酒后号呼狂走,索笔挥洒,如有神助,因此被称为“张颠”。

⑯头能濡墨写时酣:据《新唐书》张旭本传记载,张旭喝醉后,有时用头发蘸墨汁写字,清醒以后再看,觉得当时所作为神作,不可再有。此两句前后相对,仄仄平平,仄仄平平平仄仄对平平仄仄,平平平仄仄平平。

〔译文〕

宫与阙相对应,座与龛相对应,水北与天南相对应。

海市蜃楼和蚂蚁郡城相对应,宏伟言论与高谈阔论相对应。

遴选杞和梓,植下楩与楠,得一与函三相对应。

装饰着许多珍宝的珊瑚枕头,两颗珍珠镶嵌在玳瑁做的簪子上。

萧王刘秀真心待士，内心赤诚；宰相卢杞欺骗君王，面色如蓝。

贾岛作诗疯狂，在走路时内心思忖，用手模拟敲门动作；张旭写字癫狂，用头发蘸着墨水狂书，一时酣畅。

其二

闻对见，解对谙①，三橘对双柑②。
黄童对白叟③，静女对奇男④。
秋七七⑤，径三三⑥，海色对山岚⑦。
鸾声何哕哕⑧，虎视正眈眈⑨。
仪封疆吏知尼父⑩，函谷关人识老聃⑪。
江相归池⑫，止水自盟真是止⑬；吴公作宰⑭，贪泉虽饮亦何贪⑮。

〔注释〕

①解：了解。谙（ān）：熟知。

②三橘：三个橘子，指陆绩从袁术处偷偷为母亲带三个橘子一事。参《六麻·其二》注②。双柑：两个柑。柑，似橘的一种水果，一说此处所言为“戴颙春日携双柑斗酒”一事。此句中“闻”与“见”相对，平对仄；“解”与“谙”相对，仄对平；“三橘”与“双柑”相对，平仄对平平。

③黄童：黄头发的小孩。白叟：白头发的老人。宋人蔡肇《大港即事次韵》：“村落家家有酒沽，黄童白叟醉相扶。”宋人苏轼《浣溪沙·照日深

红暖见鱼》云:“照日深红暖见鱼,连溪绿暗晚藏乌。黄童白叟聚睢(suī)盱(xū)。”

④静女:娴静淑美的女子。《诗经·邶风·静女》有“静女其姝”“静女其娈”。奇男:不平凡的男子。宋人高斯得《建宁府鹿鸣宴诗》:“海内如今人物眇,掀天事业要奇男。”此句中“黄童”与“白叟”相对,平平对仄仄;“静女”与“奇男”相对,仄仄对平平。

⑤七七:指唐人殷文祥,他常自称为七七。据道教典籍记载,殷文祥游行天下,不时改名换姓,隐居各地,人们不知道他的年龄,看起来始终是四十多岁的样子。据传,殷文祥曾让杜鹃花在秋日重阳违背时令而开放。

⑥径三三:晋人陶渊明《归去来兮辞》中有“三径就荒,松菊犹存”句,通过写庭园景色来表达隐逸情怀。

⑦海色:海上的景色。宋人苏轼《六月二十日夜渡海》云:“云散月明谁点缀,天容海色本澄清。”山岚:山间的云雾。宋人蔡沈《武夷山中四首》云:“开门傍水面,结屋依山岚。”此句中“秋七七”与“径三三”相对,平仄仄对仄平平;“海色”与“山岚”相对,仄仄对平平。

⑧鸾声何哕(huì)哕:此句出自《诗经·小雅·庭燎》中“君子至止,鸾声哕哕”句。哕哕,铃声。

⑨虎视正眈(dān)眈:此句出自《周易·颐》卦中“虎视眈眈,其欲逐逐”句。眈眈,双目注视的样子。此句前后相对,平平平仄仄对仄仄仄平平。

⑩仪封疆吏:仪地的边疆小吏,即指《论语·八佾》中提到的“仪封人”。据《八佾》记载,仪封人曾面见孔子,并在见完孔子后对孔子弟子说:“二三子,何患于丧乎?天下之无道也久矣,天将以夫子为木铎。”故此处云其“知尼父”。尼父(fǔ):对孔子的尊称,孔子字仲尼。宋人陈东《谢温州黄仲达送鄂州瓜齑(jī)》云:“饮蔬饮水真乐哉,千古风流想尼父。”

⑪函谷关人：指函谷关关令尹喜。据《史记》记载，老子出函谷关时，关令尹喜曾让老子为他留下文字资料，即所云“强为著书”。最后，老子为他著书上下篇，言道德之意五千余言而去。老聃：指老子，周代史官，先秦诸子之一，著有《道德经》。此句前后相对，平平平仄平平仄对平仄平平仄仄平。

⑫江相归池：指宋代宰相江万里投池身亡。

⑬止水自盟真是止：此处所言与宋人江万里有关。据《宋史》记载，江万里曾为南宋宰相，性情刚正不阿。南宋末年，元兵渡江，襄樊失守。江万里听到这个消息后，就在自家后院中凿了个水池，取名为“止水”。他对门人陈伟器说道：“我虽然已不在相位，但也当与国共存亡。”后来饶州城被元兵所破，宋万里果然赴“止水”而亡。盟：发誓。

⑭吴公作宰：指晋人吴隐之做了广州刺史。

⑮贪泉虽饮亦何贪：此处所言与晋人吴隐之饮贪泉水的故事有关。据《晋书》记载，吴隐之赴任广州刺史时，在距离广州城二十里一个叫石门的地方，听闻当地有一眼泉叫“贪泉”，人喝了这泉水后就会产生无法满足的贪欲。吴隐之不信，到泉水边酌饮之，并赋诗云：“古人云此水，一歃怀千金。试使夷齐饮，终当不易心。”果然，后来他在广州做官期间，正直清廉，始终未改。此两句前后相对，平仄平平，仄仄仄平平仄仄对平平仄仄，平平平仄仄平平。

〔译文〕

听闻与看见相对应，了解与熟语相对应，三橘与双柑相对应。

黄毛小孩与白发老人相对应，娴静女子与非凡男子相对应。

殷七七可令杜鹃在重阳开放，陶渊明的田园中三径就荒，海之色与山之气相对应。

车铃哕哕作响，老虎怒目直视。

仪地边疆小吏知道孔子对于天下的意义，函谷关尹喜清楚老子应当留有作品。

江万里投池而亡，“止水”池的誓言果真实践；吴隐之任广州刺史，虽饮“贪泉”水却终无所贪。

十四　盐

〔题解〕

“盐”部是平水韵三十韵中下平声第十四韵部。“十四盐”中，“十四”为序号，“盐”为下平声十五韵中的代表字之一，亦表示与之同归于此韵部中的字。《笠翁对韵》中所举出这一韵部的字有炎、严、髯、廉、谦、潜、帘、拈、添、恬、尖、纤、占、盐、淹、嫌、瞻、檐、签、奁。

其一

宽对猛[①]，冷对炎，清直对尊严[②]。

云头对雨脚[③]，鹤发对龙髯[④]。

风台谏[⑤]，肃堂廉[⑥]，保泰对鸣谦[⑦]。

五湖归范蠡[⑧]，三径隐陶潜[⑨]。

一剑成功堪佩印[⑩]，百钱满挂便垂帘[⑪]。

浊酒停杯，容我半酣愁际饮[⑫]；好花傍座[⑬]，看他微笑悟时拈[⑭]。

〔注释〕

①宽：宽厚，宽大。猛：严厉。

②清直：清廉正直。尊严：端庄严肃。此句中“宽”与“猛”相对，平对仄；“冷”与“炎”相对，仄对平；“清直”与“尊严”相对，平仄对平平。

③云头：指云顶端。明人刘基《菩萨蛮·越城晚眺》云：“西风吹散云头雨，斜阳却照天边树。”雨脚：雨点。唐人杜甫《茅屋为秋风所破歌》云：“床头屋漏无干处，雨脚如麻未断绝。”

④鹤发：指人的白发如鹤的羽毛颜色一般，故名。唐人张志和《渔父》云：“却把渔竿寻小径，闲梳鹤发对斜晖。”龙髯（rán）：龙的胡须，亦指帝王的胡须。此句中“云头”与“雨脚”相对，平平对仄仄；“鹤发”与“龙髯”相对，仄仄对平平。

⑤风台谏：指台官与谏官有美刺时政、建言纠弹的职责。

⑥肃堂廉：指朝廷严肃庄重。堂廉，宫殿侧，借指朝廷。

⑦保泰：保持安泰的局面。鸣谦：以为人谦虚而知名。《周易·谦》云：“鸣谦，贞吉。”此句中“风台谏”与“肃堂廉”相对，平平仄对仄平平；“保泰”与“鸣谦”相对，仄仄对平平。

⑧五湖归范蠡（lí）：此处所言与楚人范蠡有关。据史料记载，范蠡帮助勾践灭吴后，遂带着西施归隐，“出三江，入五湖”，没有人知道他们的下落。

⑨三径隐陶潜：此处所言与晋人陶潜有关。陶渊明《归去来兮辞》云：“三径就荒，松菊犹存。”隐：归隐。此句前后相对，仄平平仄仄对平仄仄平平。

⑩一剑成功堪佩印：此处所言与战国时纵横家苏秦有关。据《史记》记载，苏秦曾身佩一剑，游说燕、赵、韩、魏、齐、楚六国合力抗秦，最终自己

身佩六国相印,为纵约长。

⑪百钱满挂便垂帘:此处所言为汉人严君平之事。据《汉书》记载,蜀人严君平靠替人算卦营生。每天他卜筮所得可以满足一天之用后,就会关门垂帘,给弟子教授《道德经》。此句前后相对,仄仄平平平仄仄对仄平仄仄仄平平。

⑫“浊酒停杯”二句:出自唐人杜甫《登高》中“艰难苦恨繁霜鬓,潦倒新停浊酒杯”句。停杯,停下饮酒。酣,酣畅饮酒。愁际,发愁之际。

⑬傍座:靠在座位旁。

⑭看他微笑悟时拈:此处所言与释迦牟尼有关。据《五灯会元·释迦牟尼佛》记载,释迦牟尼在灵山会上,用手拈起座旁的花,众人默然无语,只有迦叶尊者微微而笑。释迦牟尼知道迦叶尊者心中有所悟,便将佛法传授给了他。此两句前后相对,仄仄平平,平仄仄平平仄仄对仄平仄仄,仄平平仄仄平平。

〔译文〕

宽大与严苛相对应,冷淡与炎热相对应,清廉正直与端庄威严相对应。

云端与雨点相对应,白发与龙须相对应。

台官和谏官讽谏君王,朝堂上需保持肃穆庄严,保持安泰和谦逊闻名相对应。

范蠡归隐于五湖,陶潜隐逸在三径。

苏秦成功说服六国抗秦,身佩六国相印;严君平卜筮得百钱而止,垂帘传授《道德经》。

饮浊酒直至停杯,暂容我杜甫于发愁之时借酒消愁;美丽的花紧挨座位，释迦牟尼拈起花朵，看到迦叶尊者微笑示悟。

其二

连对断，减对添，淡泊对安恬[①]。
回头对极目[②]，水底对山尖[③]。
腰袅袅，手纤纤，凤卜对鸾占[④]。
开田多种粟[⑤]，煮海尽成盐[⑥]。
居同九世张公艺[⑦]，族赡千人范仲淹[⑧]。
箫弄凤来，秦女有缘能跨羽[⑨]；鼎成龙去，轩臣无计得攀髯[⑩]。

〔注释〕

①淡泊：恬淡处世，不追名逐利。三国蜀汉人诸葛亮《诫子书》云："非淡泊无以明志，非宁静无以致远。"安恬：安然恬静。宋人曹勋《和钱处和野堂》："居虽朝市近，事事见安恬。"此句中"连"与"断"相对，平对仄；"减"与"添"相对，仄对平；"淡泊"与"安恬"相对，仄仄对平平。

②极目：用眼睛极力向远方看。唐人岑参《山房春事二首》："梁园日暮乱飞鸦，极目萧条三两家。"

③山尖：山巅。此句中"回头"与"极目"相对，平平对仄仄；"水底"与"山尖"相对，仄仄对平平。

④凤卜、鸾占：皆指挑选佳人结为伴侣。此句中"腰袅袅"与"手纤纤"相对，平仄仄对仄平平；"凤卜"与"鸾占"相对，仄仄对平平。

⑤开田：开垦荒地为良田。唐人刘长卿《东湖送朱逸人归》云："莫道

野人无外事，开田凿井白云中。”

⑥煮海：煮干海水，析出海盐。此句前后相对，平平平仄仄对仄仄仄平平。

⑦居同九世张公艺：此处所言为唐人张公艺之事。据《旧唐书》记载，张公艺家九世同居，家族庞大，却可一直保持团结和睦。唐高宗曾问张公艺怎样才能维持如此大的家族相亲相爱，张公艺写下“忍”字。高宗深受感动，并赠予他缣帛。

⑧族赡千人范仲淹：此处所言与北宋文学家范仲淹有关。据史料记载，范仲淹乐善好施，秉性纯孝，虽然身处高位，但仍旧生活节俭。他和妻子曾在乡中设置义庄，用来赡养族人。范仲淹去世之时，但凡知晓此事的人，皆为之叹息。此句前后相对，平平仄仄平平仄对平仄平平仄仄平。

⑨“箫弄凤来”二句：参《一东·其三》注⑬，及《三江·其一》注⑨。

⑩“鼎成龙去”二句：所言与传说中的黄帝有关。据《史记》记载，黄帝曾铸鼎于荆山下。鼎成之后，有一条垂着胡髯的龙从天而降，接黄帝进入仙界。黄帝骑上龙后，群臣和后宫七十余人也爬上了龙背，剩下的小臣无法上龙背，只得拽着龙须。龙飞上天后，须髯忽断，小臣皆从天上掉了下来。此两句前后相对，平仄仄平，平仄仄平平仄仄对仄平平仄，平平平仄仄平平。

〔译文〕

连接与断开相对应，减少与添加相对应，淡泊名利与安然恬淡相对应。

转回头看与极目远眺相对应，水底与山巅相对应。

细腰袅袅，玉手纤纤，凤卜与鸾占相对应。

开垦荒田多种粟，煮干海水皆剩盐。

张公艺家族庞大，九世和睦同堂；范仲淹乐善好施，赡养千名族人。

吹响玉箫引来凤凰，秦女有缘可以骑着凤凰飞仙；铜鼎铸成飞龙离去，黄帝的小臣无法抓着龙须升天。

其三

人对己[①]，爱对嫌[②]，举止对观瞻[③]。
四知对三语[④]，义正对辞严[⑤]。
勤雪案[⑥]，课风檐[⑦]，漏箭对书签[⑧]。
文繁归獭祭[⑨]，体艳别香奁[⑩]。
昨夜题梅更一字[⑪]，早春来燕卷重帘[⑫]。
诗以史名，愁里悲歌怀杜甫[⑬]；笔经人索，梦中显晦老江淹[⑭]。

〔注释〕

①己：自己。

②嫌：嫌弃。

③举止：举动。观瞻：观看瞻望。此句中“人”与“己”相对，平对仄；“爱”与“嫌”相对，仄对平；“举止”与“观瞻”相对，仄仄对平平。

④四知：参《十二侵・其一》注⑧。三语：指晋人阮修回答王衍所问“儒道有何不同”时所云“将无同”三字。阮修认为，老庄和儒学之间，似乎没什么不同的。

⑤义正：道义正直。辞严：言辞严厉。宋人李鹏《三尺水剑歌》：“上头

铭字侯所作，辞严义正发炳灵。”此句中“四知”与“三语”相对，仄平对平仄；“义正”与“辞严”相对，仄仄对平平。

⑥勤雪案：在落满雪花的书案上学习。

⑦课风檐：在考场的风檐下考试。课，考试，考核。

⑧漏箭：古代计时器漏壶的部件，随着水位的降低，漏箭会指出刻在漏壶上的具体时间。宋人陆游《晨起》云：“衣润熏笼暖，灯残漏箭长。”此句中“勤雪案”与“课风檐”相对，平仄仄对仄平平；“漏箭”与“书签”相对，仄仄对平平。

⑨文繁：指文章文辞繁杂，堆砌成文。獭（tǎ）祭：水獭捕食时，常常将所获之鱼堆列在岸上，好似在用鱼作祭品一般，后世描绘此貌为“獭祭”，指人作文时堆砌典故、罗列史实的情况。晚唐诗人李商隐作诗喜好用典，曾被人以此相称。南宋吴炯《五总志》云：“唐李商隐为文，多检阅书史，鳞次堆集左右，时谓为獭祭鱼。”

⑩体艳：文体华艳不实。香奁（lián）：古代女子盛放化妆品等的盒子。唐人韩偓喜欢作艳诗，人称其诗为“香奁体”。他的诗集名就叫《香奁集》。此句前后相对，平平平仄仄对仄仄仄平平。

⑪昨夜题梅更一字：据《诗人玉屑》记载，唐人郑谷曾将齐己诗《早春》中“前村深雪里，昨晚数枝开”改为“前村深雪里，昨晚一枝开”，并对齐己说：“‘数枝开’不能见‘早’之意，不如‘一枝开’得好。”齐己听后心服口服，时人亦称郑谷是齐己的“一字师”。

⑫卷重帘：把厚重的帘子卷起。此句前后相对，仄仄平平平仄仄对仄平平仄仄平平。

⑬“诗以史名”二句：与唐人杜甫有关。杜甫之诗沉郁顿挫，常写时事，揭露社会黑暗，描述民生疾苦，被后世人称为“诗史”，他本人也被称为“诗圣”。

⑭“笔经人索”二句：所言与江淹有关，参《四支·其一》注⑤。显晦，光明与阴暗。此处指江淹文采斐然与否，皆与他手中是否持有五色笔有关。此两句前后相对，平仄仄平，平仄平平平仄仄对仄平平仄，仄平仄仄仄平平。

〔译文〕

他人与自己相对应，喜爱与嫌弃相对应，举止与观瞻相对应。

四知与三语相对应，道义正直与措辞严厉相对应。

在雪中的书案上勤学，于考场的风檐下努力，计算时间的漏箭与标记页数的书签相对应。

文辞堆砌好似水獭祭鱼，体裁香艳类同香奁诗体。

齐己的昨夜题梅诗，郑谷更改一字即为佳作；早春飞来北归之燕，人们纷纷卷起厚重的帘子。

杜甫的诗以“诗史”闻名，诗中悲情愁绪，忧国忧民；江淹的五色笔被人索去，惊醒后诗才不再，江郎才尽。

十五　咸

〔题解〕

“咸”部是平水韵三十韵中下平声第十五韵部。“十五咸”中,“十五”为序号,“咸”为下平声十五韵中的代表字之一,亦表示与之同归于此韵部中的字。《笠翁对韵》中所举出这一韵部的字有芟、监、衔、毚、缄、喃、岩、帆、杉、咸、函、凡、谗、瑊、衫、镵、馋。

其一

栽对植,薙对芟[①],二伯对三监[②]。
朝臣对国老[③],职事对官衔[④]。
鹿麌麌[⑤],兔毚毚[⑥],启牍对开缄[⑦]。
绿杨莺晛睆[⑧],红杏燕呢喃[⑨]。
半篱白酒娱陶令[⑩],一枕黄粱度吕岩[⑪]。
九夏炎飙[⑫],长日风亭留客骑[⑬];三冬寒冽[⑭],漫天雪浪驻征帆[⑮]。

〔注释〕

①薙(tì)、芟(shān):皆指除草。

②二伯:指西周初年辅佐周成王治理国政的周公与召公。周公主管“自陕以东”,召公主管“自陕以西”。三监:周武王灭殷后,将殷商旧都作为封地,赐予了商纣之子武庚。同时,武王派自己的三个弟弟管叔、蔡叔和霍叔共同监管武庚,称为“三监”。此句中“栽”与“植”相对,平对仄;“薙”与“芟”相对,仄对平;“二伯”与“三监”相对,仄仄对平平。

③朝臣:当朝大臣。国老:国家的重臣,或指国内已年迈退职的卿大夫等。

④职事:职务。官衔:官员的头衔。此句中“朝臣”与“国老”相对,平平对仄仄;“职事”与“官衔”相对,仄仄对平平。

⑤鹿麌(yǔ)麌:出自《诗经·小雅·吉日》中“兽之所同,麀(yōu)鹿麌麌”句。麌麌,形容鹿数量众多的样子。

⑥兔毚(chán)毚:出自《诗经·小雅·巧言》中“跃跃毚兔,遇犬获之”句。毚毚,形容兔子狡猾、上下腾跃难以捕获的样子。

⑦启牍:打开书信。牍,古代用来写字的木片。开缄(jiān):拆开书信。唐人李白《久别离》云:“况有锦字书,开缄使人嗟。”此句中“鹿麌麌”与“兔毚毚”相对,仄仄仄对仄平平;“启牍”与“开缄”相对,仄仄对平平。

⑧睍(xiàn)睆(huàn):形容鸟叫声清亮圆转,亦指鸟色美好。西晋人陈寿《春晓曲》云:“银箭铜壶漏声歇,睍睆金莺送残月。”

⑨呢(ní)喃(nán):常指燕子的低声鸣叫。宋人刘季孙《题屏》云:“呢喃燕子语梁间,底事来惊梦里闲。”近人林徽因《你是人间的四月天》云:“你是一树一树的花开,是燕在梁间呢喃。”此句前后相对,仄平平仄仄对平仄仄平平。

⑩半篱:指菊花所在处。陶渊明喜菊,住的地方东篱下有菊丛。陶令:指陶渊明,他曾做过彭泽县令。

⑪一枕黄粱度吕岩:此处所言与道教仙人吕洞宾有关。据《夜航船》记载,吕洞宾科举不中后,遇到了汉钟离,并与他同住在一间屋子里。是时,汉钟离起锅煮黄粱,吕洞宾稍稍小憩。在睡梦中,吕洞宾梦到自己享尽人生荣华富贵,最终因重罪被处死。等到他梦醒之时,汉钟离在他梦初时蒸煮的黄粱米尚未煮熟。吕岩,指吕洞宾,道教八仙之一。此句前后相对,仄平仄仄平平仄对仄仄平平仄仄平。

⑫九夏:指整个夏季。夏季三月,共九十天。炎飙(biāo):炽热的夏风。宋人寇准《初秋即事》云:"古邑端居夏景移,炎飙经雨自收威。"

⑬长日:漫长的白昼。唐人李贺杂曲歌辞《十二月辞》云:"依稀和气解冬严,已就长日辞长夜。"

⑭三冬:指整个冬天。冬季有三个月,故称。

⑮雪浪:如浪一般飞扬起的白雪。宋人苏轼《雪浪石》云:"画师争摹雪浪势,天工不见雷斧痕。"征帆:远行的船只。唐人孟浩然《送杜十四之江南》:"日暮征帆何处泊,天涯一望断人肠。"此两句前后相对,仄仄平平,平仄平平平仄仄对平平平仄,仄平仄仄仄平平。

〔译文〕

栽与植相对应,薙与芟相对应,周公、召公二伯与管叔、蔡叔、霍叔三监相对应。

当朝大臣与国之元老相对应,职务与官衔相对应。

鹿众多,兔狡猾,打开书信和拆开信函相对应。

绿色的杨树上莺鸟脆鸣,红色的杏花下燕子低喃。

陶渊明在菊花旁饮酒,喜笑颜开;吕洞宾在黄粱旁惊醒,恍惚难眠。

夏日热风阵阵，漫长的白昼里只有阴凉的风亭能留住客骑；冬天寒风凛冽，满天的雪花中只见驻港的船舶无法扬帆。

其二

梧对竹，柏对杉，《夏》《濩》对《韶》《咸》①。

涧瀍对溱洧②，巩洛对崤函③。

藏书洞④，避诏岩⑤，脱俗对超凡⑥。

贤人羞献媚⑦，正士嫉工谗⑧。

霸越谋臣推少伯⑨，佐唐蕃将重浑瑊⑩。

邺下狂生，羯鼓《三挝》捐锦袄⑪；江州司马，《琵琶》一曲湿青衫⑫。

〔注释〕

①《夏》《濩（huò）》：《夏》，夏代禹时的乐曲名。《濩》，商代汤时的乐曲名。《韶》《咸》：《韶》，虞舜时的乐曲名。《咸》，唐尧时的乐曲名。此句中"梧"与"竹"相对，平对仄；"柏"与"杉"相对，仄对平；"夏濩"与"韶咸"相对，仄仄对平平。

②涧（jiàn）瀍（chán）：涧水和瀍水，两条河均流经洛阳市，并注入洛水。溱（zhēn）洧（wěi）：溱水和洧水，两水均在河南省。《诗经·郑风》中有《溱洧》篇。

③巩洛：巩，古国名，今河南巩义市。洛，洛邑，今河南洛阳。崤（xiáo）函：崤山和函谷关。此句中"涧瀍"与"溱洧"相对，仄平对平仄；

“巩洛”与“崤函”相对，仄仄对平平。

④藏书洞：据传说，湖北沅州沅陵县小酉山石穴中藏有书千余卷，秦人曾经于此读书。

⑤避诏岩：宋人陈抟曾在华山南峰天门西北一大岩石处隐居，逃避朝廷的征召，故此处被称为“避诏岩”。一说指汉初商山四皓隐居的岩洞。

⑥脱俗：脱离庸俗。超凡：超越凡俗。此句中“藏书洞”与“避诏岩”相对，平平仄对仄仄平；“脱俗”与“超凡”相对，仄仄对平平。

⑦羞：羞愧于。献媚：向有权势地位的人无底线地示好，巴结别人。

⑧正士：正直之士，正义之士。嫉：痛恨。工谗：擅长在别人面前进献谗言、搬弄是非的人。此句前后相对，平平平仄仄对仄仄仄平平。

⑨少伯：指帮助越王勾践灭吴称霸的范蠡。范蠡，字少伯。

⑩佐：辅佐。蕃将：指少数民族的将领。浑瑊(jiān)：唐代著名将领，曾跟随李光弼平定河北，跟随郭子仪收复两京，在平定“安史之乱”中立下汗马功劳。此句前后相对，仄仄平平平仄仄对仄平平仄仄平平。

⑪“邺(yè)下狂生”二句：所言与三国时人祢衡有关。据《后汉书》记载，曹操想要羞辱恃才傲物的祢衡，因此要求祢衡在一次宴会宾客时做鼓史。而根据当时的规定，鼓史在敲鼓前要换上特定的服装。曹操此意在于让祢衡换掉华丽的衣物，穿上帛绢制的衣物来为大家击鼓，杀一杀他的傲气。然而，刚刚演奏“渔阳三挝(zhuā)”的祢衡没有一点儿羞愧色，反而在大庭广众下，从容地脱衣、换衣，然后继续演奏。曲罢，祢衡潇洒离去。曹操笑道：“本来是想羞辱一下祢衡的，反倒被他羞辱了。”邺：古城名，在今河北临漳。狂生：狂放书生。

⑫“江州司马”二句：所言与唐代诗人白居易有关。白居易所作《琵琶行》中，有“座中泣下谁最多，江州司马青衫湿”句。此两句前后相对，仄仄平平，仄仄平平平仄仄对平平平仄，平平仄仄仄平平。

〔译文〕

梧桐与青竹相对应，柏树与杉树相对应，舞乐《夏》《濩》与舞乐《韶》《咸》相对应。

涧水、瀍水与溱水、洧水相对应，巩国、洛邑与崤山、函谷关相对应。

藏着图书的山洞，躲避征召的岩居，脱离庸俗与超越凡俗相对应。

贤能之人羞愧于四处献媚之举，正义之士痛恨那谗言害忠之人。

帮助越国称霸天下的谋臣首推范蠡，辅佐大唐的少数民族名将当为浑瑊。

邺下狂生祢衡，当众脱换锦服，敲起《渔阳三挝》；江州司马白居易，听琵琶女一曲终了，泪湿青衫。

其三

袍对笏[①]，履对衫[②]，匹马对孤帆[③]。

琢磨对雕镂[④]，刻划对镌镵[⑤]。

星北拱[⑥]，日西衔[⑦]，卮漏对鼎馋[⑧]。

江边生杜若[⑨]，海外树都咸[⑩]。

但得恢恢存利刃[⑪]，何堪咄咄达空函[⑫]。

彩凤知音，乐典后夔须九奏[⑬]；金人守口，圣如尼父亦三缄⑭。

〔注释〕

①笏:古代大臣早朝面见皇帝时,手中拿着的板子,上面可用来记事。笏一般用象牙、玉石或者竹片做成。

②履:鞋子。衫:上衣,或泛指衣物。

③匹马:一匹马,指孤身一人。唐人岑参《送崔子还京》:“匹马西从天外归,扬鞭只共鸟争飞。”孤帆:孤独的船帆,亦指孤身一人。唐人李白《黄鹤楼送孟浩然之广陵》:“孤帆远影碧空尽,唯见长江天际流。”此句中“袍”与“笏”相对,平对仄;“履”与“衫”相对,仄对平;“匹马”与“孤帆”相对,仄仄对平平。

④琢磨:将玉石加工打磨,亦指仔细思考问题。雕镂:雕刻,亦指作诗文时琢磨文辞。

⑤刻划:雕刻,也指用细腻笔法描摹事物。镌镵(chán):雕凿,与“刻划”义近。宋人郭祥正《留题潜山山谷寺》云:“谁曾磨崖记名姓,习之健笔深镌镵。”此句中“琢磨”与“雕镂”相对,仄平对平仄;“刻划”与“镌镵”相对,仄仄对平平。

⑥星北拱:众星环绕在北极星周围。此语出自《论语·为政》,其云:“子曰:‘为政以德,譬如北辰,居其所而众星共之。’”孔子告诉弟子,治理政事要心含美德。

⑦日西衔:指日暮时分,太阳西斜落下。

⑧卮(zhī)漏:漏卮,古代底部有漏洞的盛酒器。后世看来,此酒器有警诫意味。《盐铁论·本议》中有“川源不能实漏卮”句,告诫人们任何事情若有漏洞,虽小,但后患无穷。鼎馋:鼎名,即春秋时期鲁国的“谗鼎”。此句中“辰北拱”与“日西衔”相对,平仄仄对仄平平;“卮漏”与“鼎馋”相

对，平仄对仄平。

⑨杜若：香草名，楚辞《九歌·山鬼》云："山中人兮芳杜若，饮石泉兮荫松柏。"《九歌·湘君》云："采芳洲兮杜若，将以遗兮下女。"《九歌·湘夫人》云："搴汀洲兮杜若，将以遗兮远者。"

⑩都咸：果树名。此句前后相对，平平平仄仄对仄仄仄平平。

⑪但得恢恢存利刃：此处所言与《庄子·养生主》有关。据《养生主》记载，庖丁熟练解牛时，因为心中熟稔牛全身的构造，故目无全牛，"恢恢乎其于游刃必有余地矣"，可以随心所欲地将牛分解开来。恢恢，宽绰有余的样子，指因熟练而使刀在牛骨肉间的可操作空间极大。

⑫何堪咄咄达空函：此处所言与晋人殷浩有关。殷浩少有美名，善谈玄言，他和桓温打小就齐名，两人互不相让。后来，殷浩被黜放，虽然他口无怨言，但每日都用手在空中写"咄咄怪事"四字。后桓温让他做尚书令，殷浩十分开心。但在给桓温回信时，殷浩害怕信中语言表达有错误之处，十余次打开又合上信封，最后竟给桓温寄去一封空白信，这让桓温十分不满，二人就此绝交。此句前后相对，仄仄平平平仄仄对平平仄仄仄平平。

⑬"彩凤知音"二句：所言出自《尚书·益稷》。《益稷》云："《箫韶》九成，凤凰来仪。"意思是说舜的乐官后夔变换演奏了九次《箫韶》乐后，凤凰便飞来了。

⑭"金人守口"二句：所言与孔子观《金人铭》有关。据《孔子家语》记载，孔子曾入周代太庙，见到一个嘴被封了三层的铸造金人，金人背后还写着"古之慎言人也，戒之哉！无多言，多言多败"云云，告诫人们要谨慎言行，不要因言败事。尼父，指孔子。三缄，三缄其口，形容人说话极为谨慎。此两句前后相对，仄仄平平，仄仄仄平平仄仄对平平仄仄，仄平平仄仄平平。

〔译文〕

袍与笏相对应,履与衫相对应,一匹马与一孤帆相对应。

琢磨与雕镂相对应,刻划与镌镵相对应。

众星环绕着北极星,太阳西斜缓缓落下,漏卮与谗鼎相对应。

江边生有杜若草,海外长出都咸树。

只要刀刃能在骨肉间游刃有余,哪至于声叹“咄咄怪事”而寄出无字信函。

彩色的凤凰懂得音律,后夔九奏《箫韶》才缓缓降临;金制的小人守口如瓶,孔圣人亦三缄其口,绝不妄言。